黄金仮面

江戸川乱歩

春陽堂

目次

黄金仮面

黄金仮面

金色の恐怖

この世には五十年に一度、あるいは百年に一度、天変地異とか、大戦争とか、大流行病などと同じに、非常な奇怪事が、どんな悪夢よりも、どんな小説家の空想よりも、もっととほうもないことがらが、ヒョイとおこることがあるものだ。

人間社会という一匹の巨大な生物《いきもの》が、何かしらえたいの知れぬ急性の奇病にとりつかれ、ちょっとのあいだ、気がへんになるのかも知れない。それほど常識はずれな、へんてこなことがらが突拍子もなくおこることがある。あのひどく荒唐無稽《こうとうむけい》な「黄金仮面」の風説も、やっぱりその、五十年百年に一度の、社会的狂気の類であったかも知れないのだ。

ある年の春、まだ冬外套《がいとう》が手ばなせぬ、三月初めのことであったが、どこからともなく、金製の仮面をつけた怪人物の風評がおこり、それが人から人へと伝わり、日一日と力強くなって、ついには各新聞の社会面をにぎわすほどの大評判になってしまった。

風評は非常にまちまちで、いわば取りとめもない怪談に類するものであったが、しかしその風評にふくまれた、一種異様の妖怪味が、人々の好奇心を刺戟《しげき》した。したがって、この新時代の幽霊は、東京市民のあいだに、非常な人気を博したのである。
ある若い娘さんは、銀座のショウウインドウの前で、その男を見たといった。真鍮《しんちゅう》の手すりにもたれて、一人の背の高い男が、ガラス窓の中をのぞきこんでいたが、ソフト帽のひさしを鼻の頭までさげ、オーバーコートの襟《えり》を耳の上まで立てて、顔をすっかり包んでいる様子が、なんとなくへんだったので、娘さんは窓の中の陳列品に気をとられているようなふうをして、首をのばして、ふいにヒョイと男の顔をのぞいてやったという。すると、帽子のひさしと、外套の襟とのわずか一寸ばかりのすき間から、目を射るようにギラギラと光ったものがある。ハッとして、青くなって娘さんは男のそばを離れてしまったが、男の顔は、古い鍍金仏《ときんぶつ》みたいに、たしかにたしかに無表情な黄金でできていたということだ。

　胸をドキドキさせて、遠くの方から眺めていると、男は正体を見あらわされた妖怪のように、非常にあわてて、まるで風にさらわれでもしたように、向こうの闇と群集の中にまぎれこんでしまった。男ののぞいていたのはある有名な古物商の陳列窓で、そこの中央には由《よし》ありげな（注1）邯鄲男《かんたんおとこ》の能面が鉄漿《おはぐろ》の口を半開にして、細い目で正面を睨《にら》んでいたという。この不気味な能面と、男の黄金仮面の無表情の相似について、さまざまな信じがたい噂《うわさ》さえ伝えられた。

ある中年の商人は、夜、東海道線《とうかいどう》の踏切を通って、むざんな女の轢死体《れきしたい》を見たが、まだ野次馬《やじうま》が集まって来ない、たった一人の時、妙な洋服男が死体のそばをウロウロしているのを見たという。その男もやっぱりソフト帽をまぶかにして、外套の襟を立てて、顔を隠すようにしていたが、商人はおぼろな月光でその顔が金色に光るのをたしかに見た。いやそればかりではない。無表情な黄金仮面の口から顎《あご》にかけて、一《ひ》とすじタラリとまっ赤な液体が流れ、その口が商人にむかって、ニヤリと笑いかけたというのだ。

また、一人の老婆は、ある真夜中、自宅の便所の窓から、外の往来をスーッと通りすぎた金色燦爛《こんじきさんらん》たる一怪人を見た。それは前の二つの例とは違い、顔ばかりではなく、全身まばゆいばかりの金色で、仮面のほかに何か透きとおるようなうすい黄金製の衣裳を着ていたらしいということであった。ほとんど信じがたい奇怪事である。もしかしたら、耄碌《もうろく》した老人の幻覚であったかも知れぬ。だが本人はたしかに阿弥陀《あみだ》様のような尊い金色の人を見たといっている。

そのほか数限りもない風説を、一つ一つ並べたてるのは無駄なことだ。ともかく、一時はこの時代錯誤な幽霊話が東京市民からあらゆる話題を奪ってしまった。幽霊話とは云い条《じょう》、少くとも十数人の精神健全な人々が、日をちがえ場所をかえ、たしかにその黄金仮面の人物に出あっている。このお伽噺《とぎばなし》には、打ちけすことのできない実在性があるのだ。

何かしら恐ろしい天変地異の前兆ではないかという者もあった。いや、石が降ったり、古池で赤ん坊の泣き声がしたりする妖怪談と同じで、洗ってみればたわいもないいたずらに過ぎないのだという者もあった。

しかし気の弱い人達は、夜ふけの一人歩きに、ふとすれちがう洋服男が、オーバーの襟でも立てていようものなら、もしや「あいつ」ではないかと、胆《きも》を消すほどにおびえていた。無表情な黄金仮面という、なにか人造人間めいた、一種異様の凄《すご》みが、幽霊などを信じない現代人をこわがらせた。

これまでのところ、この怪物はただ何かの凶兆のように諸所に姿を現わすのみで、べつに害をするわけではない。鍍金仏のような凄みを別にしたら、張りぼての広告人形と選ぶところはない。で、警察はこの風評を知らぬではなかったけれど、うかつに手出しをして、赤ん坊の泣き声が食用蛙だったたような、物笑いの種になることをおそれ、鳴りをしずめてなりゆきを見ていた。

だが黄金仮面は不良少年のいたずらやなんかでなかったことがやがてわかる時が来た。四月にはいってまもなくのある日、突如として、このえたいの知れぬ幽霊男は、一箇の大胆無謀なる犯罪者として、東京市民の前に現われたのだ。しかも、犯罪の場所、目的物、犯罪手段、逃走の手ぎわ、何から何まで人の意表に出て、かつて何人《なんぴと》も想像しなかったような、とほうもない離れわざを演じた。そのあまりの大胆、あまりの突飛《とっぴ》さのうちに、何かしら不気味なわけのわからぬところがあった。血のかよった人間ではない。無情の金属製自動人形といった、じつにへんてこな感じをともなっていた。

大真珠

その年、四月一日から五カ月にわたって、上野《うえの》公園に十年来の大博覧会が開かれた。東京都主催の産業博覧会であったが、その規模は全国的のもので、諸外国出品のために、広大な一館を設けたほどである。

呼び物はいろいろあったが、建造物では、山内《さんない》両大師の前にそびえた「産業塔」と名づける百五十尺の高塔、余興では南洋土人を加えた喜劇と舞踊の大一座（おもしろいことには、その喜劇の外題《げだい》に、「黄金仮面」というのがあった。むろん興行主のあてこみである）そして、出品物では三重《みえ》県の真珠王が自慢の価格二十万円（注2）をとなえる国産大真珠であった。しかも、これらの呼び物が、黄金仮面の犯罪に、それぞれ特別の関係を持っていたのは、まことに不思議な因縁といわねばならぬ。

国産真珠というのは、「志摩《しま》の女王」と名づけられた、その道の人は誰でも知っている、日本随　の大真珠で、産地は志摩の国大王崎《だいおうざき》の沖合の鮑《あわび》貝中から発見された珍しい天然真珠、形はみごとな茄子《なす》形、(注3)三百何十グレーンの逸品である。二十万円は少々懸値としても、一箇豆粒大の品が、一と身代《しんだい》の価格を持つということが、田舎の見物の好奇心に投じ、その陳列台の前は、絶えまもない黒山の人だかりであった。

この真珠陳列場には、二十万円に相当する設備があった。頑丈な厚ガラスの扉には、特別の錠前がつき、その鍵は博覧会事務所に出張している真珠店の信用ある店員が保管し、番人も、一般に募集した少女ではなく、真珠店が雇いいれた屈強の中年男である。まだその上に、万一の盗難を予防するために、ある巧妙な秘密装置までできているとの噂があり、そんなものものしい警戒がいっそう見物の好奇心をそそった。

さて、博覧会開催第五日目の出来事である。その日はある高貴なお方の御来場を仰ぐというので、午後二時から、各陳列場の入口をとざし、一般観衆はしばらくのあいだ、余興場の立ちならぶ一廓《いっかく》へと追い出された。

大真珠、「志摩の女王」の陳列された第一号館の建物は、貴賓御巡覧《きひんごじゅんらん》最初のお道筋にあたるので、最も早く見物を追い出し、場内を清め、看守を交代させて、静かに御来着をお待ち申しあげた。

　今まで雑沓《ざっとう》していた館内が、見わたすかぎり、生き人形みたいにお行儀のよい看守たちのほかには、人影もなく、物音も聞こえず、まるで教会堂のようにガランとして、白昼ながら深夜の静けさであった。

　大真珠陳列台の並びの一と側には、四人の看守がついていた。真珠護衛係の中年男、その左右に五、六間の間をおいて、十七、八から二十才くらいの少女看守三人、それから向こうは、通路が曲っているので、見とおしがきかず、つまりその部分はこの四人の持ち場といった形になっているのだ。

　四人は看守控え室でも、話し友達であった。交代の時も一とかたまりになって控え室を出たが、そのすこし前に、誰かが四人のところへお茶を持って来て、

「高貴のお方の御顔をおがむんだ、お茶でものんで、心をしずめて」

　と云いながら、一人ずつ茶碗をくばった。

　まだ博覧会が始まったばかりで、場慣れのしない四人の者は、ことさらこんな経験は初めてだったので、なんとなく喉《のど》のかわくような気持ちがしていたところだ。さっそく、そのお茶を飲みほした。

「オオ、にがい」

少女看守の一人が、思わずつぶやいたほど、お茶はにがかった。

「少し入れすぎたかな」

男は笑いながら、茶碗を集めて向こうへ行ってしまった。

まもなく、看守達は館内にはいって、さだめの持ち場についた。陳列台の切れめ切れめに小さな椅子があって、彼女らはいよいよ御巡覧の時まで、それに腰かけて待っているのだ。それまでにはまだ二十分ほどあいだがある。

「静かねえ。なんだか気味がわるいようだわ」

一人の少女が真珠の前の男看守にやっと聞こえるほどの声でいった。誰も答えなかった。男看守も、ほかの二人の少女も、目を細くして、一つ所を見つめたまま、何か考えこんでいる。

「アア、アア、ねむくなって来た」

話しかけた少女は長い欠伸《あくび》をしたかと思うと、これも目を細くして、動かなくなってしまった。

やがて、とほうもないことが始まった。四人の看守が四人とも、ポッカリ口をひらき、涎《よだれ》をたらして居眠りを始めたのだ。それも舟をこぐというような牛やさしい眠りではない。みな身体《からだ》を二つに折って、膝のあいだへ首を突っこむばかりにして、わずかのあいだにたわいもなく眠りこけてしまったのだ。男看守などは、椅子からずっこけて、へんな恰好《かっこう》で地面にうずくまってしまったほどだ。だが、位置の関係上ほかの看守達にはこの有様は少しも見えぬ。誰も気がつく者はない。御巡覧まであますところもう十分だ。

その時一人の洋服男が、ソフト帽をまぶかに、オーバーの襟を立て、大きなハンカチで顔を隠すようにして、何か急用でもあるらしく、急ぎ足で、居眠り看守の一郭へ近づいて来た。

ほかの通路の看守達は誰一人この男を疑うものはなかった。疑いをさしはさむには、彼の態度はあまりにも圧倒的で、自信に満ちていたからだ。若い娘達は彼を御警衛《ごけいえい》の私服刑事と思いこんだ。彼女らはそれが御巡覧の先ぶれでもあるように、いずまいをなおして、いっそう身を堅くしたほどである。

男は居眠り看守の一郭にたどりつくと、よく寝こんでいる四人の者を見まわして、安心したように顔のハンカチを取った。ハンカチのうしろから現われたものは、いうまでもなく、ゾッとするほど無表情な、金色の顔であった。

黄金仮面はツカツカと大真珠の陳列台に近づき、ガラスに顔をくっつけて、燦爛たる「志摩の女王」に見いった。彼の黄金の鼻の頭が、ガラスにふれて、カチカチと鳴った。金色の三日月型の口から、異様なつぶやき声がもれる。怪物は今、喜びにふるえているのだ。

ガラス切断の小道具は、ポケットに揃《そろ》っていた。なんという手ぎわ、またたくまに、その厚いガラス板に穴があいた。そこから、怪物の手が、蛇のように忍びこむ。

アア、日本真珠の誇り「志摩の女王」は、ついに怪物の手中に帰した。彼はビロードの台座から、大真珠をつかみ取った。

そのせつな、ジリリリ……と、けたたましく、建物の高い天井に鳴りひびく電鈴の音。

怪物は「アッ」と憤怒《ふんぬ》の叫びを発して、飛びあがった。飛びあがった足で、いきなり一方の出口に向かって突進した。

盗難防備の秘密装置というのは、この電鈴じかけだった。ビロードの台座に何かがふれると、たちまち鳴りひびく非常報知器だった。

つづいて場内にわきおこる少女看守たちの悲鳴、逃げまどう足音。だが、そこにいたのは頼みがいなき小娘ばかりではなかった。巡査あがりの場内監督や、御警衛のために出張した警察官たちが、一方の出入口に集まって貴賓の御来着を待ちうけていた。それら屈強の人々が、賊の影を見るや、帯剣《たいけん》を鳴らして殺到した。

奇妙な鬼ごっこが始まった。陳列台と陳列台の作る迷路を、あちらこちらと逃げまどう金色の怪物、はさみうちにしようとあせる追手の人々。

とうてい逃げおおせることはできないと見た怪物は、せめて、もっとも手うすな追手の方面を目がけて、こちらから突き進んで行った。

そこには、小さい出入口を背にして、一人の警官が立ちはだかっていたが、賊が捨て身に突進して来るのを見ると、サッと青ざめて、しかし勇敢に大手をひろげた。

二つの肉団が、はげしい勢いでぶつかった。

だが、警官はとうてい金属製怪人の敵ではなかった。アッと思うまに、彼は大地に投げたおされていた。

怪物は建物の外に消えた。ワッとおこる追手の鬨《とき》の声。彼らはてんでにわけのわからぬことを叫びながら、出入口にかけつけた。だが、すでに賊の姿は見えぬ。

そこは建物の裏手にあたり、五、六間向こうには別の建物のこれも背面がそびえている。左右は行き抜けだけれど、見物人が入りこまぬために、両方のはしに鉄条網みたいな柵が設けてある。その外は会場の大道路だ。今日は貴賓御警衛のために、大道路には数名の巡査の姿が見える。

「オーイ、今その柵を越した奴はないか」

一人の警官がどなると、左右の大道路に立ち番をしていた巡査がいっせいにこちらを向いて、口々にそんな奴は見なかったと答えた。

人々はお互いに顔を見あわせて立ちすくんでしまった。逃げ道はないのに、賊の姿が消えたのだ。

「オイ、この正面の建物はなんだ」

おもだった一人がたずねると、看守監督の男が答えた。

「演芸館の裏口です。ここから向こうが余興場になっているのです」

「開演中かね」

「エエ、ホラはやしの音が聞こえるでしょう」

「まさか、奴、開演中の群集のまっ唯中《ただなか》へ飛びこんだのじゃあるまいね。いくらなんでも、そんな無茶はしまいね」

「だが、左右の道路へ逃げなかったとすれば、いくら無茶でも、奴はここへ飛びこんだと考えるほかはない。蒸発してしまったんでなけりゃね」

「ともかく調べてみよう」

一同は演芸館の裏口から、ドヤドヤとはいって行った。

恐ろしき喜劇

お話かわって、その時演芸場の舞台では、喜劇「黄金仮面」の第一幕目が終ったところであった。何も知らぬ数千の見物達は、舞台上のにせの怪人「黄金仮面」に笑いこけていたのだ。

新時代の幽霊「黄金仮面」のすばらしい人気をあてこんだ際物《きわもの》喜劇だ。興行主の奇策はみごとに成功した。人々は「黄金仮面」という大看板に引きつけられ、ただこの出し物を見るために切符を買った。むろん立錐《りっすい》の余地なき満員である。

ところが喜劇に笑いこけていた見物達は、まさに第二幕目の緞帳《どんちょう》があがろうとする時、じつにへんてこな出来事にぶつかった。というのは、とつぜん幕外に一人のお巡《まわ》りさんが現われて、何かしらどなりはじめたのだ。

「みなさん、ただ今この裏の陳列場から、有名な大真珠を盗んで逃げ出した曲者《くせもの》があります。ほかに逃げ道はありません。この小屋へまぎれこんだに違いないのです。今日は貴賓御来場の日です。もう御到着になったころです。粗《そ》相《そう》があっては一大事です。我々は舞台と木戸口は十分しらべました。しかし見物席はこの満員で、しらべようがありません。で、諸君にお願いです。めいめいに身の廻りを注意してください。そして、怪しい奴があったら私に知らせてください」

場内のざわめきで、とぎれとぎれにしか聞こえなかったが、大体の意味はわかった。

「そいつはどんなふうをしているのです」

勇み肌の職人体の男が、役者をやじるような声でどなった。

「そいつは一と目見ればわかります」警官は答えようとして、ちょっと躊躇《ちゅうちょ》した。

「黄金仮面」などという言葉を使うのが職掌柄《しょくしょう》へんに思われたからだ。しかし、ほかに相当な呼び方もない。

「金製の面をかぶった奴です。噂の高い黄金仮面です」

ドッと笑い声がおこった。とつぜん、今演じつつある喜劇の主人公の名前が出たからだ。ある者は、この巡査もじつは役者の扮装したもので、こんなおどかしをいって、あとで大笑いをさせる魂胆だろうと思った。

だが、舞台の警官はいっこう種を割る様子がない。あくまで厳粛な青ざめた顔で、同じ事を繰りかえしどなっている。

その様子を見ると、見物は笑えなくなった。場内はシーンと静まりかえった。人々は自分の隣席の見物たちを、疑い深い目でジロジロと眺めまわした。自分の腰かけている椅子の下をこわごわのぞいて見るものもあった。

しかし、金色の男はどこにもいなかった。

「そんな賊が群集の中へ飛びこんで来るものか。ばかばかしい、何を血迷っているんだ。もっとほかを探して見るがいいや」

感興をさまたげられて憤慨した見物達が、ブツブツ小言をいいはじめた。警官も結局あきらめて引っこむほかはなかった。

その騒ぎが一段落つくと、やがて遅れた第二幕目の緞帳が巻かれた。

舞台は夜の公園の光景である。背景は黒幕、その前一面に深い木立ちの体、光線といっては、青っぽい常夜燈がたった一つ。怪談めいた場面である。

まず数人の仕出しが出て、「黄金仮面」の噂をせいぜいものすごく話しあうことよろしくあって、彼らが引っこむとこの芝居の副主人公ともいうべき非常な臆病者が登場し、しばらく独白《どくはく》をやっているところへ、うしろの木立ちを分けて、ヌッと黄金仮面が現われる、という順序だ。

で、いよいよ怪物が姿を現わした。前幕と違って、顔ばかりでなく、全身をダブダブしたマント様の金色の衣裳で包んだ、へんな恰好のやつだ。それを見た臆病者の大げさな仕草、当然見物席に哄笑《こうしょう》がおこるはずの場面である。だが、誰も笑うものはなかった。さっきの本物の黄金仮面の騒ぎが、まだ人々の頭を去らぬのだ。そして、真実と舞台との異様なる相似が、見物達になんともいえぬへんてこな感じを与えたのだ。

やがて、この幕第一の見せ場が始まる。

燐光《りんこう》のスポットライトが、闇の中に、怪物の顔の部分を丸く浮きあがらせた。舞台にはたった一点、金色のお能面のような顔だけが、燐光に燃えている。

と、どこからともなく、シューシューという、へんな音が聞こえはじめた。同時に、仮面の黒く割れた口が少しずつ形を変えて、ついに大きな三日月型の笑いの表情になった。見物達が思わずギョッとして耳をすますと、シューシューという音は、怪物の笑い声であることがわかった。アア、なんといういやらしい笑い声だったろう。いつまでもいつまでも笑っている。そして、見ると、笑いながら彼は血を叶いているのだ。細い細い糸のような　筋の血が、ツーッと顎を伝って、その末は、顎の先から、ポタリ、ポタリと雫《しずく》になって落ちているのだ。

喜劇と知りながらも、あまりのこわさに、見物は息をのんで、静まりかえって、怪物の顔から目をそらす力もない。

いうまでもなく、脚色者は、例の踏切りで怪物に出あったという商人の話を、そのまま劇中にとりいれたのだ。また、全身金色の衣裳は、老婆の実見談から思いついたものであろう。

見物中の敏感な少数の人は、すでにある恐ろしい疑惑にとらわれていた。これが偶然であろうか、本ものの黄金仮面が「黄金仮面」劇の小屋へ逃げこんだということが。そこに悪魔の傍若無人《ぼうじゃくぶじん》な悪だくみが隠されていたのではなかろうか。

それらの人々は、一秒一秒と時のたつのが恐ろしかった。「今にも、アア、今にも」彼らはほかの見物の咳《せき》ばらいの音にも、ギクンと飛び上がるほど、おびえきっていた。

突如、舞台があかるくなった。怪談から喜劇への転換だ。そこへ臆病者の知らせによって、三人のこっけいなお巡りさんが駈けつけて来る。

ある予感にふるえていた少数の見物人は、それを見ると。思わずアッと叫びそうになったほどだが、一般の群集は、反対にゲラゲラ笑いだした。いよいよ喜劇だ。やっと救われたという感じである。初日からここへ三人の巡査が登場することにきまっていた。そしてお芝居はそれからウンとばかばかしくなることがわかっていた。見物が笑いだしたのはあたりまえなのだ。

お巡りさんの一人が、こわごわ怪物に近よって、できるだけ威厳を示して叫んだ。

「コラッ、きさま、その面をとれ。顔を見せろ」

黄金仮面は聞こえぬもののごとく、ボンヤリ突っ立っている。電燈にさらされた金ピカの怪物は、とほうもなくこっけいなものに見えた。

「聞こえんのか。オイ。返事をしろ。顔を見せろ」

いくらどなっても黙っているので、たまりかねた一人のお巡りさんが、いきなり怪物に飛びかかって行った。けたたましい靴音。怪物はスルリと逃げた。なんというすばやさ。はるかに飛びのいて、中腰になって、鼻の先で五本の指をヘラヘラやっている。三人のお巡りさんがいっせいにあとを追った。すさまじい大立ちまわり。見物席は大喝采《だいかっさい》、哄笑爆笑の渦巻でわきかえるようだ。

とうとうたいへんなことが始まった。追いつめられた黄金仮面は、金色の衣裳を焔のようにひるがえして、舞台から見物席へ飛びおりた。

「やっぱりそうだ。やっぱりあいつだ」

例の敏感な見物の一人が、まっ青になって思わずつぶやいた。だが、見物席全体の哄笑はいっそうひどくなった。この役者達のずばぬけた悪ふざけが、彼らのお気に召したのだ。

怪物は椅子と椅子との間の細い通路を正面に向かって走りだした。お巡りさんたちも舞台を飛びおりて彼のあとを追った。

「つかまえてくれ。そいつが曲者だ。そいつがほんとうの曲者だ」

お巡りさんの真に迫った悲痛な叫び声。だが、見物の笑いはとまらぬ。

「やれ、やれ、しっかりやれ」

野次馬がおもしろがって、頓狂《とんきょう》な声でどなる。

人々は、この奇妙な追っかけは、見物席を一廻りして、また舞台に戻るものと信じきっていた。だが、怪物はどこまでもまっ直《す》ぐに走って行く。監督席の前を通りすぎた。その席には二名の警官が、見物と一しょになって笑いこけている。

「君、そいつを逃がすな。オイ、ばかッ、まぬけッ、何をボンヤリしているんだ」

追手のお巡りさんが走りながら気ちがいのようにどなった。しかし監督席の警官には通じない。それもお芝居のせりふのうちだと思いこんでいるからだ。

その時、舞台に数名の、あきらかに役者でない人々が立ちあらわれ、ドカドカと見物席に飛びおり、お巡りさんのあとから走りだした。その中には、見覚えのある、さっき幕外で見物たちに話しかけた警官の顔も見えた。

鈍感な群集にもやっと事の真相がわかった。笑い声がパッタリしずまった。一瞬間死のような静寂、つづいてわきおこる恐怖のざわめき。わけのわからぬののしり声。

だが、その時分には、怪物はとっくに木戸口を脱出して会場内の広っぱを、まっしぐらに走っていた。

こんなふうに書いていると長いようだが、舞台が明るくなってから、怪物の姿が木戸口の外に消えるまで、僅々《きんきん》二、三十秒のあわただしい出来事であった。

それにしても、なんたる奇怪事、なんたる大胆不敵のトリックであろう。舞台で喜劇を演じていたのが、恐ろしい真珠泥棒、本ものの黄金仮面であったのだ。お巡りさんも役者ではない。真珠陳列場から犯人のあとを追った正真正銘の警官たちだ。彼らは演劇の中途で、やっと怪物のトリックを看破し、開演中をもかまわず舞台におどりだした。それが偶然喜劇の筋書と一致したのである。

舞台とお芝居の重複、一体全体何がどうしたのか、舞台監督も、役者も、道具方も、見物たちも思考力がめちゃくちゃにこんぐらかって、あまりのことにあいた口がふさがらぬ有様だ。

これは後にわかったことだが、読者諸君のために附けくわえておくと、騒ぎが一段落ついたあとで、所管警察の署長が興行主を呼んで、黄金仮面に扮した役者の身元を聞きただし、その住居に手入れをしたところが、意外にも当《とう》の役者は、その日一日家にとじこもっていて、一歩も外へは出なかったとの答えだ。どうして芝居を休んだのかと尋ねると、

「どうもあいすみません。慾に目がくれましてね。見も知らぬ紳士でしたが、朝早く

私を訪ねてまいりまして、今日一日外出しないという約束で、一万円現なまを貰《もら》ったのです。まことに申しわけありません。こんなことになろうとは思わなかったものですから……」

という次第だ。つまり黄金仮面はその役者にばけて、朝から博覧会の演芸場の楽屋におさまっていたのだ。貴賓御巡覧のために場内がひっそりするのを待って、楽屋口を抜けだし、四人の看守に麻酔薬を飲ませておいて、真珠陳列場へ忍びこんだ。そして何食わぬ顔で、また元の楽屋へ引きかえし、喜劇「黄金仮面」の主役を演じさえしたのだ。金製の仮面という絶好の隠れ蓑《かくれみの》があった。同僚の役者達も、役柄ゆえ、彼が楽屋にいる時も、仮面をかぶりつづけていたのを、さして怪しまなかった。それに彼は座頭格《ざがしらかく》で小さい楽屋部屋を独占していたものだから、不思議と化けの皮がはげなかったのであろう。

一見、傍若無人大胆無謀のようで、さすがは五千万円の宝石を狙うほどの大賊、じつに細心な計画を立てていたのだ。だが千慮《せんりょ》の一失《いっしつ》、それほどの彼も、神ではない。真珠の台座に非常報知の電気じかけがあろうとは、夢にも知らなかった。賊の身にしては、どんなにかいまいましいことであったろう。

黄金のヤモリ

やっと演芸館を抜けだした怪賊は、今度は広っぱの大群集と戦わねばならなかった。その方がどれだけ困難かわからない。じつに惨憺《さんたん》たる戦いであった。四方から迫る警官群、野次馬の石つぶて、その中を金色燦爛たる、しかし見るもみじめな怪賊は汗みどろの死にものぐるいで、右に左に逃げまわった。

人なき方へ、人なき方へと逃げているうち、彼は貴賓御通行のお道筋へ出てしまった。坦々《たんたん》たる人道が、会場の行きどまりの「産業塔」まで一直線に、なんの邪魔物もなく続いている。その両側には、お出迎えの群集が、まるで黄金仮面の逃走を見物するためのように、道をひらいてならんでいる。

ふと振りむくと、すぐうしろ十間ばかりのところに、ちょうど一つの建物をお出ましになった貴賓の一行が、しずしずと進んで来られるのと、パッタリ顔を合わせてしまった。

ゆゆしき一大事である。

仰天した警衛の警官たちが、ソレッというと、八方から怪賊の身辺にかけよった。そして、彼らが折りかさなって、今や賊をねじふせようとした時である。どうしたというのだ。彼らはアッと叫んで、タジタジとあとじさりをした。

見ると、賊の手に光るものがある。ピストルの筒口《つつぐち》だ。彼はその時まで最後の武器を隠していたのだ。

人々のひるむすきを見て、金色の悪魔は、ピストル片手に、貴賓の一行に向かって、二、三歩進んだ。彼は気が狂ったのか。逃げる方角をあやまったのか。それとも、もしや……ワーッという群集のどよめき。

だが、意外意外、怪人は御一行の前に直立不動の姿勢をとったかと思うと、ピストル持つ手を胸に当てて、うやうやしく一礼した。威儀正しい最敬礼だ。アア、なんという大胆不敵、彼は追手に囲まれながら、心から、貴賓をおどろかせた今日の不埒《ふらち》を、お詫びしたつもりらしい。

礼を終ると彼はクルリと廻れ右をした。そして、反対の方角に疾風のようないきおいで駈けだした。群集は、怪物の水ぎわだったふるまいに、行く手をさえぎることも忘れて、ボンヤリと、その美しい姿を眺めていた。

走るに従って、うしろざまにひるがえる金色の衣、それに折からの夕陽が、まばゆいばかりに照りかがやき、怪人の飛びさるあとには、黄金の虹が立つかと見えたのである。

だが、群集がうっとりしていたのは、ホンの一瞬間だ。ハッと正気にかえると、またしても猛烈な石つぶて。いっそう数を増した警官隊の追撃。

大道のきわまるところに、怪賊のがさじとそびえ立つは、百五十尺の「産業塔」である。黄金仮面はついにそこで行きづまった。見れば、塔の背面からは、警官の別働隊がひしひしと迫って来る。それを遠まきにして、群集の大円陣。いかなピストルの威力も、敏捷《びんしょう》な早業《はやわざ》も、この肉の壁に向かってはいかんともすることはできない。

進退きわまった怪賊は、ジリジリと塔の内部へあとじさりをしていったかと思うと、最後の一策、九死に一生を求めて塔内の螺旋梯子《らせんばしご》に飛びつき、上部へと駈けあがって行った。下から見あげると、螺旋階段の十幾曲り、賊はだんだん小さくなりながら、同じ所をグルグル廻っているように見える。

階段が尽きると、百何十尺の空中に、探照燈をすえつけた、四方開けっぱなしの、火の見櫓《やぐら》みたいな小室がある。それで行きどまりだ。

賊は、探照燈係の道具類を入れた木箱に腰かけて、ホッと息をついた。だが、休むいとまもあらばこそ、追撃隊の警官たちは、すでに足もとに迫っているではないか。しかも彼ら決死隊の手には、サックから抜き出したピストルが、ギラギラ光っている。

彼は小さな部屋をグルグル走りまわった。だがどこに血路《けつろ》のあろうはずもない。柱につかまって地上を見おろすと、蟻《あり》のような群集が塔のまわりに集まって、すべての顔が空を見あげ、口々に何かわめいている。

頭の上には、道化師《どうけし》のとんがり帽子みたいな、急傾斜の屋根があるばかりだ。だが、もうこうなってはその屋根へでもよじのぼるほかには、助かる工夫はない。

警官隊の先頭は、すでに階段をのぼりつくして、頭とピストルの手先が、床の上に現われて来た。いよいよ最後である。

黄金仮面はついにおどろくべき決心をした。不可能なことをやって見ようというのだ。

彼は両手に屋根の一端をしっかりつかむと、機械体操のみごとな手なみで、尻あがりに屋上に身をのせた。しかし、その屋根は、まるで断崖のようなとんがり帽子型だ。どこに一箇所、足場もなければ手をかけるところもない。しかもそこは、目もくらむ百五十尺の高空なのだ。

見るもむざんな大努力。彼はさかさまに平蜘蛛《ひらぐも》の形で、すべっこい屋根の面に吸いついたまま、ジリリジリリと方向転換を始めた。手の平と、腹部と、足の指先の力で、ともすればすべり落ちようとするのを、じっとささえながら、一寸ずつ、一寸ずつ、向きをかえて、ついに頭を頂上に向けてしまった。どんな軽業師《かるわざし》もかつてくわだて得なかった離れ業だ。はるか地上の群集には、それが、不気味な金色の一匹のヤモリのように見えた。

さて、向きをかえてしまうと、今度は頂上への、もどかしい蠕動《ぜんどう》運動だ。動くか動かぬかの速度で、しかし彼は確実に頂上へ進んで行った。一寸、二寸、三寸、そしてついに一尺、二尺。もう一と息で頂上の金属の柱へ手が届く、アア、もう一と息だ。

地上の群集は、悪人の身の上ながら、息をつめ、手に汗をにぎった。

ちょうどその時、にじむ脂汗《あぶらあせ》のために足の力が抜けた。ハッと思うと、ズルリ、全身がすべった。ワーッとあがる群集の叫び声。均衡《きんこう》を失った身体はとめどもなくすべり落ちる。アア、もうだめだ。群集の多くは、思わず目をとじた、顔をそむけた。

だが、なんという底力だ。怪人は最後の一寸で踏みこたえた。彼の全身はその努力のために地下からもわかるほど波打っている。そして、ホッと休みすると、また頂上へと蠕動だ。

ついに、ついに、彼の右手は頂上の柱をつかんだ。手がかりさえできれば、もうなんの危ないことはない。彼はその柱を力に、百五十尺の大空に突っ立ちあがった。颯《さっ》爽《そう》たる金色の空の勇士。妙な心理だ。群集は賊が安全になったのを見て、やっと胸をなでおろした。

この離れ業のあいだ、屋根の下の警官隊は、むなしく騒ぐのみであった。いかに勇敢な警官も、この切っ立てた屋根へのぼる元気はない。人間業ではできぬことだ。といってピストルでおびやかそうにも屋根の出っぱりが邪魔になって、賊の姿を見ることさえ不可能だ。

頂上の部屋から、急ごしらえの足場を組んで、賊を逮捕《たいほ》しようという説も出たが、賊のポケットにはピストルがある。足場を組んで、少しでも屋根の出っぱりの外へ頭を出せば、たちまち上からピストルのおみまいだ。どんな仕事師だって、そんなけんのんな仕事を引きうける者はない。

で、いろいろ議論のすえ、結局みなが地上に降りて、そこから銃をさし向けその威力で賊を降伏させようということになり、附近の有志が持ちだした鳥銃や、憲兵隊の鉄砲を借りて、十数挺の筒先をそろえ空砲を放ったりして、しきりに威嚇《いかく》してみたが、なんの効果もない。天空から、はるかに、賊の不気味な高笑いが降って来るばかりだ。なんというふてぶてしさだ。彼はこの絶体絶命の窮地《きゅうち》にあってカラカラと笑っている。これが血と肉でできた人間かと、奇怪な疑惑さえわいてくるほどだ。

残る手段は、気長に包囲をつづけて、彼が疲労の極、降伏するか、地上に落ちて来るのを待つのみである。

騒ぎのうちに、日はとっぷりと暮れてしまった。黄金仮面の光も失せ、巨人のような高塔が、おぼろに見えているばかりだ。塔上の探照燈は、今夜にかぎって光を発せぬ。係のものが怖がってのぼろうとせぬからだ。

塔の下には、警察や青年団の提灯《ちょうちん》がむらがり、持久戦の陣がしかれた。群集の中には、徹夜の決心で、食料品を買いこんで、尻を落ちつける者もある。おそらく警察はじまって以来の大椿事《だいちんじ》だ。場所が東京のまん中だけに、先年の鬼熊事件(注4)の比ではない。群集の中に商売熱心のある新聞社のごときは、一盗賊のために号外を発行する騒ぎである。したがって、怪賊の噂は東京全都にひろがり、さらぬも黄金仮面の怪談におびえていた市民は、今また別様《べつよう》の恐怖に戦慄《せんりつ》しないでいられなかった。

日が暮れて一時間もすると、人々の胸に一種の不安がわきあがって来た。怪物は依然として元の場所にいるのだろうか。もう笑い声も聞こえて来ぬ。闇の空の豆粒ほどの人の姿を見きわめることはできぬ。といって、どこにも逃げるところはないのだが、妙なもので、暗闇が人を臆病にする。敵の姿がまったく見えぬのでは、なんだか不安で仕方がない。

そこで一人の警官が名案を持ちだした。博覧会場内には、この塔のほかにもう一カ所、探照燈がすえつけてある。それは今も現に活動して、白い棒を夜の大空に投げているのだ。この探照燈を塔の屋根に向けて固定し、今夜じゅう賊の姿を照らしつづけてはどうかという提案だ。もちろん一同これに賛成、さっそくその手はずがとりはこばれた。

ほどもなく、強烈な円光が塔の屋根全体をクッキリと闇の空に浮きあがらせた。群集は瞳をこらして頂上の柱を見た。

と、そのせつな、ドッとわきおこる驚愕の叫び声。塔の頂上には、まったく予期しなかった大椿事がおこっていたのだ。賊の姿が消えたのではない。黄金のヤモリは、もとの屋上にへばりついている。だが、だが、アア、これはどうしたことだ。人々はあまりの意外な出来事に、空を見あげたまま、茫然自失《ぼうぜんじしつ》の体であった。

大空の縊死体《いし》

「産業塔」をとりかこんでいた数千の群集は、その時、探照燈の白光《びゃっこう》の中に、白い蜃気楼《しんきろう》のように浮かびあがった尖塔《せんとう》上の、非常に印象的な、美しくも奇怪なる光景を、長い後まで忘れることができなかった。

屋根の頂上の金色の棒から、ブランと下がって、巨大な時計の振子みたいに、右に左にゆれている黄金のヤモリ、その鍍金仏のような仮面の口辺には、おびただしい鮮血が、ギラギラとかがやいている。

塔上に追いつめられて、進退きわまった怪物は、おめおめ降伏せんよりは、むしろ死を選んだのである。彼は黄金仮面、黄金衣裳のまま、身につけていた革帯を頂上の棒にかけて、魔界の勇士にふさわしく、はれがましき縊死をとげた。彼は喉から胸から一面の血を吐いて、苦しさのあまりに、時計の振子みたいにもがきまわっているのだ。

「死んだ」

「死んでしまった」

数千の群集の口から、同じ言葉が、どよめきとなって響きわたった。彼らはこの悪魔の死に安堵《あんど》を感じたのか。いやいや、そうではない。彼らははげしい失望におそわれたのだ。この金色の英雄の、あまりにもあっけない死をいたむ嘆息だ。

警官の一隊はただちに塔上へ駈けあがったが、怪物ならぬ彼らには、足場がなくては屋根へのぼる力はない。いや、屋根の出っぱりが邪魔になって金色の縊死体を見ることさえできぬ。何をあわてているのだ。駈けあがる先に、足場をこしらえる仕事師を呼びに走るのが順序だ。

「誰か、博覧会の建築事務所へ走って、足場の材料を持って仕事師をつれて来るようにいってくれたまえ」

警部が命ずると、隅の暗闇から、博覧会使用人の制服制帽をつけた、背の高い男がヒョッコリ出て来て、モグモグと何かいった。

「私が行ってまいりましょう」

というように聞こえたが、なんとなく人間ばなれのした声音《こわね》だ。しかし、そのさい誰一人そんなことを注意するものはなかった。

「アア、君ものぼって来ていたのか。探照燈の係だね」

「ハイ」

「じゃ、君一と走り行って来てくれたまえ」

探照燈係は、飛ぶように螺旋階段を降りて行った。

残った警官たちは、イライラしながら、手持無沙汰にたたずんでいたが、ふと気がつくと、探照燈係の道具箱のそばに、一挺のピストルが光っていた。

「アア。あいつ、ピストルをこんなところへ落として行ったのだな」

一人の警官がそれを拾いあげて一同に示した。

「なアんだ。それじゃ、屋根へのぼった時には、あいつピストルを持っていなかったんだ。何もビクビクすることはなかったんだ」

他の警官がつぶやいた。

「オヤ、へんだぞ」ピストルをひねくりまわしていた警官が頓狂な声でいった。「オイ、諸君。僕たちがあんなにおどかされた、このピストルは、君、おもちゃだぜ」

しらべてみると、たしかにおもちゃのピストルだ。賊は芝居の楽屋にあった小道具のピストルを持ちだして、さも本ものらしくふりまわしていたのだ。

警官たちのあいだに低い笑い声がおこった。だが、その笑い声は何か気まずそうに、じきやんでしまった。何十人という警官隊が、このたった一挺のおもちゃのピストルのために、思うがままに翻弄《ほんろう》されたかと思うと、ばかばかしさ、口惜しさに、笑いどころではなかったのだ。

仕事師がなかなかやって来ぬので、また一人の警官が事務所へ走った。そして、いよいよ足場ができあがったのは、それから一時間もたった時分であった。賊の死骸を取りおろす役目は、管内の消防夫で粂《くめ》さんという、威勢のいい梯子乗りの名人であった。

さすが商売がら、粂さんは、なんのあぶなげもなく、急傾斜の屋上へのぼって行った。屋根の下へ張りだされた足場には、二人の仕事師が死骸をうけとるために待ち構えている。

地上の群集は、待遠しかった足場がやっとできあがり、土地の人気者の粂さんの姿が、探照燈の円光の中に現われると、ドッと歓呼の声を上げた。

闇の中空に浮いた、巨大な白いとんがり帽子を、これは黒トカゲのように見える粂さんが、頂上にぶら下がった金ヤモリに向かってはいあがって行くのが、映画のように眺められた。

粂さんはついに頂上に達した。黄金仮面の死体に手がかかる。と見ると、これはどうしたのだ。この消防夫は、気でも違ったのか。金色の死体を革帯からはずすやいなや、軽々と一と振り振りまわして、ポイと、その百五十尺の上空から、地上目がけて投げつけたのである。

黄金の衣裳は、キラキラと不思議な花火みたいにひるがえって、探照燈の円光をはずれ、闇の中を、流星のように群集の目の前の地上に落ちた。

落ちたと見ると、ワッという鬨の声とともに、警官、青年団の提灯が、そのまわりにむらがり寄った。一警官がツカツカと近づいて、金色の衣裳をつまみあげて、グルグルと振りまわした。粂さんが投げつけたのも道理だ。この黄金仮面と黄金衣裳には中身がないのだ。つまり賊は仮面と衣裳とで案山子《かかし》をこしらえ、首をつったと見せかけて、どこかへ逃げてしまったのだ。仮面や衣裳の芯には、賊の着ていた上衣やズボンやシャツなどが丸めてくくりつけてあった。

怪しき声

賊はまんまと逃げさった。だが、どこから？　どうして？　不可能だ。塔のまわりは群集の垣、階段の下には警官隊が見張っていた。翼でもないかぎり、いかな怪物とても、この重囲《じゅうい》を逃れるすべはないはずだ。

塔内へ潜伏しているのではないかと、厳重な捜索がおこなわれたが、どこの隅にも影さえ見えぬ。警官達は捜索の手段も尽きて、一同塔の階段の下に、ボンヤリたたずんでいた。

「しかも、あいつはまっ裸で逃げださなければならなかったのだ。なぜといって、着ていた服もシャツも、皆、案山子の芯に使ってしまったのだからね」

「へんだね。これだけの群集が、いくら夜だといっても、まっ裸の男を見のがすはずがないじゃないか」

「オイ、あいつは変装用の衣裳を手に入れることができたかも知れないぜ」

警官の一人がへんなことをいいだした。さっき、おもちゃのピストルを発見した男だ。

「君は一体何をいっているのだ」

　他の一人がびっくりして相手の顔を眺めた。

「あいつは、屋根から頂上の部屋へ降りる時は、いかにもまっ裸であったかも知れない。だが、頂上の部屋へ来れば、あすこには、おあつらえむきの変装衣裳が置いてあった」

「どこに？」

「探照燈係の道具箱の中さ。あの中に、博覧会の使用人の制服が入れてあったというのは、ありそうなことじゃないか」

「想像に過ぎない。たしかめて見なければ、……」

「たしかめる？　むろんさ。見たまえ、あすこへ探照燈係の男がやって来た。あれに聞けばすぐわかることだ。オイ、君、君はここの探照燈係だろう」

「エエ、そうです」

　相手の制服の男が答えた。

「探照燈室の道具箱の中に、君の着がえかなんか入れてなかったかね」

「エエ、私のではありませんが、もう一人の男の制服制帽がはいってます」

「その男は」

「今日病気で休んでいるのです」

なんだか話がへんてこになって来た。

「では、さっき塔の上から建築事務所へ仕事師を呼びに行ったのは一体誰だったのだろう。君ではなかったね」

「エエ、私は一度も塔の上へのぼりません」

「アア、ひょっとしたら。……ともかく、あの道具箱をしらべて見よう」

探照燈係を引っぱるように、一警官が塔上へかけあがった。道具箱を開いて見ると、はたして、そこにあるはずの制服制帽が消えてなくなっている。

はたして、はたして、大胆不敵の怪賊は、またしても警官隊と群集を小馬鹿にして、彼らの注意力の盲点をたくみに利用し、まさかと思う探照燈係その人に化けて、まんまと重囲を脱出してしまったのだ。黄金仮面の字引には、おそらく「不可能」という文字がないことに相違ない。

ただちに、警官隊、青年団が八方に飛んで、場内を限なく捜索したが、むろん手おくれだ。あの敏捷な怪物が、一時間以上も危険な場内にウロウロしているはずはない。

警官達は、半日以上の大骨折りのすえ、やっと塔上に追いつめた怪物を、もう一と息のところで取りにがした無念さに、足ずりをしてくやしがった。せめて、探照燈係に化けた賊の顔を見覚えているものはないかと探したが、塔上の小暗い部屋ではあったし、あとで考えてみれば、その男は制帽をまぶかにして、胡散《うさん》らしくうつむきがちにしていたから、それに、まさかそいつが賊だとは誰一人疑っても見なかったので、ことさら注意して顔を眺めた者もなく、ただ非常に背の高い発音の曖昧《あいまい》な男というほかには、なんの記憶も残っていなかった。

「道理でへんでしたよ。僕が建築事務所へ行った時に、まだ誰も知らせに来たものはないといって、みな、へんな顔をしていました」

二度目に仕事師を呼びに走った巡査がいった。探照燈係にばけた賊は、むろん、事務所などへ立ちよりはしなかったのだ。

翌朝の各新聞は、地方新聞にいたるまで、全国的に、すばらしい大見出しで、上野博覧会における前代未聞の大活劇を、詳細に報道した。少々ボンヤリしていたが、粂さんが足場から尖塔へと這いあがっている写真などは、新聞効果いわゆる百パーセント。天下の読者をヤンヤといわせた。

だが、少くも東京都民は、その記事を単なる興味をもって読過《どくか》するわけにはゆかなかった。今までは新時代の怪談に過ぎなかった黄金仮面が、ついに姿を現わし、場所もあろうに、博覧会の大群集の面前で、不気味にもずばぬけた離れ業をやってのけたのだ。しかも、何十人という警官の包囲をやすやすと脱出した怪物は、おそらく市内のどこかに潜伏しているに相違ないのである。

黄金仮面の下に隠された、賊の正体が何者であるのか、全然不明なことが、いっそう人々をこわがらせた。また、敏感な読者達は、新聞記事の一警部の談話中にふくまれた、一種身ぶるいの出るような不気味な一節を、どうしても忘れることができなかった。その一節というのは、

「探照燈係にばけた賊は、ただ背が高いという特徴のほかに、何も記憶していないが、その時たった　と口物を言った。あいつの声を聞くと、なんともいえぬへんな感じがした。言葉も非常に曖昧だったが、それよりも、声の調子が、なんといっていいか、どうも我々と同じ人間の口から出たものとは思われぬようなものであった。云々」

これはそもそも何を意味するのか。恐ろしいほど無表情な黄金仮面、鋼鉄機械のように傍若無人で正確無比の腕力、その上にこの不思議な声だ。まさか、生命《いのち》のない人造人間があんなに自由自在に活動するはずはないのだが。

怪物は、大真珠「志摩の女王」を奪いとっただけで鳴りをひそめてしまうだろうか。いやいや、それは考えられぬことだ。彼は必ず、ふたたびあの不気味な姿を、どこかに現わすにちがいない。いつ？　どこへ？　そして何を？　彼の目的物が常に財宝に

限られているとはきまらぬ。もしや、あの人間ばなれのした無敵の腕力をふるって、恐ろしい殺人をもくろむようなことはないであろうか。気の弱い人達は、ふとそれを考えたばかりで、もうまっ青になって、どう防ぐすべもない大恐怖に、戦慄しないではいられなかった。

美子《よしこ》姫

この東京都民の恐怖は、あたっていたし、またあたっていなかった。というのは、怪賊ははたして、僅々数日の後ふたたび聞くも恐ろしい大犯罪をくわだてたが、その場所は、なんという出没自在、意外にも東京から遠く離れた日光《にっこう》山中の、鷲尾《わしお》侯爵家の宏壮な別邸内であった。

鷲尾氏の先祖は北国大藩の大名華族、本邸は東京にあるのだけれど、当主正俊《まさとし》氏は日光山中C湖畔の別邸を好んで、ほとんど一年中そこに住み、同氏の有名な道楽、古美術品を納めた小美術館も、この別邸内に建てたほどである。

十九才の美子は、同家の一粒種。婦人雑誌、写真画報などで、彼女の容姿に接したものは、その名状しがたきあどけなさ、不思議な魅力をたたえ、夢見るごときまなざしに、うっとりせぬ者はなかった。

その日、彼女は書斎の窓にもたれて、眼下に横たわる、眠ったような湖水を眺めながら、物思いにふけっていた。

思うは、遠き異境に遊学中の背《せ》の君《きみ》千秋《ちあき》さんの上である。千秋さんは、父君の亡き実妹が残していった、けだかき孤児、近く英京の遊学を終えて帰朝の上は、美子と結婚式をあげることに内定しているのだ。

眼に浮かぶは、いつかあちらから送って来た、千秋さんのクリケット遊戯の勇ましい姿、つづいて同じ大学の有名なボートレースのこと、そして、かぐわしき洋酒と西洋煙草《たばこ》の香りただよう漠然たるヨーロッパ大陸の連想。

それにつけても心にかかるは、今日、鷲尾家の古美術蒐集《しゅうしゅう》品を観賞するために、東京からはるばる自動車を飛ばして、お出であそばすという、某国大使ルージェール伯爵様のこと。西洋のお方、しかも大使というような要職にあるお方をおとりもちするのは始めての経験だ。妙なことをして笑われてはいけない。だが、もっと心配なことがほかにある。というのは、あのいまわしい黄金仮面の怪賊が、この二、三日、邸の近くを徘徊《はいかい》するという噂。いや噂どころではない。現に附近の村の百姓達が三人まで、森の中であのゾッとする無表情な黄金の顔を見たとさえいうではないか。

すぐ目の下の塀の外にうろうろしている背広服の男。あれは警察からよこしてくれた私服刑事達だ。一人二人三人、表門だけでも三人の見張り番だ。裏門にも同じ人数、そのほか邸内には、わざわざ東京の警視庁から来てくだすった波越《なみこし》警部とかいうお方をはじめ、十人に近い人数である。でも、聞くところによると、黄金仮面は、数千人の群集に取りかこまれながら、ゆうゆうと逃げさったほどの不敵の曲者、このくらいの防備で充分なのであろうか。私達一族のものは災難とあきらめもしよう。大使ルージェール様の御身にもしものことがあったら、国際関係にも累《るい》を及ぼす大問題だ。父君は万一を気づかって、大使の御来遊延期を申しいでたけれど、ルージェール伯は、欧州大戦にも参加され、シャンパーニュの激戦では、一時戦死を伝えられたほどの勇士ゆえ、かわいらしい日本人の盗賊など、物の数とも思し召さず、今日の予定を御変更にならなかった。で、邸内のこのものものしい警戒も、大使の身辺を護衛申しあげるために、父君がお取りはからいなされたことなのだ。

　そこへとつぜん、まっ青な顔をして駈けこんで来たのは、嬢のお気にいりの侍女の小雪《こゆき》だ。彼女は嬢と一つ違いの二十才。鷲尾家旧重臣の家の娘で、十七才の時からずっと嬢の侍女を勤め、時には友達のような口もききあう仲である。

「お嬢さま、わたくし、もうもう、こんなゾッとしたことはございません。どうしましょう。どうしましょう」

「まア、小雪、どうおしなの」

「わたくし、今、お部屋に生ける花を探しに、築山《つきやま》の奥の方へまいりましたの」

「エエ、それで」

「その小暗い森の中を、何気なく見たのでございます」

「エエ」

「すると、お嬢さま」小雪はふるえ声で、ささやくように「私見ましたの。アレを……」

「金色の……」

姫はゾッとして思わず立ちあがった。

「黄金仮面……」

「お前、ほんとうに御覧なの」

「エエ、森の茂みの奥から、あの、三日月型の口で笑っているように見えたのでございますの」

「で、お父さまに申しあげて？」

「旦那さまにも、警視庁のお方にも申しあげました。今警視庁の方々が、築山のうしろをしらべておいでなさいます」

心臓のしびれてしまうような恐怖に、二人はおびえきった目と目を見あわせて、黙りかえっていたが、やがて美子嬢が独り言のようにつぶやく。

「一体そのものは、ここで何をしようとたくらんでいるのでしょう。盗みでしょうか、それとも、もっとほかに何か恐ろしい目的があるのではないでしょうか」

気のどくな美子は、怪物黄金仮面と彼女自身の運命とが恐ろしいつながりを持っていようなどとは知る由もなく、ただ漠然とした恐怖に、唇の色をうしなって、打ちふるえるばかりであった。

そこへ父の鷲尾氏の姿が見えた。

「アア、お父さま」

「小雪がしゃべったのか」

鷲尾氏はその場の様子を見てとって、おしゃべりの侍女を叱るようにいった。

「お父さま、警察の人達は、そのものをつかまえまして？」

「いや、残るくまなく調べさせたが、どこにもそんなものはいない。小雪が、あまり怖がっているものだから、きっと幻を見たのだ」

というものの鷲尾氏とても、一抹の不安を隠すことはできなかった。

「けっして、旦那さま。幻やなんかではございません。わたくし、いくらなんでも、そんな臆病者ではございませんわ」

　小雪の抗弁を聞き流して、鷲尾氏は、話題をかえた。

「美子、もうお客さまの見えるに間もあるまい。お出迎えの用意をしなければなりません」

「でも、邸内にまで、そんなものがはいりこんで来ますのに、お客さまをお迎え申しあげても、よろしいのでしょうか」

「それは、私も気がつかぬではない。しかし、今さらどうするわけにもゆかぬのだ。もう先刻大使館をお出ましになったという電話が来ているし、ルージェール伯爵は豪《ごう》胆《たん》なお方だ。それに、いくら怪賊にもせよ。なんの利害関係もない大使に、御迷惑を及ぼすようなことをしでかす気づかいもあるまいではないか」

　侯爵はむしろみずから慰むるがごとく、力をこめていうのであった。

小美術館

　それから一時間ほどたって、某国大使ルージェール伯爵は、秘書官と通訳をともなって、大使館紋章入りの大型自動車を鷲尾邸の車寄せに横づけにして、鷲尾氏、美子嬢、執事の三好《みよし》老人その他一同の出迎えを受け、ぶじ洋風大広間にはいられた。

ルージェール伯は、その年二月下旬、信任状を捧呈《ほうてい》せられたばかりの新大使であったが、当時帝国ホテルで朝野《ちょうや》の歓迎宴を張ったさい、鷲尾氏も出席して、今日の御訪問も、その時からの御約束がのびのびになっていたわけだ。伯爵とは、今二カ月ぶりの再会である。

伯爵は、この国を訪れた外国人の例にもれず、いやその中でもことさらに日本古美術の非常な愛好者であった。彼はこの二カ月の間、要務の余暇には、京都奈良の博物館、神社仏閣を巡覧して、東洋美術の賞美に日も足らぬ有様であったが、そうした公共の場所だけでは満足ができず、名家の珍蔵にかかる名画仏像等の観賞を思いたち、鷲尾家は、そのプログラムの第一に選ばれたわけである。

美術館は母屋《おもや》から離れて、新しく建てられた、コンクリート造り二階建ての、百坪にあまる建築だ。まず三好執事が持参の鍵をもって、入口の大扉を開くと、侯爵を先頭に、大使一行、美子嬢、三好老人の順序で、館内にはいって行く。

土蔵風の建物で窓が小さいために、館内は昼間でも電燈がかがやいている。高い天井、ひえびえとした空気、防虫剤のほのかな匂い、その中に立ちならぶ異形の仏像、今にも動きだすかと怪しまれる甲冑《かっちゅう》の列、さまざまの刀剣類、千年の夢をかよわす絵巻物。なんとやら肌寒き感じである。

鷲尾氏は先頭に立って、一歩美術館に足を踏み入れた時、異様な恐怖を感じないではいられなかった。さっき小雪が見たという怪《あや》しのものと、場内にニョキニョキたちならぶ、不気味な仏像とが、奇怪なる連想を生じて彼をおびやかしたのである。

「もしや怪賊は、この貴賓来訪の時を待ちかまえていたのではあるまいか。どういう手段かはわからぬ。だが、この虚《きょ》に乗じて、美術館内の宝物を盗みだそうともくろんでいるのではないだろうか」

そう思うと、小暗い物かげが気になって、伯爵への受け答えさえ、おろそかになりがちであった。

だが、ルージェール伯は、思いもかけぬすばらしい観賞家であった。彼は日本支那の美術史にもくわしく、通訳官を通じての批評、ことごとく肯綮《こうけい》にあたるばかりでなく、最も侯爵を喜ばせたのは、幾百万の金銭にも換えがたき名宝として珍蔵せる、藤原時代の極彩色仏画「閻魔天像《えんまてんぞう》」と、同時代の作、木造塗箔の阿弥陀如来坐像との前に、伯爵は最も長く立ちどまり、垂涎《すいぜん》おくあたわざる体に見えたことである。

一行は徐々に進んで、二階への階段の下に達した。その階段の裏の三角形の暗所に、ふと見るとハッとおびえないではいられぬ一物がある。比較的新しい時代の、金色燦爛たる等身大の鍍金仏だ。それが、ほの暗い電燈に、異様な光輝を放って、ニョッキりとつっ立っているのだ。

美子嬢は、美術館へはいった時から、遠くの隅の、その鍍金仏を、目もはなさず見つめていた。黄金の顔、……黄金の衣……もしやあの仏像は生きているのではないかしら、というギョッとするような妄想《もうそう》に、彼女はおびえきっていた。

近づくに従って、その大男ほどもある仏像が、金箔の内側で、ひそかに、ひそかに、呼吸をしているようにさえ思われる。アア、今にも、今にも、あの柔和な口が、キューッと三日月型に曲って、糸のような血をはきながら、ニタニタと笑いだすのではあるまいか。と思うと、ゾーッと総毛立って、いきなり大声でわめきたい衝動を感じるのだ。

鷲尾氏も、娘ほどではないけれど、同じ思いに悩まされていた。彼は鍍金仏の前に近々と顔を寄せ、突き通すような恐ろしい目で睨みつけていたが、とつぜん、ヒョイと手を出して、仏像の腕を力まかせにつかんでみた。もしやそれが、生きた人間の腕のように生あたたかく、やわらかいのではないかと考えたからだ。

「アハハハ……」ルージェール伯は、侯爵の心持を察して笑いだした。「では、『金の仮面』といわれている盗賊はまだ捕縛されないのですね。おそらくその賊は、この仏像みたいな顔をしているのでしょう。きっとそうでしょうね、鷲尾さん」

こちらは大使の言葉に、臆病過ぎたしわざがきまりわるく、ソッと手を引いた。

その時である。突如として、美子嬢の口からほとばしった、絹をさくような悲鳴。人々はふいをつかれて、飛びあがった。嬢の飛びだすほど見開かれた両眼が、鍍金仏の背後の小窓に釘づけになって、顔色は紙のように白く、今にも卒倒せんばかりである。

見るとその小窓に奇怪な人間の顔。とっさにヒョイと隠れてしまったが、たしかに何者かが大使の一行を覗《のぞ》いていた。しかも全く見覚えのない異様の人物、邸内の召使でもなければ、警戒中の刑事でもない。

鷲尾氏はいきなり小窓へ飛んで行ってガラス戸を開いた。

軒下をすべるように逃げて行く人影。背の高い、髪を女の子のように長髪にして、黒木綿《くろもめん》の紋つきに、黒セルの袴《はかま》をはいた、なんとも形容のできないへんてこな姿である。

「君、ちょっと待ちたまえ」

鷲尾氏がどなると、男はクルッとふりかえって、ニヤニヤ笑いながら一礼した。肩まで垂れた長髪の上に、アイヌの酋長みたいな顔じゅう髭《ひげ》だらけの、うす気味わるい人物だ。

「君は、一体誰です。今何をしていたのです」

主人の詰問に、相手の男が答える前に、とつぜん横合いから口を出したのは、執事の三好老人だ。

「木場《こば》さん。こんなことをしでかしてくだすっては、私が困るじゃありませんか。もう一日もお泊めしておくことはできませんぞ。……いや、旦那様、なんとも申しわけがございません。あの男は、じつは、……」

「わかった、わかった、君の信仰している天理教《てんりきょう》の教師だね」主人は、怪人物の素性がわかると、安堵していった。

「だが、ふたたびこんな粗相のないように、君からよくいっておく方がよい」

三好執事は天理教の狂信者で、門内の彼の住居には、時々説教旅行の教師が泊りこんでゆく。木場さんというのもその一人で、見ず知らずではあったが、教会のたしかな紹介状を持参したので、三好老人は安心して泊めておいたのだ。どうして覗いたりしたのかと尋ねてみると、新任の某国大使閣下のお顔を一と目見たかったのだと答えた。

さてそれからは別段の出来事もなく、大使一行の美術品巡覧は主客とも十分の満足をもって終った。

浴場の怪人

美子は毎夜ベッドにはいる前に、湯殿《ゆどの》で身体を清める習慣があった。今日は御一泊なさる大使一行のおもてなしで就寝時間がひどくおくれたけれど、身分あるお客さまへの気づかれと、その上黄金仮面の恐怖に、心身ともヘトヘトになっていたので、気分を落ちつけるためにも、入浴を省略する気にはなれなかった。

侍女の小雪に手つだわせて、着物をぬぎ、大理石の浴槽に身をつけたのは、もう十二時を過ぎていた。

純白の大理石に照りはえる、まばゆいばかりの電燈。それに気丈者《きじょうもの》の小雪が、大タオルを手にして見張り番を勤めていてくれるので、深夜の湯殿ではあったが、美子はのびのびとした気持ちで、肌にしみいる温湯を楽しむことができた。

透明な湯の中に、平べったく浮きあがって見える、ねっとりと白い肌。彼女も世の多くの女達の例にもれず、我れと我が肉体の美しさに見とれる娘であった。我が肌の不可思議な魅力に感じるはずかしさは、やがて、遠き異郷のなつかしき背の君への、云いがたきあこがれであった。

うっとりと物思いにふけっているうちに、彼女はふとおそいかかるような深夜の静けさにおびえて、小雪に話しかけようと、うしろをふりむくと、いつのまに立去ったのか、侍女の姿は消えていた。

「どこへ行ったのかしら、きっと着がえの寝間着を取りに行ったのでしょう」

と、心待ちに待っていても、小雪はなかなか帰って来ぬ。

耳をすますと、しんと静まりかえった夜の中に、かすかに、かすかに、あるかなきかに聞こえて来る、裏山の夜鳥の声。美子は湯の中ながら、ゾッと鳥肌立つ思いで、おびえた目はおのずから庭に開いた窓に注がれる。その曇りガラスのドアの外に、ソッと忍びよる人の足音さえ聞こえるような気がするのだ。

浴槽を出るのはおろか、湯の中で身体を動かすことさえはばかられ、破れるように高鳴る胸を押さえて、じっと身をすくめていると、アア、なんということだ。その窓の扉が、ひとりでに、一分《ぶ》ずつ一分ずつ、じりじりと開いて行くではないか。

幻覚だ。でなければ、悪夢を見ているのだ。夢なら覚めよと祈ったが、覚めるどころか、扉の隙間は見るみる拡がって、その向こうから、吹きこむひややかな夜気とともに、まっ黒な夜がバアと覗いている。

美子は身動きはもちろん、のどがふさがって、声を立てる気力もない。だが、目だけは、目に見えぬ糸で引っぱられているように、扉の隙間に固定して動かぬのだ。

アア、今にも、今にも、あのまっ黒な隙間から、無表情な金色の顔が、覗くのだ。覗くにきまっている。とおびえる心が、そのまま形となって現われるように、そこから、その黄金仮面が、三日月型の口で笑いながら、ほんとうに、ヒョイと現われたではないか。

美子はその刹那《せつな》、半ば意識をうしなって、その黄金仮面の怪物に向かって、まるで仲よしのお友達ででもあるように、ニッコリと笑いかけた。極度の恐怖が――泣くことも叫ぶこともできぬほどの恐れが、ついに人を笑わせたのであろうか。

怪物は、彼女の不思議な笑顔に誘われたように、窓をのりこえてツカツカと湯殿の中へはいって来た。顔は黄金仮面、後頭部は黒布にすっかり包まれている。身には、例のダブダブの金色外套だ。

美子は生命の危険を感じた。「早く、早く、逃げなければならぬ」消えてゆく意識をとりもどそうと、死にものぐるいの戦いだ。

やっとの思いで、浴槽を出た彼女は、乙女の羞恥《しゅうち》も忘れ、むきだしの赤はだかで、よろよろとドアに走った。

だが、黄金仮面は燕《つばめ》のす早さだ。姫が半ばも走らぬうちに、彼はすでにドアの前に立ちはだかっていた。見ると怪物の右手には、黄金マントの下に隠し持っていた、するどい短剣がギラギラと光っている。

すっぱだかの、花はずかしい乙女と、全身金色にかがやく怪物の、いとも奇怪なる睨みあい。怪物はまたしても、例の三日月の唇で、顔いっぱいの笑いを笑った。と見るまに、パッとひるがえる黄金マント。彼は一と飛びで、美子の白い肉塊を組みしいてしまった。

怪物は彼女のふくよかな胸をねらって、短剣をふりかぶった。か弱き女性の、断末《だんまつ》魔《ま》の悲惨なる抵抗。もがきにもがく手が、近々とのしかかって来る怪物の顔を、発止《はっし》と打った。そのはずみに、どうしたことか、ポロリと落ちた黄金仮面！

怪物はアッと叫んで、す早く仮面を被りなおしたが、とっさの場合、怪物の正体を、まざまざと見てとった。

「まア、おまえ！」

美子の驚愕《きょうがく》と憎悪の絶叫。

正体を見られた怪物は、物狂わしく短剣を振りおろした。針のような切っ先が、純白の肌にサッと通る。飛び散る血潮、ギャッといううめき声、そして、宙をひっかく、まっ白な指……。

ちょうどそのころ、鷲尾氏とルージェール伯とは、まだ寝もやらず、晩餐から引きつづいての美術論に打ち興じていた。書記官も通訳も同席して、聴き手の役を勤めている。

その席へ、ぶしつけにも、ころがるように駈けこんで来たのは、侍女の小雪だ。

「旦那さま、たいへんでございます。お嬢さまが、胸を刺されて、……お湯殿で……」

主客とも色をかえて立ちあがった。鷲尾氏は、客を残して、小雪の案内で湯殿へと駈けつけた。騒ぎを聞いた書生もあとにつづく。

湯殿に来て見ると、美子は、半身を大理石の浴槽につけて、のけざまに、空《くう》をつかんで絶命していた。その胸のムックリと高い乳房と乳房の谷間には、黄金の柄《つか》の立派な短剣が、まっ直ぐに突き立って、その傷口から、ドクドクと、美しい深紅《しんく》の泉がふき出していた。

鷲尾氏はスリッパのまま浴槽に近づいて、嬢の死体をかかえながら、

「オイ、三好を呼ぶんだ。それから波越警部にも知らせるのだ」

と命じた。

書生が走る。やがて波越警部を先頭に、刑事や召使などほとんど家内じゅうのものが、殺人現場へ集まって来た。

調べて見ると、美子は心臓をえぐられて、全くことときれている。もはや手のほどこしようがない。短剣はどうして盗みだしたのか、書斎に置いてあった鷲尾氏秘蔵のスペイン製のものであった。

賊の出入口は、庭に面した湯殿の窓のほかにはない。波越警部は部下を引きつれて庭に廻り、一足の足駄《あしだ》の跡をたよりに、庭の奥、塀の外まで隈なく調べたが、なんの得るところもなかった。足駄の跡は窓から五間ほどで固い地面に消えていたので、賊の逃走した方角を定めることもできぬのだ。

さすがの鷲尾氏も、一人娘の非業《ひごう》の最期に気も顚動《てんどう》して、大切なお客さまルージェール大使一行のことも忘れ、前後の処置も考えず、ただ美しい嬢のなきがらに取りすがって、涙にくれていたが、波越警部達がむなしき捜索を切りあげて引きかえして来た時、やっと気を取りなおして、こういう折は、老練な三好執事の智恵を借りるほかはないと、召使達の間にその姿を探したが、どうしたものか老人の影さえ見えぬ。

「三好は、三好はどうしたのか」

その声に応じて、三好老人の妻女が、おずおず顔を出した。

「三好が、なんだかへんなのでございます。それから、家《うち》に泊っていますす木場さんも。二人とも一と間に横になってグーグー寝こんだまま、いくらおこしても目を覚まさないのでございます。どなたか、一度見に来てくださるわけには……」

「眠っているって？　それはへんだ」鷲尾氏の頭に麻酔剤《ますいざい》という考えがひらめいた。

「波越さん、一つ見てやってくださいませんか」

警部が三好老人の住居へ駈けつけて見ると、いかにも奥の一と間に、老人と、長髪の怪人物とが、腕枕でグーグーと寝入っている。突いても叩いても、死んだようにたわいもない。寝入る前にお茶を飲んだと見えて、枕もとに茶器が出ている。おそらく賊は同家の勝手元に忍びこんで、茶器の中へ麻酔薬を入れておいたものに相違ない。だが、彼は一体なんのためにこの二人を睡《ねむ》らせなければならなかったのであろう。

いろいろ手あてを加えたが、薬がききすぎたのか、両人とも、夜の白々あけまで目を覚まさなかった。

一方ルージェール大使一行は、この思いもかけぬ椿事に滞在どころではなく、夜があけるのを待って、鄭重《ていちょう》な悔みの挨拶を残し、例の紋章入り大型自動車を駆って、東京へと引きあげて行った。

A・Lの記号

波越警部は、朝、裁判所の連中が来着するまでに、この不可思議な兇行の動機なり、犯人の手がかりなりをつかもうとあせった。もう一度足跡を綿密にしらべまわったり、短剣の指紋を探したり、小雪をとらえて美子の日常を尋ねているかと思うと、三好老人の住居へ飛んで行って、家中を探しまわったり、朝八時頃まで、探偵の仕事に没頭していたが、やがて、土地の警察署長が遠くの町から到着した時分には、彼はすでに若干の物的証拠を蒐集したらしくやや得意の面持ちで、署長とともに主人の前に現われた。

「三好執事の家に泊っている木場という天理教の教師は、お見知りごしの人物でございましょうか」

警部が意味ありげに尋ねる。

「いや、昨日見たのが初めてです。三好も見知らぬ男のようです。ただ教会のたしかな紹介状を持っていたので、泊めたと申すことです」

「では、あの男をここへ引き出して、一応訊問《じんもん》をしても差しつかえございませんか」

「いいですとも、わしもあの男はなんだか妙な奴だと思っていたくらいです」

そこで、やっと麻酔からさめた長髪長髯《ちょうぜん》の怪人物が、この臨時法廷へ連れ出された。

「君は昨夜十二時頃、どこにいたのですか」

警部が、臨時被告の住所姓名その他を聞きただした後、まずおだやかな第一矢をはなった。

「十二時少し前、三好さんとお茶を呑んでいました。それからあとは、御承知のとおり、何も知りません。犯人はなぜ私のような者を睡らせる必要があったのかと、怪しむばかりです」

「君は、お茶を呑んだのが十二時前だというのですね。しかし、三好さんも三好さんの奥さんも、たしかな時間は記憶がない。三好さんがお邸から帰って来たのが、たぶん十二時頃だったといっています。とすると、あなた方がお茶を呑んだのは十二時をよほど過ぎていたと考えなければなりませんね」

「私もたしかな記憶はありませんが、もし十二時過ぎであったとすると、どういうことになるのでしょうか」

「君が自分で入れた麻酔剤で眠りこけてしまう前に、湯殿へ忍びこむ時間があった、ということになります」

「つまり、私が令嬢の下手人《げしゅにん》だとおっしゃるのでしょうか。で、何か証拠でも」

木場は平気でいってのけた。

「オイ、君は、まだ証拠が発見されないと高《たか》をくくっているのかね。そりゃだめだ。まず第一の証拠は、君の朴歯《ほおば》の下駄だ。この邸には朴歯の下駄をはいているものは一人もない。ところが、湯殿の窓の外の足跡は、君の朴歯とシックリあてはまるのだ」

長髪の男は、なんの抗弁もしなかった。それぱかりか、こののっぴきならぬ証拠に、ひどくおどろいているようにさえ見えた。

「それだけではない。もっとたしかな証拠がある」波越氏はここぞと居丈高《いたけだか》になって、「これを見るがいい。この金色のおもちゃは、君の行李《こうり》の中から発見されたのだ」

警部の手にあるのは、金色の仮面と、金色のマントである。怪賊黄金仮面の衣裳だ。するど、先日来、世の中を騒がせていた怪物はこの男であったのか。

木場は、それを見ると、またいっそうおどろきを増した体であったが、しばらく無言で考えこんでいたのち、

「アア、仕方がない」

と嘆息をもらしながら、つと波越警部の耳もとに口を寄せて、何か一言ささやいた。

警部の顔に、サッとのぼる驚愕の色。

「うそだ。うそだ。……」

彼はだだっ子のようになった。

「波越君、君はとうとう僕の邪魔をしてしまった。そんなに疑うならこれを見たまえ」

木場は、頭に手をやったかと思うと、いきなり長髪をかなぐりすて、次には、顔じゅうの髭をむしりとった。その下から現われたのは、

「アア、明智《あけち》君。まさか君の変装とは知らなかった」

波越警部の叫び声。おどろくべし、天理教の布教師と見えたのは素人《しろうと》探偵明智小五《こご》郎《ろう》であったのだ。

一座の人々は、この劇的情景に少なからぬ興味を覚えた。新聞を読むほどの人で、名探偵明智小五郎を知らぬ者はない。鷲尾氏とても、その例には漏れぬ。波越警部は、今しがたの失策を忘れたかのごとく、やや誇らしげに、この名高い友人を紹介した。

「だが明智さん。かんじんの時に睡らされてしまったのは、少々手抜かりでしたね」

地方の署長が、ある反感を含めて、皮肉にいった。

「エエ、しかし、おそらくシャーロック・ホームズだって、僕と同じ失策をやったでしょう。なぜといって、昨夜、ほとんどあり得ないことがおこったのです。僕の想像が間違っていなければ、歴史上にいまだかつて前例のない椿事がおこったのです。僕はそれを口にするのも恐ろしいほどです。むろん、僕にもまだ真相がはっきりわかってはいないのですが」

明智は真《しん》から恐ろしそうに、謎のようなことをいった。

「というと、なんだかあなたは、昨夜の犯人を御存知のようですな」

署長は明智の難解な言葉を、てれかくしと邪推して、なおも皮肉をやめなかった。

「昨夜の犯人とおっしゃると、お嬢さんの下手人のことですか」

「いうまでもありません」

鈍感な署長は、明智の質問の奥に隠された意味には無感覚で、うなずいた。

「たぶん、存じています。たぶんという意味は、……波越君、昨夜からの捜索の結果は？」

「皆無《かいむ》だ。君自身が犯人でないとすれば」

「そうでしょう。では、僕は、ハッキリと申しあげることができます。この犯人は、数日来私の目ざしていた人物です」

「明智さん、それは誰です。その男の名前をいってくださらんか」

とうとう、鷲尾氏がイライラして口を出した。

「いや、鷲尾氏、その前に、あなたにとって、お嬢さんの御死亡とほとんど同じくらい重大な問題があります。私は、一刻も早くそれをたしかめたいのです」

「というのは、アア、もしや君は、……」

「エエ、国宝にも比すべき、御蒐集の美術品です。大使御訪問の折も折、どうしてこうも、さまざまの凶事がかさなり合って突発したのでしょうか。賊は、めったに開かれぬ美術館の入戸が、昨日大使一行のために開かれるのを待ちかまえていたのではありますまいか。その証拠には、たとえば、……」

「たとえば？」

「たとえば、三好さんはなぜ麻酔剤を呑まされたかということです。失礼ですが、三好夫人は目も耳もうとい御老人です。賊は三好さんの睡っているすきに、隠し戸棚にしまってある美術館の鍵を取りだして、また人知れず元の場所へ返しておくこともできたのです。もし賊が、その隠し戸棚を前もって知らなかったとすれば、昨日のように、たまたま美術館の開かれる日を待って、その隠し場所をたしかめるほかはないではありませんか」

「明智さん、来てください。美術品をあらためてみましょう」

古美術のこととなると気ちがいのような鷲尾氏は、もう心配に青ざめて、明智をせきたてた。

彼は、三好老人から鍵を受けとって、明智、波越警部、警察署長の三名をともない、美術館にはいって行った。

だが、一巡歩いて見たところでは、別段紛失した品物もない。

「明智さん、少し取りこし苦労だったね」

鷲尾氏はホッと安堵していった。

「ですが、この仏像は？」

「藤原時代の木彫阿弥陀如来像です」

「いえ、私のいう意味は、……」

明智は長いあいだ如来像を凝視《ぎょうし》していたが、何を思ったのか、突如、拳《こぶし》を固めて如来様の横面《よこつら》をはりとばした。

「コラッ、何をする。きさま、気でも違ったのか」

鷲尾氏が激怒して駈けよった時には、すでに如来像は台座をすべり落ち、固いコンクリートの床で、こなごなに割れていた。

「ごらんなさい。これが藤原時代の木像でしょうか」

見ると明らかに石膏《せっこう》細工の偽物《にせもの》だ。

アア、なんというみごとな模造品。賊はいつのまにこのような、石膏像を用意することができたのであろう。鷲尾氏は昨日大使を案内した時は、それがけっして偽物でなかったことを記憶していた。

明智は何気なく、如来像の底部にあたる、石膏の一片を拾いあげて、ひねくりまわしていたうちに、その表面に、Ａ・Ｌという何かでひっかいたような文字が記されてあるのを発見した。

Ａ・Ｌとは一体なんの記号であろう。まさかこんな犯罪用の偽物に、作者が署名をするはずはない。とすると……。

明智は何か、心の奥の奥から、秘密の解釈を探りだそうとするもののごとく、じっと考えこんでいたが、やがて、何に思いあたったのか、さすがの名探偵も、すっかり相好《そうごう》が変ってしまうほども、深い深いおどろきと恐れにうたれた様子である。

鷲尾氏も、絶望のあまり、目の前の空間を見つめて黙りこんでいたが、どう気を取りなおしたものか、とつぜん力なく笑い出して、

「いや、宝物《ほうもつ》の方は、大して心配することはない。あれほどの品を、人知れず処分するなんて不可能なことだ。またそう急に買手がつくものでもない。やがてありかが知れる時もあるでしょう。だが、娘は、もう永久に帰って来ることはないのです。……」

といいさして、憤怒にたえぬもののごとく、

「明智さん、君はさっき、娘の下手人を知っているといいましたね」

と、まるで詰問《きつもん》である。

「エエ、ぞんじています。あなたもよく御存知の人物です」

「誰です。そいつは一体何者です」

鷲尾氏は日頃のたしなみを忘れて、素人探偵につめよった。

意外！　意外！

「誰です。そいつは一体何者です」

愛嬢の惨死、金銭に替えがたき宝物の盗難に、大名華族の鷹揚《おうよう》さをうしなった鷲尾氏は、かみつくように明智小五郎につめよった。

「お急ぎなさることはありません。そいつはけっして逃げだす気づかいはないのです。逃げない方が安全だということを、ちゃんと知っているからです」

明智は落ちつきはらって答えた。鷲尾氏はじめ一座の人々は、へんな顔をして明智を見た。何をいっているのだ。泥棒をした上に、人まで殺した犯人が、逃げさる気づかいはないなんて、そんなべらぼうな話があるものか、という心が人々の表情に読まれた。

「けっして御心配には及びません。犯人は逮捕されたも同然です。五分間以内にお引きわたしすることをお約束します。しかし、ここではなんですから、みなさん、あちらの部屋へお引きとり願いたいのですが」

五分間以内に犯人を引きわたすとは、なんという自信であろう。人々は名探偵のこの自信力に圧倒された形で、いわれるままに母屋へ引きとった。その時、鷲尾氏も三好老人も顚動のあまり、また一つには、すでに盗難はすんでしまったのだという油断から、美術館の戸じまりをしないで、一刻も早く犯人を見たさに、フラフラと母屋へ引きあげてしまったが、その戸じまりをおこたったことが、後に非常な面倒を引きおこす因《もと》となった。

引きあげたのは、つい今しがた、明智小五郎自身が、令嬢殺しの嫌疑を受けて取りしらべられた、広い応接間である。一隅の卓上には、さっきの黄金の面と金色のマントが、気味わるく置かれたままだ。

誰も椅子に腰をおろそうとはしない。ただ早く犯人が見たいのだ。

「あと三分で、お約束の五分ですよ」

またしても警察署長が、不愉快な敵意をこめていった。

「三分ですって？　そいつは少し長すぎますね。三分どころか、一分、いや三十秒で十分です」

明智の小気味よいしっぺいがえしだ。

「君、冗談をいっている場合ではないぜ」

友人の波越警部が、少々心配になって、小声で注意した。わずか三十秒のあいだに、あの兇賊黄金仮面を逮捕しようなんて、神様にだってできないことだ。

「ご主人、令嬢づきの召使をここへお呼びくださいませんでしょうか」

明智は波越氏の注意を黙殺して、鷲尾氏に声をかけた。

「小雪に何か御用ですか。あの女には訊《ただ》すだけは訊して、もう聞くこともないと思うが」

鷲尾氏は明智の力量をあやぶんでいる。三十秒などという手品師めいた断言が少し癪《しゃく》にさわったのだ。

「私は犯人をお引きわたしする約束をしました。それについてぜひ必要なのです」

「では……」と、不承不承にそばの書生に小雪を呼んで来るように命じた。

やがて、友達のようになつかしんでいた美子嬢の惨死に、悲歎のあまり目を泣きはらした、小間使の小雪がはいって来た。美しい顔が涙に洗われて、異様な魅力をたたえている。

「明智さん、この小間使を問いただして、それから犯人を探すのじゃあ、三十秒では、ちと無理ですぜ。ホラ、そういううちに、三十秒は過ぎてしまった」

警察署長は行きがかり上、追求しないではいられぬのだ。

「過ぎましたか」明智が平然として答えた。「だが、僕はちゃんとお約束を果したのです」

「ホホウ、こいつは奇妙だ。で、その犯人は？」

「あなた方の捕縛を待っています」

「どこに。一体その男はどこにいるのです？」

「男ですって？」明智は妙な笑いを浮かべていった。「男なんていやしませんよ。ここには小雀のようにふるえている、小雪という少女がいるばかりです」

「小雪？　すると君は……」

「そうです。気のどくですが、この小間使が令嬢殺しの犯人です」

あまりに意外な指摘に、人々はむしろ滑稽《こっけい》を感じた。一座に低い笑い声がおこった。

だが、その中でたった一人笑わぬ人物があった。ほかならぬ小雪だ。

まさか、まさかと高をくくっていた彼女は、今この名探偵に星を指されて、一刹那息もとまるほど驚愕したが、次の瞬間、彼女はもう心をきめていた。音にきく明智小五郎の手にかかっては、なんと弁解してみたところで無駄だとさとった。そこで、かねてある人物から教えられていた、最後の手段をとることにした。人一人殺し得るほどの女だ。いざとなれば男も及ばぬ意力を発揮する。小雪の美しい顔は見る見る青さを増し、目は恐ろしい決意を示して逆立った。

「アッ、いけない」

明智がある予感におびえて叫び声を立てた時には、もう遅かった。しかも、ほかの一座の人々は、まだ笑い止んでいないのだ。

小雪は隅のテーブルに走りよって、金の仮面とマントをとると手早くそれを身につけて、アッとおどろく人々の前にスックと立ちはだかった。

可憐な小間使の姿はかき消すように失せて、そこには兇賊黄金仮面が、三日月型の唇でニヤニヤと笑っていた。

不思議な錯覚が、一瞬間人々を躊躇させた。小娘とはわかっていながら、黄金の扮装が、何かしらひどく恐ろしいものに見えたのだ。

さすがに波越鬼警部は、まっ先に幻覚を払いのけて、金色の物に飛びかかって行ったが、小雪の方では、人々の躊躇しているまに、逃走の身がまえができていた。彼女は金色の燕のように、鬼警部の手の下をくぐって、ドアの外へ飛びだしてしまった。

廊下を幾曲り、ヒラリヒラリと金色の虹が飛びすぎるあとを、波越警部を先頭に、署長や刑事連中が追いかける。

母屋をはなれた怪物は、疾風のように庭を横ぎって、まだ開いたままの美術館へと飛びこんでしまった。

追手にしては、何を小娘が、どこまで逃げられるものかという油断があった。逃げる方では死にものぐるいの一《いち》か八《ばち》かだ。そこに思いがけぬ開きができた。

小雪は美術館へ飛びこむと、中から重いドアをしめてしまった。自然にピンと錠がおりる。つまり彼女は、我れと我が身をコンクリートの蔵の中へ、とじこめてしまったのだ。

「そこへはいれば袋の鼠《ねずみ》です。あわてることはない」

おくればせに、明智小五郎とともにかけつけた鷲尾氏が叫んだ。

「しかし裏手の窓は？」

波越氏は、もうその方へ駈けだしそうにしながら聞きかえす。

「大丈夫。窓にはみな鉄格子がとりつけてあります。女の腕で、あの鉄格子を破ることはできません」

「では、ここの鍵を。……三好さんはどこへ行きました」

「部屋にウロウロしていました。どなたか、呼びに行ってください。しかし、なアに、あわてることはない。もうつかまえたも同じことですよ」

かようにして、黄金仮面は、最後の努力もむなしく、ついに追手の手中のものとなった。

黄金仮面すなわち小間使の小雪。これはどうした事だ。あまりにも意外千万な、むしろ信じがたき真相ではないか。この小娘がはたして、博覧会の産業塔で、あの離れ業を演じることができたであろうか。そこに、何かとんでもない錯誤《さくご》が伏在するのではないだろうか。追手の人々は心の隅でそれを感じていた。おそらく、読者諸君とても、同じ疑惑をいだかれたことに相違ない。

鎧《よろい》武者

金色の小雀は、異常なる精神力で、わずかに追手をのがれて美術館に駈けこんだが、一難去ってまた一難、追手を防ぐためにしめたドアが、かえって我れと我が身をとじこめる落し戸となってしまった。

外にはドアを乱打する警官の声。内にはうす暗い陳列場に、不気味な仏像の地獄絵巻。とぼしい窓にはすべて厳重な鉄格子だ。好んで牢獄に飛びこんだのも同然である。

小雪の顔は恐怖と焦燥《しょうそう》のためにみにくくひん曲っているのに、それを覆った黄金仮面は、あいかわらず三日月型の唇で無表情な笑い顔。その笑い顔のまま彼女は、ちょうど網にかかった鼠のように、あわただしく、みじめに、美術館内を駈けまわった。

どこにも出口のないことはわかりきっている。だが、じっとしてはいられぬのだ。今にも、三好老人がやって来て鍵でドアを開いたなら、ドッとなだれこむ警官の群、たちまち縛られることは知れたことだ。それから、護送車、法廷、牢獄、絞首台。身の毛もよだつ幻が、恐ろしい早さでつぎつぎと頭をかすめる。

いくら駈けまわっても無駄なことを悟ると、今度は、物におびえた獣のように、彼女は部屋中で一ばん暗い隅っこへ、そこにニョッキリ立ちはだかっている、小桜《こざくら》おどしの鎧武者のうしろに身をひそめ、息を殺して屋外の物音に耳をすました。

鎧武者といっても、生人形ではない。鎧櫃《びつ》の上に、ドッカと腰かけた形に飾ってある、中味はがらんどうの陳列品だ。黄金仮面の小雪は、その鎧櫃に倒れるようにもたれかかっていた。早鐘《はやがね》の動悸《どうき》は静めようとて静まるものではない。身体全体が、恐ろしい耳鳴りに調子を合わせて、ドキンドキンと揺れている。

不思議な静寂、ひどい耳鳴りのために、すべての物音が消されるのか、屋外の人々は、遠く遠く立ち去ってしまったかのごとく、なんの気配も聞こえては来ぬ。空漠《くうばく》たる虚空《こくう》に、無人の美術館だけが、ポッリと浮かんでいる感じである。

その時、なんとも形容できないへんてこなことがおこった。

彼女の動悸のほかに、もう一つ別の調子の鼓動が身近に脈うっていることを感じたのだ。ドクドクドク……と彼女の早い鼓動。そのあいだを縫って、ゴクン、ゴクンとしっかりした非常に遅い鼓動が、どこからか伝わって来る。

思わずゾッとして、注意をそれに集中すると、わかった、わかった。その動悸は彼女の指先から伝わって来るのだ。その指先は、櫃の上の鎧武者のお尻にさわっている。するとこの鎧武者には、血が通っているのかしら。

鎧の中には、洋服屋の陳列器みたいな、木の棒が立ててあるきりだが、そのがらんどうの鎧がどうしてこんなに脈打っているのだろう。と、見ると、なんだか、その全体がモクモクと身動きをしているように思われて来る。

追手の怖さとは、全く別の恐怖が、彼女の背筋を這いあがった。見わたすかぎり、怪奇な仏像や仏画の幽冥界《ゆうめいかい》、その片隅で、蟲《むし》の食った何百年前の小桜おどしがドキンドキンと脈打っているのだ。

小雪の黄金仮面は、怖さに吸いよせられて、鎧武者の顔を覗いた。錣《しころ》の翼を張った兜《かぶと》の下に、赤銅《しゃくどう》色の頬当てが鬼の口を開いている。その奥に、ボンヤリ見える白いもの。アア、はたして人間だ。鎧の中にはほんとうの人間がはいっていたのだ。

「ギャッ」

と叫んで、小雪が飛びのくと同時に、その鎧が、鎧櫃からヒョイと立ちあがって、物をいった。

「怖がることはない。俺はお前の味方だ」

お化けではない。あたりまえの人間が、何かの目的で、鎧の中に隠れていたのだ。とわかっても、その扮装の不気味さに、小雪はまだ逃げ腰だ。

「あなたは、誰です。誰です」

「名前をいったところでお前は知るまい。俺は首領のいいつけで、昨夜からこの鎧武者に化けていたのだ。なんの目的？　そんなことをしゃべっている暇はない。お前を救わなければならぬ。お前を助けるのも、やっぱり首領のためなのだ。さア、逃げ道はちゃんと作ってある。こちらへ来るがいい」

「アアわかった。あなたはあの人の仲間ですね。それで、もし私がつかまれば、あの人の秘密がバレてしまうものだから、それが怖いのですね」

「早くいえばその通りだ。つまり、お前を助けるのではない、我々の首領の秘密を救うのだ。しかしお前にしては、このさい、そんなことはどうだっていいじゃないか」

「逃げ道って、どこにあるのです。それをちゃんと私のために用意しておいてくださったのですか」

「お前のためだって。ハハ……、お前の悪事がこんなに早くバレようなんて誰が思うものか。明智の奴さえ出てこなければ、万事うまく行ったのだ。それに、あのおせっかいめ。……だから俺はあいつの鼻をあかしてやろうと決心したのだ」

気ぜわしく話しながら、鎧武者は鎧兜を脱ぎすて、小雪の手を取って、裏手の窓へと走った。

ちょうど彼らが窓に達した時、ガラガラと大きな音を立てて、背後の大扉が開かれ、追手の群がドヤドヤと踏みこんで来た。だが、ふいの暗さに、彼らはまだ窓の二人には気がつかぬ。

「さア、ここだ。お前のためじゃない。俺の逃げ道に、この鉄棒を切っておいたのだ」

鉄格子を握って、一と揺りすると、四カ所のヤスリ目から、ポッカリとはずれて、大きな穴があいた。二人はそこをくぐって外に出ると、ダラダラ坂の芝生と、低い生垣の向こうに、漫々たるC湖がひろがっている。その岸に一艘のモーターボート。侯爵家の遊覧舟だ。

「お前、モーターボートが動かせるか」

「エエ、できますわ」

「そいつは幸いだ。じゃ、お前一人で、それに乗って逃げだすんだ」

「でも、どっかへ上陸したら、すぐつかまってしまいますわ」

「だからよ。それにはちゃんとうまい用意ができているのだ。……」

男が何かボソボソとささやくと、小雪はビックリして、ボートの中に横たえてある、ステッキよりは少し長い竹竿を見た。

「まア、これで？」

「ウン、この追手を逃れるには、そのくらいの苦労はあたりまえだ。お前は人殺しなんだぜ」

「エエ、やりますわ。どうせ絞首台に送られる身体です。死んだつもりでやれば、女でもそのくらいのこと、できないはずはありませんわ」

小雪は決然としていい放つと、単身ボートに乗りこんだ。エンジンはいつでも動くように準備ができている。

「オット、それを脱いじゃいけない。さっきもいったとおり、そいつの利用法を忘れちゃいけないぜ」

小雪が金色の仮面やマントを脱ごうとするのを、男が止めた。追手の目標になることの衣裳を、なぜそのまま身につけていなければならないのか、不思議な指図もあったものだ。

「じゃ、しっかりやるんだぜ。俺はまた俺で、仕事がある」

男は小雪のモーターボートが、勇ましい爆音を立てはじめたのを見送ると、どこへ行くのか、岸伝いに、風のように走り去った。

この鎧武者の男は、そもそも何者であるか。また彼が首領と呼ぶ人物は一体誰のことなのか。それらの疑問はお話が進むにつれてだんだんわかってゆくのだが、ここではただ、鎧武者に化けた男が、昨夜以来ずっと美術館内にいたということ、したがって彼は明智小五郎が、置きかえられた美術品の偽物を看破し、それに記してあったA・Lの記号まで読み取ったのを、じっと闇の片隅から観察していたことを、記憶に留《とど》めてくださればよいのである。

奇妙な呼吸器

袋の鼠と思いこんでいた獲物が、どうして切り破ったのか、窓の鉄格子を抜けだして、しかもちゃんと出発準備のできていたモーターボートで逃げだそうとは、さすがの明智小五郎も、まるで思いも及ばぬ離れ業であった。

まして、追手の警官達は、この解きがたき奇蹟に、あいた口もふさがらぬ始末だ。

彼らは湖の岸辺にむらがって、遠ざかり行くボートを、むなしく眺めるばかりである。はるかにかすむ対岸には、チラホラと百姓家が見えているものの、もし犯人がそこへ上陸してしまったら、事めんどうだ。湖水の岸を迂廻《うかい》して先廻りをするような、完全な道路もない。

「あれのほかに、もう発動船はありませんか」

明智がどなった。

「あります。あります。ホラ向こうからやって来る。あれは近所の漁師の持ち舟です」

追手に加わっていた鷲尾家の書生が叫んだ。

見ると、なんと仕合わせなことには、発動機を取りつけた小さな漁船が、岸伝いにやって来る。あやつっているのは、所の漁師らしい木綿縞の半纏《ばんてん》を着た四十男だ。

「オーイ、その舟をちょっと貸してくれ。あのモーターボートを追っかけるのだ。警察の御用だ」

一人の刑事が呼ばわると、御用と聞いておどろいた漁師は、さっそく舟を一同の前に着けた。

乗りこんだのは、警察署長と、波越警部と、明智小五郎と、刑事が二名、運転手の漁師とを合わせて六人の同勢だ。

「こう見えても、馬力はこっちの方が強いんだから、あのボートを追いぬくくらい造作はありませんや」

漁師は自慢らしく運転を始めたが、その時すでに両船の間には、三丁ほどのへだたりができていた。しかも、先のボートは、ちょうど岬のように突きでた陸地のかげに隠れて、一時見えなくなってしまった。

だが、そのあいだに犯人が上陸する心配はない。そんな所へ上陸すれば、すぐそばに県道が通じていて、もっとも人目につきやすい場所なのだ。第一、そのようなすきがない。追手の船はまたたくまに、岬の向こう側まで見通しのきく場所に達した。

見ると、モーターボートは、岬のかげで方向を転じたと見え、湖水の中心に向かって、まっしぐらに進んで行く。船尾にうずくまる黄金仮面の異様な姿は、巨大な金塊のように、ギラギラとかがやいて見える。

爽快なる湖水の追撃戦。

静かな水面を、まっ二つに切りさいて進む船首。舟全体が見えなくなるほどの水煙。みごとな尾を引く二条の白浪。命がけのボートレースだ。

漁師が自慢したのは嘘でない。機械力の相違はぜひなく、両船の距離は見るみる狭まって行く。

二名の刑事は、黄金仮面の狂暴に備えるため、とくにピストル携帯を許されていた。彼らは舟が着弾距離に近づくと、そのピストルを高くかかげて、逃げ行くボートを威嚇した。

「オーイ、舟を止めろ、でないと打ち殺すぞ」

だが、ボートの上の黄金仮面は身動きもしない。傍目《わきめ》もふらず、行く手を見つめたまま、変らぬ全速力で進んで行く。

追手の舟から一団の白煙が立ちのぼったかと思うと、湖面に伝わる銃声。わざと狙いをはずした威嚇の一弾が発射されたのだ。

それでも、強情な小娘は、見向きもしない。エンジンにしがみついたまま化石したかと疑われるほどだ。

しかし、見よ。両船の距離は、二一間、十間、五間と接近して行く。やがて、湖の中心に達したころには、ついに追手の舟は逃げるボートを捕えることができた、
一人の刑事が、敵のボートに飛びうつったかと思うと、いきなり黄金仮面の背後から、組みついて行った。だが……

「ワッ、やられた」

刑事の頓狂な叫び声に、ギョッとした人々の視線が、黄金仮面に集中する。

これはどうしたことだ。そこにあるのは金の仮面とマントばかり、中はもぬけの殻だ。二枚の板を立てて、それに金色マントが着せかけてあったのだ。

黄金仮面の常套手段だ。人なき舟は、向けられた方向に、ただ機械的に進行していたのだ。

では、このボートには、最初から乗り手はなかったのか。

そんなことはない。追手の人々は、岸をはなれたボートの中に、金色の人の、動く姿をたしかに見た。

では、途中水中に身を投じて逃れたのか。

それも不可能だ。この静かな湖面、泳ぐ人影を見のがすはずはない。

上陸したのか。むろんそんなひまはなかった。

とすると、小雪は人魚と化して湖の底深く姿を消してしまったのか。それとも、霞《かすみ》となって空高く蒸発してしまったとでも、考えるほかはない。不可能なことだ。

「アア、僕はあの小娘を軽蔑しすぎていた。なんという恐ろしい智恵だろう。諸君、まだ失望することはありません。船頭さん、この舟をさっきの岬の所へ帰してくれたまえ。大急ぎだ」

立ちさわぐ人々を制して、明智が叫んだ。

主なきモーターボートは、漁船の船尾につながれた。それを曳舟《ひきふね》にして、元来た方角へフルスピードだ。警察署長をはじめ誰も名案はないのだから、明智の提議は無言のうちに採用せられた。

「君の考えは、まさかあの岬のかげから犯人が上陸したというのではあるまいね」

進行中の舟の中で、波越警部が念を押すように尋ねた。

「むろん、そんなことは不可能だ」

「すると？」

「たった一つ、残された方法がある。だがあの小娘の考えつけることではない。といって、ほかにこの不思議の消失を解くすべはないのだから、どんなに不自然に見えようとも、やっぱりその方法をとったと考えなければならぬ。……君、これはおそらく、あの娘一人の智恵ではないぜ。美術館の鉄格子を破った手なみといい、たしかに共犯者がある。そいつの入れ智恵で、か弱い小娘がこんな大胆な離れ業をやってのけたのだ」

「共犯者だって？　君は心あたりでもあるのかい」

「おそらく僕達の知らない奴だ。そいつがあの美術館の暗闇にじっと隠れて、時の来るのを待っていたのだ」

さすがに名探偵の想像は星を指す。

「しかし、モーターボートに乗っていたのは、たしかに小雪一人だったぜ。すると、共犯者は……」

「用事をすませて逃げてしまったのさ。どこへ逃げたか。我々にとって、そいつの行方が一ばん恐ろしいことなのだ」

明智のこの心配は不幸にも的中した。それがどんなふうに的中したかは、まもなくわかる時がくる。

やがて舟は岬のかげに到着した。かげといっても、湖の中心からは見通しの場所で、遠くから、そこになんの異状もないことはわかっていた。

「明智さん。君の考えは、どうも我々凡俗には理解できないね、一体ここまで舟を戻してどうしようというのですか。見たまえ、陸上にも水面にも、人一人かくれるような場所は一カ所もないじゃないか」

警察署長は彼自身定見はないのだけれど、ともかくも、飛びいりの素人探偵を敵視しないではいられぬのだ。

明智はそれにもかまわず、入江になった浅瀬を、漁師に命じて、あちこちと舟を動かし、群がる水草をかき分けて何か熱心に探しまわっている。君はその死骸を探しているのですか」

「アア、あいつが入水自殺をしたというわけですか」

署長がまたしても半畳《はんじょう》（注5）を入れる。

水面いっぱいに繁茂した水草の葉のほかに、そのへんはちょうどゴミの流れる箇所と見えて、藁屑《わらくず》などが一面にただよっている。投身するには浅すぎるし、たとえ死体が沈んでいても、この水草とゴミににごった水中では、とても上から見通せるものではない。

「よし、舟を止めて。……誰かうすい紙をお持ちではありませんか」

明智が妙なことをいいだした。

刑事の一人がごくうすい鼻紙を取りだして、明智に渡すと、彼はそれを細く裂いて、舷《ふなばた》にかがみ、水面近く持って行く。まさか鼻紙で魚釣りをするわけではあるまい。

「君、それは一体なんの禁厭《まじない》だね」

あまりの不思議さに、波越警部までが、からかいはじめた。

「静かに、静かに、今、妙な実験をしてお目にかけるのだから」

明智はきまじめな様子で、細長い鼻紙をヘラヘラと水面に近づけて行く。

人々は、このとほうもない明智のしぐさに、かえって圧倒された形で、黙りこんで、同じ水面を覗きこんだ。

「ホラ見たまえ、水草の間に、細い竹きれが首を出しているだろう。こいつがどういう反応を示すか。うまくいったらおなぐさみだ」

いいながら、明智は紙きれを、その竹の切口の真上へ近づけた。

すると、これは不思議、その紙きれが、フワリフワリと下から吹きあげられまた吸いよせられるように、一定のリズムで踊りだしたではないか。

竹は水中に直立している。疑いもなくその下方から、何かの気体が吹きだしているのだ。

まさか天然ガスではあるまい。それに、このリズムと一致するものはほかにはない。人間の呼吸だ。

鈍感な人々にも、ついに事の仔細がわかって来た。アア、なんという悲惨な逃亡者の努力であったか。人々は、ゾッと総毛立って、青ざめた顔を見あわせたまま、しばらくは言葉もない。

第二の殺人

　いうまでもなく、その節抜き竹の上端には、小雪の口があるのだ。つまり、彼女は水底の岩にしがみついて、身を隠し、竹の管で呼吸をつづけているのだ。そうして、騒ぎが静まるのを待ち、人知れず上陸して、夜陰《やいん》に乗《じょう》じて逃亡しようという企みであったに相違ない。だが、春とはいえまだ四月半ばの時候に、数時間水底にひそんでいようとは、なんたる無謀、なんたる努力、絞首台の幻に悩まされ、半狂乱になった殺人者でなくては、真似もできない芸当だ。

「よし、しぶといあまめ、こうして浮きあがらせてくれるぞ」

　野蛮な刑事がいきなり手を伸ばして、竹筒の切り口を押えた。こうすれば呼吸のできぬ苦しさに、難なく浮きあがって来ると思ったのだ。

　だが、アア、なんという犯罪者の恐怖心であろう。十秒、二十秒、ついに一分間を超えても、小雪は浮きあがって来なかった。呼吸をピッタリ止められた、水底での戦慄すべき闘い。彼女は海女《あま》のように息をしないで、まだあきらめきれぬ生への執着に、じっと水底にへばりついているのだ。

「よしたまえ。かわいそうだ」

あまりの悲惨に耐えかねた波越警部が叫んだ。

さすがの野蛮刑事も、もう手を離したがっていたのだ。彼は警部の言葉をよいしおに、あわれな娘の呼吸を自由にしてやった。

だが、それがちょうど、水底の小雪の忍耐力の最大限でもあった。刑事が手をはなすと、ほとんど同時にサンバラ髪の少女が、水草の間からポッカリと浮きあがって来た。

半ば失神した少女犯人は、即座に舟の上に引きあげられた。

「アア、もう我慢ができない。早く、早く、殺してください」

胴の間に横たえられた彼女は、手足をもがいて、譫言《うわごと》のようにわめきつづけていたが、ついに力尽きたか、グッタリと静まってしまった。

「君、僕のいうことが間違っていたら、訂正するんだよ。いいかね」

明智は少女の意識が回復するのを待って、あわただしい舟の上の訊問を始めた。

「君が令嬢を殺したのは、英国にいる千秋さんのためだね。そうだろう」

小雪は力なくうなずいて見せる。

「つまり君は、洋行以前、鷲尾邸にいた千秋さんと、何か深い関係を結んでいた。その千秋さんが近々帰朝して令嬢と婚礼する。それが君には耐えられなかったのだ。君がたびたびロンドンの千秋さんに手紙を出していることを僕はちゃんと知っているのだよ。その返事がいつも君の予期に反した。つまり早くいえば千秋さんにすてられたのだ」

小雪はまた、大きくうなずいて見せた。千秋と美子嬢の間に婚約の成立していることはすでに述べた通りである。

「君は持ち前のはげしい気性から、ついに御主人の美子さんをなきものにしようと企んだ。何も美子さんが憎いのではない。競争者を除いてしまえば、千秋さんが君に帰って来ると信じたのだ。それには、君の殺人が絶対にバレないことが必要だ。非常にむずかしい仕事だった。ちょうどその時、黄金仮面の新聞記事を読んだ。そこで、君は恐ろしい計画を思いたった。ね、そうだろう。

で、君は木のお面とマントを手に入れ、それに金箔を押してひそかに黄金衣裳を作りあげた。僕はね、君がその金箔を買った家まで調べあげてあるのだよ。それから、君は、黄金仮面になりすまして、林の中などに隠れていて、チラチラと村人に姿を見せた。さあそこで、黄金仮面が現われたという噂がひろまって来る。警官隊の出張となる。だが、それが君にしては、思う壺なんだ。君はまんまと目的をはたすことができた」

これで、前夜美子姫が黄金仮面の素顔を一と目見て、「まア、お前」と叫んだ意味が判明した。「僕は噂を聞いて、姿をかえて三好老人の家へ泊りこんだ。そして、何もかも調べあげていたのだが、某国大使の御来訪と、例の麻酔薬の騒ぎで、非常な失敗を演じてしまった。僕に麻酔薬を飲ませたのは君ではなかった。むろん、あの仏像や仏画を贋《にせ》物とすりかえたのも、君の知ったことではない。つまり、君の殺人事件よりも、ずっと大物がとつぜんころがりこんで来たのだ。さア、ここまでに事実と違った点があるかね」

小雪はわずかにかぶりを振った。

「よしよし、それでは、君の殺人罪についてはもう聞くことはない。君の事件は見かけにくらべてごくごく簡単なのだ。それよりも聞きたいのは、君の知っているもう一人の犯人だ。つまり美術館の仏像を盗んだ奴だ。君はそいつを見たに相違ない。ね、見たんだね」

波越氏も警察署長も、明智小五郎の一語一語におどろきを加えて、吸いよせられるように聞き入っていた。明智の方でも、こうして事の真相をその筋の人々に知らせてゆくつもりなのだ。

小雪がうなずくのを見て、明智は言葉をつづける。

「なぜ僕がそんな疑いをいだいたかというとね、ほかでもない、君のさっきからのみごとすぎる逃走ぶりだ。君一人の考えで、これほど順序よく、しかもこんなずばぬけた離れ業がやれるものではない。どうしても、誰か君に入れ智恵をした奴がある。そいつは、なぜ、こうまで苦心をして君を逃亡させなければならないのか。ほかに考えようはない。そいつの悪事を君に見られているからだ。そうだね。君が裁きを受けて、事のついでにそいつの悪事がバレることを、極度に恐れたからだ。では、そのもう一人の犯人が何者であるか、どんなふうにして美術館に忍び入ったか、君の見たままを話してくれたまえ」

だが、小雪は黙っている。考えをまとめているのか。それとも、物をいう力もないのか。

ちょうどその時、船尾にうずくまっていた、舟の持主の漁師がけたたましい声を立てた。

「ア、妙なものが流れて来た」

おどろいた一同が立ちあがってその舷を覗いてみるとなるほど変なものがただよっている。一人の刑事が手をのばして拾いあげると、まだ水につかってまもない男持ちの札入れだ。小雪の所持品でもない男持ちの札入れが（しかも中には相当の金額がはいっている）どうして、こんな所にただよっていたかと、一同不審に思ったが、このさい札入れの穿鑿《せんさく》をしている場合ではない。

明智はふたたび小雪のそばにしゃがんで、肝要な質問をつづけた。

「さア、小雪さん、どんな片言《かたこと》でもいい、僕の問いに答えてくれたまえ。僕が不自由らしく、こんな舟の上で、急いで質問を始めたのは、ただもう一人の犯人の正体が、一刻も早く知りたかったからだ。陸に帰ってからでは、どんな邪魔がはいらぬものでもない。そのもう一人の奴と来たら、君に入れ智恵をした手なみでもわかっているように、恐ろしく頭の働くすばしこい曲者だからね。さア、君、お願いだ。君の犯した罪ほろぼしに、たった一と言いってくれたまえ。君の一と言で、歴史上に前例もないような恐ろしい大犯罪を未然に防ぐことができるのだ。お願いだ。小雪さん。……オヤ、どうかしたのか。君、しっかりしたまえ」

明智がおどろいて、小雪の肩をゆすぶった時には、彼女はすでに生命のないゴム人形みたいになんの手答えもない死骸になっていた。

あまりにもいぶかしき突然の死であった。

「どうしたんだろう。大分落ちついていると思ったのに、なんだかへんだね」

波越警部がまず不審を打った。

人々は、うしろから、何かがおそいかかって来るような名状しがたき不安の中に、言葉もなく哀れな少女の死体を眺めていた。

「アッ、血だ。血が流れている」

誰かが叫んだ。

見ると、グッタリとなった小雪の背中から、舟底へと、まっ赤な液体がにじむように流れだしている。

明智は一刑事の手を借りて、死体を引きおこした。

「誰だ。誰が小雪を殺したのだ」
二、三人が同時に叫んだ。
ほとんど有り得ないことがおこったのだ。小雪は殺されている。背中の心臓と覚しきあたりに、柄まで通ったジャックナイフ。その傷口からは、ぬれた着物を通してボトボトと血が垂れている。

水中から引きあげた時には、むろんそんなナイフなぞ突きささってはいなかった。舟の中に横たえてからの、僅々十数分に、何者とも知れず、魔法使いのような人殺しをやってのけたのだ。

だが、舟の上には、みな素性の知れた人々ばかりだ。四人の警察官、明智小五郎、それから舟の持主の漁師。そのうちの誰が、そしていつのまに、なんの遺恨があって、小雪を殺さなければならなかったのだ。

とはいえ、ほかには人影もない水の上だ。どんなに不可能に見えても、下手人は六人の一人に相違はない。

では、もしや……

徐々に徐々に、或るおどろくべき真相が人々の脳裡に浮かびあがって来た。

恐ろしき水罠

不思議、不思議、舟の上には警察の人々、明智小五郎、舟の持主の漁師のほかに、誰もいない。場所は岸を離れた湖水の中だ。全くあり得ないことがおこったのだ。

あっけに取られた人々の胸に、漠然と、ある信じがたき考えがわきあがって来た。

もしかしたら、もしかしたら……彼らはその異様な想像に慄然《りつぜん》とした。

と、とつぜん湖面に響きわたるエンジンの爆音。と同時におこる明智の叫び声。ハッとふりむく人々の目に、今まで曳き舟にしてあったモーターボートが、非常な速度で、彼らの舟をはなれて行く奇怪千万な光景がうつった。ボートを操縦しているのは、いつのまに乗りうつったのか、こちらの舟の持主であるはずの漁師だ。

「ちくしょう、あいつだ。あいつが殺したんだ」

出しぬかれた明智小五郎は、憤怒の形相ものすごく、エンジンのところへ飛んで行って、運転をはじめた。またしても、湖上の追撃戦。

「あいつは、賊の手下だ。小雪に入れ智恵をしたのもあいつだ。それだけでは安心できぬものだから、漁師の舟を手に入れて、その舟の持主に化け、味方と見せかけて、僕らを見張っていたのだ。そして、小雪が発見され、何かしゃべりそうになったのを見ると、たまらなくなって、刺し殺してしまったのだ」

明智が運転をつづけながら波越警部にどなった。

「いつの間にそんなことが……」

「君はそれがわからないのか」明智は癇癪玉《かんしゃくだま》を破裂させた。「手品の種は、さっきの札入れだ。札入れが流れて来たと教えたのは、あいつだったじゃないか。むろん自分の札入れを投げこんだのさ。そして、我々の注意をその方に向けておいて、手早く兇行を演じたのさ」

いわれてみると、あの時、一同がそれを拾いあげたり、中味を調べたりするために、一方の舷へ集まって、しばらく小雪の方をお留守にした。その間に、人知れず彼女を刺し殺すのは、全く不可能なことではない。

そんなことをどなりあっているまにも、舟はグングン速度をまし、賊のモーターボートに迫っていた。

「大丈夫、スピードはこちらが早いのだ。賊を捕えるのはまたたくまだ」

警察署長が、さいぜん漁師がいったのと同じようなことを得意らしく叫んだ。

オヤ、へんだぞ。相手は追手の舟が早いことをチャンと知っているはずだ。見すみす追いつかれるとわかっているものを、なぜあのように逃げだしたのであろう。そんな誤算をするような賊ではない。こいつは、用心をしないとあぶないぞ。明智はふとそこへ気がついた。

彼は舵《かじ》をにぎったまま、なぜというわけもなく舟の中を見まわした。いい知れぬ不安におそわれたからだ。

すると、アア、これはどうしたことだ。舟の底に、もう二寸ほども水がはいって、ジャブンジャブンと不気味な音を立てているではないか。昂奮《こうふん》のあまり、誰一人足の下の浸水のことなど気づかないのだ。

「誰か舟の底を調べてください。どこからこんなに水がはいって来るのだか」

明智の声に、人々はやっとそれを悟って、にわかに騒ぎだし、水の中を手さぐりで、舟底を調べはじめた。

「いけないッ。大きな穴があいている。何かこめるものはありませんか」

刑事が舟底の穴を発見して、青くなって叫んだ。

いううちにも、水は刻々に増しつつある。人々の靴をひたし、すでにズボンの裾をぬらしはじめた。

「これだ。これをこめたまえ」

明智が手早く羽織を脱いで投げた。

刑事はそれを丸めて浸水の箇所をふさごうとあせる。だが、もう手遅れだ。六人の目方と同じ力で吹きあげる水を間に合わせのこめものなぞで防ぐことはできぬ。

立ちさわぐあいだに、浸水は早くも舟の半ばに達し、舟は刻々に沈んで行く。エンジンは動いているけれど、舟足が重くなったために、速度は半減されてしまった。

場所は深さの知れぬ湖水のまん中だ。泳ぎのできる者もできない者も、色をうしなって、ワッと異様な叫び声を立てた。

「ちくしょうッ、あいつの罠だ。ばか野郎。とんま。アア俺はなんというまぬけだ」

明智はモジャモジャ伸びた髪の毛をつかんでくやしがった。

と、はるかに聞こえて来る、賊の高笑い。彼は追手の舟を湖心に近く誘《おび》きだしておいて、いきなり方向を転換し、湖の東岸へとまっしぐらに走っている。そして、高く手を振りながら、さもさも愉快そうに、カラカラと笑っている。彼は前もって舟の底にしかけをしておき、逃げだす時に、その栓を抜いて行ったのだ。

追手の一同は、しかし、賊の嘲笑をいきどおる余裕もない。舟はすでに完全に沈んでしまった。

金ピカの肩章いかめしい警察署長も、鬼警部とうたわれた波越氏も、名探偵明智小五郎も、こうなってはみじめだ。彼らは沈みゆく舟の舷につかまって、かろうじて水中に身を浮かせ、首ばかりを突きだして、あわれな呼吸をつづけるのが、精いっぱいであった。

だがそれも長くはたもつまい。水泳の達者な明智は別として、他の人々は、やがて疲労の極、どのようなことになりゆくか、いとも心細い有様である。

名探偵の腹痛

あとになって考えると、まことに滑稽千万な光景であった。しかし、その時は生死の境だ。警察のお歴々も、我れを忘れて舷にしがみつき、はるかの岸をうらめしく眺めながら、救いの舟もがなと、声をそろえて悲しげにわめいたものである。だが、やがて、

「オオ、舟だ。救いの舟だ」

誰かの叫び声に、振りむくと、鷲尾邸の方角から、エンジンの響きも高く近づいて来る一艘の小舟。

近づくに従って、その舟には、あとに残して来た警官達が乗っていることがわかった。彼らは別の漁船を探しだして、怪賊追撃の第二隊を編成し、応援にやって来たものに相違ない。

結局、一同は少しつめたい思いをしただけで、別状もなくその舟に救いあげられた。小雪の死体も流れさる暇はなかった。

賊はと見ると、騒ぎのあいだに、モーターボートを湖水の東岸に乗りすてて、すでに上陸してしまった。言うまでもなく、警官隊はその地点を目ざして進んだ。明智をはじめ五人の者は濡れ鼠だが、そんなことはかまっていられぬ。息をつくひまもなく、追撃また追撃、恨みかさなる怪賊を逮捕しないでは、一分《いちぷん》が立たぬ。

またたくうちに岸に乗りつけた一同は、先をあらそって上陸する。

「オヤ、なんだか紙きれに書いてあるぜ。あいつが我々に読ませるために残して行ったのかも知れない」

波越警部がまずそれを発見した。見ると、モーターボートの中に、一枚の紙片。一刑事がボートに飛びこんで、それを拾って来た。たしかに賊の置き手紙だ。

小雪を殺したのは誰でもない。明智小五郎、きさまだぞ。俺の方には殺す気は毛頭なかった。第一我々の首領は血を見ることが何よりもきらいなのだ。小雪を逃亡させるために、あれほど苦労をしたのでも、それはわかるはずだ。きさまがいらぬおせっかいをしたばかりに、とうとうこんな事になった。即刻手を引くのだ。でないと、この次はきさまの番だぞ。

それには鉛筆の走り書きで、こんなことが記してあった。

水に濡れた連中は、あとから来た人達の上衣を借りて、着がえをした。一時しのぎの珍妙な風体だ。

明智は賊の置き手紙をていねいにたたんで、借り着のポケットに納めた。一方は山、一方は湖水を見はらしてうねる細道、右すれば山越し二里にして足尾《あしお》、左すれば近くCの旅館街を通って日光にくだる。二つに一つ、ほかに逃げ道は絶対にない。

賊はその道をどちらへ走ったものかと、迷っているところへ、左の方から一人の田舎女がやって来た。樵夫《きこり》の女房といった風体の四十女だ。

「オイ、今この道を漁師風の男が通らなかったか。お前と行きちがいにはならなかったか」

波越氏が尋ねると、

「通りましただ。わしにぶつかって、詫言《わびごと》もしねえで、大急ぎで歩いて行きましたっけ。この近郷についに見かけねえ奴でごぜえますよ」という返事だ。

「そいつだ。よっぽど行った時分かね。どのへんでぶつかったのだね」

「つい、そこで。その山の曲り角でぶつかりましただから、まだ遠くは行ってますめえよ」

「よし、諸君、追いかけてみよう。道は一と筋だ。それに先へ行けば繁華な町がある。もうのがしっこないぞ」

波越警部は、借り着の背広にズボン下ばかりの珍妙な恰好で、勇ましく叫んだ。刑事巡査から叩きあげた彼は、職人や土方の風体で捕物に向かった経験もしばしばあり、職務のためには風采を気にするような人物ではなかった。

刑事三名と明智とが勇ましい追手の人数に加わった。警察署長をはじめ残りの人々は、舟でCに先まわりをする手はずだ。

山角を曲ると、見通しのきくまっ直ぐな道が二、三丁つづいている。だが、そこにはもう賊の姿は見えぬ。五人が息せき走って行くと、土手にもたれて鼻たれ小僧が遊んでいる。念のために賊の風体をいって尋ねると、その小父《おじ》さんなら、さっきここを通ったとの答えだ。

山角を曲り曲り、また二、三丁走ると、アアいたいた。はるか向こうを、トットと急いで行く、漁師体の男、着物の縞柄から背恰好から頬冠りの手拭《てぬぐい》まで、さっきの曲者に相違ない。

「相手に悟られてはめんどうだ。Cまで脇にそれる道はないのだから、あせることはない。見えがくれにつけて行こう」

波越氏は小声で、はやる刑事達を制した。

「僕は腹が痛くなって来た。とても歩けない。すまないがあとはよろしくやってくれたまえ」

明智がとつぜん妙なことをいいだした。

「そいつは困ったね。大丈夫かね。さっきの舟のところまで歩けるかね」

「ウン、そのぐらいのことは大丈夫だ。あすこには僕らのために、賊の乗ったモーターボートが残してあるはずだ。君達はどうせCまで尾行するのだから、僕はあいつを拝借して鷲尾邸へ帰ることにする」

「そうか。じゃあ大事にしたまえ。賊はきっと捕縛して、吉報をもたらすから」

一行は明智をのこして前進をつづけた。

途中の詳細を記していては退屈だ。結局波越警部の一隊は、賊をCの自動車発着所へ追いこんだ。もう逮捕したも同然である。

賊は発着所のうす暗いすみっこに小さくなって腰かけ、通行の人々に顔を見せまいと、鼻の頭が膝につくほどうつむいている。

波越警部を先頭に、一同ドヤドヤとそこへ踏みこんで行った。と、足音におどろいて見あげる賊と先頭の波越氏とが、一、二尺の近さで、ヒョイと顔をあわせた。

「アノ、ちょっくらお尋ねいたしますが、ここに待ってれば日光行きの乗合が来ますだかね」

賊とばかり思いこんでいた男が、さもさもまぬけた口調で、警部に話しかけた。

違う、違う。着物は同じだが、顔がまるで違っている。正真正銘の田舎者だ。

追手の一同アッといったまま、あいた口がふさがらぬ。

だが、どう見なおしても、着物といい、頰かぶりの手拭といい賊のものに相違ない。

尋ねて見ると、なんのことだ。賊は舟からあがると、ちょうどそこを通りかかった
旅人を、山の茂みの中へ連れこみ、腹巻の中へ忍ばせていた金時計をお礼に、うまい

口実を設けて、服装をそっくり取りかえてもらい、旅人とは反対の方角へ走り去った、ということであった。

「別に悪気があってしたんじゃねえだから、どうか勘弁してやってくだせえまし。なんだったら、この金時計はお返し申しますだで」

田舎親爺《おやじ》は、警察の人々とわかると、青くなって、ペコペコおじぎをした。

アアわかった。明智小五郎はこの憂目《うきめ》を見るのがいやさに、腹痛をおこしたのだ。彼にはあのときうすうすそれがわかっていたのだ。

「君はずるいぜ。わかっていたなら、なぜ教えてくれなかったのだ」

あとになって、警部が愚痴をこぼした時、明智は、

「だって、別に確信があったわけじゃないからね。もし贋物でなかった場合はたいへんだ。ただ僕は、あいつの後ろ姿が、なんとなく気にくわなかっただけさ。それに、捕縛するのには、僕なんか大して手助けにもならないしね」

と笑った。

むろん即刻、賊の逃げ去った方角の各警察署へ打電して、逮捕方を依頼したけれど、どこをどう逃げたのか、いつまでたっても、なんの報告もなかった。

黄金仮面の恋

Ｃ湖の大捕物は、かくしてなんら得るところなく終った。鷲尾家の令嬢美子の下手人はわかった。だが、その下手人小雪さえも、あの怪賊のためにはかない最期をとげてしまった。

二美人の惨死。国宝にも比すべき古美術品の盗難。だが怪物黄金仮面の正体はもちろん、その配下の行方さえ、名探偵明智小五郎の手腕をもってしても、ついにつきとめることができなかった。

新聞紙が、この絶好の社会種を、鳴物入《なりもの》りで書きたてたのはいうまでもない。したがって、東京はもちろん、日本全国の老若男女が、かつて聞いたこともない怪賊の噂にふるえあがった。

それから十日ばかりは、なんのお話もなく過ぎ去ったが、そのあいだとても、噂は噂を生み、おびえきった人々は、枯尾花《かれおばな》を妖怪と見あやまったこともたびたびであった。

古物商のうす暗い店内に、はげちょろけの仏像に並んで一体だけギラギラ光る金色の如来像が立っていたが、あれが黄金仮面ではなかったかと一人がいうと、もうそれに違いないように、噂はそれからそれへと伝わって行った。

またある時は、上野の帝室博物館で、場内の掃除女が気絶した騒ぎさえ持ちあがった。閉館近い夕暮のこと、仏像ばかり並んでいる陳列室を掃除していると、等身大の鍍金仏が、フラフラと彼女の方へ歩いて来るような幻覚を感じて、テッキリ黄金仮面と思いこみ、キャッと悲鳴をあげたまま、気をうしなってしまったというのだ。

それはとにかく、本ものの黄金仮面が、三度目の犯罪を企てていることがわかったのは、四月も終りに近いある日のことであった。

それは、どんより曇った、へんにむしむしする、なんとなくおさえつけられるような夕方であったが、明智の部屋借りをしている、お茶《ちゃ》の水《みず》(注6)の開化《かいか》アパートの一室へ、妙な客が訪ねて来た。

我々の主人公明智小五郎の住居について記すのは、これが初めてだから、少々説明しなければなるまい。彼は「蜘蛛男」の事件を解決してまもなく、不経済なホテル住居をよして、ここのアパートへ移ったのだが、独身者の彼には、一家をかまえるよりも、この方が気楽であり便利でもあった。借りているのは表に面した二階の二部屋で、一方は七坪ほどの手広い客間兼書斎、一方は小ぢんまりした寝室になっている。

黄金仮面が鳴りをひそめているので、明智は少々退屈を感じていた。その日も、所在なさに、客間のテーブル兼用の大型デスクに頬杖をついて、プカプカ煙草を吹かしているところへ、とつぜんドアにノックの音が聞こえて、見知らぬ老人がはいって来た。

老眼鏡に胡麻《ごま》塩《しお》髭、折り目正しい羽織袴、どう見ても一時代前の人類だ。

老人は一礼すると、一封の紹介状に名刺を添えて、うやうやしく差しだした。

名刺には「大鳥《おおとり》喜《き》三郎《さぶろう》」とあった。有名な大富豪の名前だ。まさかこの老人が大鳥氏ではあるまいと、ジロジロ眺めていると、老人は、

「私は大鳥家の執事を勤めておりまする、尾形《おがた》と申す者でござります」

と切り口上でいった。

紹介状は実業界にいる友人の自筆で、万事よろしく頼むむねが記してあるばかりだ。

老人は長々と何かしゃべっていたが、すべて前口上にすぎず、結局「黄金仮面」の事件について、頼みの筋があって、やって来たということであった。

黄金仮面と聞くと、いささか迷惑そうにしていた明智の顔がにわかに緊張した。

「くわしくお話しください。まず第一に、警察をさしおいて、なぜ私に御依頼なさるのか。何か特別の理由でもおありになるのですか」

「それでございます。じつは大鳥家にとりまして、はなはだ外聞をはばかる儀が出来《しゅったい》

いたしましたので、じつにはや何ともかとも申しあげようのない事件で」

老人はデスクを挟んで、明智と向きあって腰をおろした。

こいつはおもしろそうだわい。と思うあとから、ふとへんてこな疑問が湧きあがって来た。危険危険、大鳥家の執事なんてまっ赤な嘘で、この老人こそ当の黄金仮面の廻し者ではあるまいか。先日賊がモーターボートの中へ残していった置手紙には「この次はお前の番だぞ」と書いてあった。明智が賊にとって非常な邪魔者であることはいうまでもない。紹介状の偽造なんて造作もないことだ。ひょっとすると、うまくいって彼をおびきだし、危害は加えぬまでも、この事件に手出しができぬよう、自由を奪ってしまう計略でないとはいえぬ。

それに気づくと、明智はいきなり鉛筆を取って、テーブルの上の便箋に、老人にもハッキリ読めるような大きさでスラスラとある簡単な文字を書いた。書きながら、刺すような目つきで、じっと老人の表情を注視《ちゅうし》した。

彼が書いた文字というのは、或る人物の名前であったが、もし読者諸君が、その場に居あわせたならば、その人名のあまりの意外さ、突飛さに、アッとおどろきの叫び声を立てたであろうほど、じつに非常な人物の名前であった。

では、彼は一体誰の名を記したのか。それはお話が進むにつれて、間もなくわかって来るのだが、このことは明智が、当時すでに黄金仮面の正体が何者であるかを悟っていたという、おどろくべき事実を裏書きするものであった。

老人は明らかに明智の落書《らくがき》を見た。彼がはたして賊の一味であったら、その文字を見て顔色を動かさぬはずはないのだ。ところが、彼はそれを読んでも、平気なばかりか、かえって明智がのんきそうにいたずら書きをしているのを責めるような面持《おももち》である。

「さア、どうかお話しください。私はもう十分あなたを御信用申しているのです」

明智がうながすと、老人はやっと要点に話を進めたが、老人の話しぶりをそのまま書いたのでは、少々退屈だからその大意だけを左に記すことにする。

大鳥喜三郎氏には、息子さんのほかに二人の令嬢があった。姉の不二子《ふじこ》さんは今年二十二才、なかなかの才媛《さいえん》で、内地の女学校を卒業した上、外交官の伯父さんの監督で、二年ほど欧洲へ勉強に行っていたこともあるくらい、類なき美貌の上にこの閲歴《えつれき》だから、いわゆる社交界の花とうたわれているのだが、その不二子さんが、執事の言葉を借りると、じつに言語道断の所業を始めたのである。

事のおこりは今から一週間ほど前の夜、いつもお母さまの許しを得、行き先を告げて外出する不二子さんが、どうしたことか、日暮れにふといなくなったまま、十二時過ぎまで帰らなかった。しかも帰って来ると、誰にも顔を合わさず、ソッと寝室へはいった様子が、どうもただごとでない。

むろん翌日、お母さまからそれとなく尋ねてみたが、ハッキリした返事もできない始末だ。

引きつづいて、そんなことが毎晩のようにおこるので、とうとうお父さまのお耳にもはいった。捨ててはおけぬと折檻《せっかん》せねばかりに聞きただすのだが、不二子さんは強情に白状しない。で、最後の手段として、執事の尾形老人が、尾行を命ぜられた。

初めの晩は、不二子さんの行動がじつに千変万化をきわめ、自動車を飛びおりたかと思うと、複雑な路地をグルグル廻って、飛んでもない場所から、また自動車に乗りかえるといった調子で、とうとう中途で見うしなってしまったが、次の晩（というのは昨夜のことだが）は、今度こそと意気ごんだ甲斐あって、おしまいまで尾行をつづけることができた。

結局行きついたところは、郊外戸山《とやま》ガ原《はら》のはずれのじつに淋しい場所に、ポツンと建っている古い洋館で、場所といい建物といい、なんとなく不気味な感じがする上に、自動車を見ていると、いつの間に乗っていたのか、不二子さんが降りたあとから、もう一人の人物が、ヒョイと飛びおりて、す早く洋館の中へ姿を消してしまったが、へッドライトの反射のうすあかりで、チラと見えたのは、たしかに金色の顔、金色の衣裳、噂に聞く黄金仮面に相違なかった。

建物は窓という窓が密閉されていて、少しも光が洩《も》れず、隙見《すきみ》をする箇所もなかったし、チラと見た怪物の姿に度胆《どぎも》を抜かれた老人は、逃げるように帰宅して、あわただしく事の次第を報告した。

アア、なんたることだ。大鳥家の令嬢ともあろう人が、いかに魔がさせばとて、怪賊黄金仮面と媾曳《あいびき》をしようとは。

だが、それだけなればまだしも、もっといけないことは、ある日大鳥氏が用事があって土蔵へはいって見ると、数日前までたしかにあった、家宝「紫式部日記絵巻《むらさきしきぶにっきえまき》」を納めた箱が紛失していることに気づいた。しかもつい二、三日前、用もない不二子が土蔵へはいっているのを見たという者がある。いろいろ詮議《せんぎ》してみたが、ほかに疑わしい人物はないのだ。相手は美術品に異常の執心を持つらしき黄金仮面である。彼が不二子をそそのかして盗みださせたとしか考えられぬではないか。

というわけで、大鳥氏としては、いくら黄金仮面逮捕のためとはいえ、かわいい令嬢に悪名の立つことは好まぬ。しかし打ちすててはおけぬ問題だ。と考えあぐんだすえが、出入りの者の助言で、素人探偵として令名《れいめい》ある明智小五郎を訪ねて、ひそかに智恵を借りることにしようと相談がまとまったのである。

怪賊現わる

「で、お嬢さんは、どんなに尋ねても、何もおっしゃらぬのですか」

「さようでございます。平常はまことにおやさしいお方ですが、今度だけは、どうしたものか、まるで人間がかわってしまったように、お話にならぬ強情で、じつに主人も困りきっております」

「恋です。恋の力ですよ。よくわかりました。あの賊の最近の動静がわかっただけでも、僕は非常にありがたいのです。だが、令嬢のお名前が出ぬように、黄金仮面だけを始末して、絵巻物を取りもどすというのは、なかなかむずかしい仕事ですね。が、お引受けしましょう。なんとかやって見ましょう」

明智のたのもしい返事を聞いて、尾形老人はホッとした様子であった。

「どうかと心配をいたしましたが、御快諾を得まして、主人もさぞ喜ぶことでござりましょう。私も一と安心でございます。……オオ、それで思いだしましたが、さいぜんこちらへまいります時に、玄関のところで、どこのお方か存じませぬが、この手紙をあなた様にお渡し申してくれとことづかりましたのを、つい失念しておりました」

老人は懐中から小型の封書を取りだして、デスクの上に置いた。

「ヘエ、妙ですね。あなたが僕のところへいらっしゃることが、よくわかったものですね」

「いかにも、私もなんだか腑《ふ》におちませなんだが、その人は、私を見ると、いきなり、明智さんのところへいらっしゃるのでしょうといって、失礼ですがついでにこれをと、有無をいわせず手紙を渡しましたので」

「どんな男でした」

「さア、どんなと申して、洋服を着た会社員とでもいうような風采《ふうさい》の、三十五、六の人物でございましたよ」

「フン、私も心あたりがない。なんだかへんですね。が、ともかく読んで見ましょう」

明智は封を切って、中の用箋をひろげた。そこには、簡単ではあったが、次のような恐ろしい文句が書きつけてあった。

明智君
大鳥令嬢の問題については、おせっかい断じて無用だ。イヤ、大鳥嬢の問題にかぎらぬ、いわゆる黄金仮面の事件から一切手を引いてもらいたい。我輩がそれを命令するのだ。諾《だく》か然《しか》らざれば死だ。我輩はいたずらに人命を絶つことを好まぬ。だが、我輩の慈悲心には、場合によって例外あることを記憶せよ。

アア、なんたる機敏、なんたる傍若無人の振舞であろう。賊は皮肉にも、当の大鳥令嬢問題の依頼人に、この手紙をことづけたのだ。尾形老人は、一方で事件依頼人であり、同時に、その依頼を拒絶せよという手紙の持参人だ。

「どうです。尾形さん。黄金仮面というのは、こうした怪物なのですよ」

老人は答えるすべを知らず、驚嘆のあまり、ただウームとうめくばかりだ。

「だが、僕がこの脅迫状を怖がっていると思ってはいけませんよ。探偵というものは、こんな紙きれは、しょっちゅう見慣れているのです。なんでもないんです」

「ですが、この様子では、あなた様のお命が……」

老人がどもりどもりいった。

「ハハハハハ、いや、その心配には及びません。アア、ちょっとお待ちください。あなたにお見せするものがありますから」

いったかと思うと、明智はドアを開けて廊下へ出て行ってしまった。

どこへ行ったのか、なかなか戻って来ない。老人は見まいとしても、机の上の脅迫状へ目が行く。読みかえすほど、紙背《しはい》からにじみだして来る不気味さ。いくら年寄りでも、こんな場合には、少々神経過敏にならないではいられぬ。

それが証拠には、隣の寝室で、カタリと何かの物音がしたのさえ、聞きのがさず、もしやドアひとえ向う側に、あの黄金仮面がひそんでいるのではないかと、女子供のような臆病千万な妄想をさえおこすのだ。

いや、妄想ではないぞ。賊は人の出入りのはげしい玄関にでもいたのだ。敵《かたき》とねらう名探偵の室内に、潜伏していないと、どうして断言できよう。そういえば、なんだか、寝室の中に人の気配がする。たしかにそうだ。あすこにあいつがいるのだ。と思うと、なんだかいきなり逃げだしたいような気持ちになる。

自然尾形老人の目は、寝室との境のドアに釘づけになっていたのだが、ふと気がつくと、そのドアがジリジリと、少しずつ開いているではないか。妄想がそのまま形になって来たのだ。老人ながら、彼はギャッと叫びそうになったのを、やっとのことでこらえた。

ドアが一寸二寸、容赦なく開いて来る。と見ると、その隙間からギラギラと目を射る金色の光。アア、はたして、はたして、黄金仮面だ。あいつが隠れていたのだ。

思わず椅子から腰を浮かして、廊下の方へ逃げだそうとする老人の目の前に、ドアがパッと開いて、全身まるだしになった怪物の姿。三日月型の唇でものすごく笑っている黄金の仮面。身体を包んだダブダブの金色マント。

老人は腰の筋肉が無感覚になって身うごきもできなくなってしまった。

「ウフフフ……」

黄金仮面の耳まで裂けた口が、不気味に笑った。

「ウフフフ……、どうです、尾形さん、お目にかけたいというのは、これですよ」

「エ、なんですって?」

老人にはまだ事の次第が呑みこめぬ。

「ヤ、びっくりさせて、すみませんでした。僕です。僕です」

仮面をはずしたのを見れば、なんのことだ、怪賊ではなくて、明智小五郎の顔がニコニコ笑っている。

「つまり、僕の方にも、これだけの用意ができていることを、お目にかけたかったのです。怪物に対しては、こちらにも、思いきった策略がなくてはなりません。いつか、僕がこの僕自身の黄金仮面を利用するような場合も来るに相違ないと思うのです」

明智の説明を聞いて、尾形老人は、また別様の驚異を感じないではいられなかった。

さて、この奇妙な試演がすむと、明智はさっそく外出の支度をととのえ、老執事とともに麹町《こうじまち》の大鳥家へと向かった。

恋の魔力

お話かわって、尾形執事の留守中、当の大鳥邸では、どんなことがおこっていたか。

大鳥氏は、尾形老人の尾行によって、不二子の行く先をたしかめ、彼女の恋人が聞くも恐ろしい黄金仮面とわかったものだから、一方明智小五郎の援助を乞うと同時に、ふたたびあやまちをくりかえさぬよう、最も奥まった洋室に不二子を監禁した。

二《ふ》た間つづきの洋室の一方に、臨時の寝台をそなえ、部屋の中には乳母《うば》のお豊《とよ》、ドアの外の廊下には書生の青山《あおやま》が、それぞれ見張り役を勤めている上に、そのドアは外から鍵をかけ、ちょっと洗面所へ行くにも、中からノックして、書生にドアを開いてもらわねばならぬという厳重さだ。

出入口はそのドアたった一カ所。窓は幾つかあるけれどことごとく泥棒よけの鉄格子がはまっていて、外から忍びいることも、中から抜けだすことも、絶対に不可能である。

父大鳥氏は、時々そこへ見まわって来ては、どうかして娘の心持をひるがえそうと、おどしてみたり、すかしてみたり、説法をするのだけれど、恋の力の恐ろしさ、令嬢はまるで人が違ったように強情になってしまって、なんの手答えもないのである。

「お嬢さま、わたくしこんな悲しい目を見ようとは、ほんとうに、悪い夢にうなされているのではないかと思うくらいでございますよ。婆やはそんな大それたお嬢さまに、お育てした覚えはありませんのに。……モシお嬢さま、不二子さま。まア、これほど申しあげることが、あなた、お耳にははいりませんの？」

かきくどいているのは、悲しい見張り番を仰せつかった、乳母のお豊である。

不二子さんは、大きなソファに身を沈めて、じっと空間を見つめたまま、身動きもせず、ふてくされたように押しだまっている。

描いたような長い眉、睫毛《まつげ》の長い二重眼瞼《ふたえまぶた》、ツンと上を向いたかわいい鼻、豊かな頬、椿の花びらのような唇、その顔はものすごいほど青ざめ、椅子の背中へやけに頭を押しつけているものだから、フサフサとした断髪が、むざんにもみくちゃになっている。

「お嬢さま、あなたは悪魔に魅入《みい》られなすったのです。あなたはお気が違ったのです。ほんとうにしっかりしてくださいまし。まア、こんなことがあっていいものでございましょうか」

お豊は、昔気質《むかしかたぎ》に、クドクドと意見をつづける。

「婆や、もうもうたくさん。どうか私をソッとしておいておくれ。お前なんかに、わたしの心持は、わかりゃしないのだわ」

やっと不二子さんが、ひややかな声で、叱りつけるように言いはなった。

「まア、それではやっぱり、あなたはあの恐ろしい男が、思いきれぬとおっしゃるのでございますか」

お豊はびっくりして、目の色をかえて、令嬢につめよった。

「お前、それじゃあ、あの人がどんなすばらしいお方だか、知っているのかえ」

不二子さんは、平然として、お豊を驚倒《きょうとう》せしめるような言葉を吐いた。

はたして乳母はハラハラと涙をこぼした。

「あなたはまア、何をおっしゃるのです。よくも、よくもそんなことが……乳母は今日が今日まで、お嬢さまが、そんなみだらなお方とは、ちっとも、ちっともぞんじませんでした」

忠義者のお豊は、身も世もあらぬ体で、泣きしゃべりにかき口説《くど》くのだ。

「ホホホホホ、婆や、お前はあの方を知らないからよ」不二子さんはますます恐ろしいことを口にする。「いくら頑固なお前だって、あの人がどんな方だか知ったら、きっと、びっくりして、わたしを褒《ほ》めてくれるにちがいないわ。それは盗みは悪いことにきまっているけれど、あの方は、けっしてあたりまえの泥棒やなんかではないのよ。英雄……そう、英雄だわ。世界中の女という女が、どんなにかあこがれている、すばらしい巨人だわ」

不二子さんの、うっとりと、夢見るような表情を眺めると、お豊はいっそうひどく泣きじゃくった。

「まア、あろうことか、あるまいことか……気ちがいのさたです。あなたはお気が狂ったのです。エエ、ようございますとも。あなたはそうして、せいぜいあの恐ろしい奴のことを思っていらっしゃいまし。そのかわり、あなたのお心が変るまでは、婆やは、一と足だってこの部屋から出るこっちゃありませんから」

「ホホホホホ、お前も、お父さまと同じようなことをいいだしたのね」意外にも不二子さんは平気なものだ。「でも、そりゃだめ。お前達が、どんなに戸じまりや見張りを厳重にしていても、あの方にとっては、そんなものちっとも邪魔になりゃしないのよ。見ててごらん。今にきっとわたしを迎えに来てくださるから」

「なんですって?」お豊は頓狂な叫び声を立てた。「あいつが、あの金色のお化けが、ここへあなたを迎えに来るのですって? あなたは正気でそんなことおっしゃるのですか。あのドアには鍵がかけてありますのよ。そして、青山さんが、あの柔道二段の腕前の青山さんが、廊下に頑張っていますのよ」

「まア、せいぜい厳重にしておく方がいいわ。むずかしければむずかしいほど、あの人のすばらしい腕前が引きたつわけなのだから。お前、金色のお化けとおいいだね。そう、お化けかも知れないわ。超人はいつだって、神様でなければお化けと間違われるのですもの。でも、なんてすてきなお化けでしょう。黄金仮面！　その名を聞いただけでも、胸がワクワクするようだわ」

アア、なんということだ。大鳥家の一人娘不二子さんは、とうとう気が違ってしまったのであろうか。乳母のお豊ならずとも、誰がこれを正気のさたと思うであろう。

「わたし、喉がかわいてしまった。婆や、お紅茶を入れて来ておくれ」

しばらくすると、不二子さんは、人の気も知らないで、のんきな注文をした。

「そうしてわたしを追いだそうとなさるのでしょう。だめです、だめです。この部屋から一と足だって出るこっちゃございません。お紅茶なら、女中を呼んでいいつけますわ」

乳母もなかなか抜かりはない。枕の呼鈴《よびりん》を押すと、やがて、廊下に足音がして、ドアの外から女中の声がした。

「お紅茶を二つっておいい。お前だって喉がかわいたでしょう」

「エーエ、いただきますとも」

お豊は半ばやけな調子で、不二子さんのいうがままに、ドアの外の女中へ伝えた。

しばらくすると、書生の青山の鍵でドアが開かれ、女中が紅茶のお盆をテーブルの上に置いて、立ち去った。ドアにふたたび鍵がかけられたことはいうまでもない。

「婆や、暗いわね」

不二子さんが、お豊に目で合図をした。

事実、夕闇が深くなって、部屋の中には、いつの間にか夜が忍びこんでいた。

「まア、ついうっかりしておりました。ごめん遊ばせ」

お豊は立って行って、一方の壁のスイッチを押した。パッと明るくなる部屋の中。

が、その一刹那、お豊が壁の方を向いているすきに、不二子さんが妙なことをした。

彼女はふところから、小さな紙包みを取りだすと、それを開いて、紅茶茶碗の一つに、中の白い粉を入れ、手早く匙《さじ》でかきまわしてしまった。それを、お豊は少しも気づかなかったのだ。

彼女が椅子に戻った時には、令嬢はすでに紅茶茶碗を唇へ持って行っていた。

「さア、お前もお飲み」

やっぱり幼い時からお育て申したお嬢さまだ。こんなに口喧嘩をしていても、乳母をいたわってくださるかと、何も知らぬお豊は、ついホロリとして、いわれるままに例の白い粉のはいっている紅茶茶碗を取りあげ、ほんとうに喉もかわいていたので、すっかり飲みほしてしまった。

それからまた、三十分ばかり、乳母の意見が繰りかえされたが、今度は不二子さんは、抗弁もしないで、おとなしく聞いている。そして、乳母のおしゃべりがちょっととだえたのをしおに、

「わたし、眠くなったわ」

といいだした。

「オヤオヤ、まだ日が暮れたばかりじゃありませんか。それに、夕ご飯もまださしあげませんし」

お豊は、「なんてまあ罪のない」といいたげに、涙の顔を少しほころばせた。

「でも、なんだか疲れてしまったし、こうして監禁されていたのでは、床にでもはいるほかにしようがないじゃありませんか。お腹だって、ちっともへりゃしない」

不二子さんは甘えるようにいいすてて、グングン寝室へはいって行った。この寝室には廊下へのドアはなく、外へ出るには、やっぱり居間の方の唯一の出入口によるほ

かはないのである。

パチンと、ベッドの枕もとのほの暗い電燈が点ぜられた。見ていると不二子さんは、手早く長襦袢《ながじゅばん》一枚になり、断髪に黒いレースのナイトキャップをかぶって、ベッドにもぐりこんでしまった。

お豊は、この無邪気な仕草を、あっけに取られて、むしろほおえましく眺めていたが、仕方がないので、そのまま元の椅子に掛けて、忠実に見張りの役を勤めた。

ところが、そうして十分二十分とたつうちに、妙なことがおこって来た。あの忠実な頑固婆さんのお豊が、どうしたわけか、無責任にも、コクリコクリと居眠りをはじめたのである。

アア、わかったわかった、さっき不二子さんが紅茶の中へ入れたのは、眠り薬だったにちがいない。そうでなくて、忠義無二の乳母が居眠りなんかするはずはないのだ。

それにしても、不二子さんは、一体全体なんのために、こんなばかばかしい真似をしたのであろう。部屋の中にいるお豊だけを眠らせてみたところで、ドアには鍵がかかっているし、外の廊下には柔道自慢の青山が頑張っているではないか。いや、それだけではない。不二子さんがこの部屋を抜けだすためには、玄関なり勝手口なりに達するまで、幾つとなく部屋や廊下を通りすぎねばならぬ。至るところに厳重な関所があるのだ。一人の乳母が眠ったところで、なんの甲斐もないことはわかりきっている。

だが、読者諸君、それだからといって安心をしてはならぬ。不二子さんには、黄金仮面という恐ろしいうしろ楯《だて》がついているのだ。魔術師のような怪物のことだ。何を考えだすか知れたものではない。何かしら不思議なトリックによって、全く不可能に見えることが、なしとげられるのかも知れない。そうでなくて、不二子さんが、こうまで彼が救いだしに来ることを、信じきっているわけがないのだ。

悪魔の妖術

それから半時間ほどたって、外の廊下におこたらず見張り番を勤めていた書生の青山は、例のドアが内部からコツコツとノックされているのに気づいた。

彼は乳母のお豊が、自分を呼んでいるのかと思って、ドアに近づいて、なんの用かとたずねてみた。

すると、中からは、意外にも令嬢不二子さんの声が聞こえて来た。

「お前青山なの？　早くここを開けておくれ。たいへんなのよ。婆やが、婆やが……」

そのあわただしい声の調子が、何か恐ろしいことがおこっているとしか思えぬので、青山はおどろいて、何を考えるいとまもなく、大急ぎで鍵を廻し、ドアを開こうとした。

ところが、へんなことに、誰か中からノッブを押さえているらしく、ドアはやっと一、二寸開いたかと思うと、パタンとしまってしまった。

と同時に、青山がまっ青になって、ぎごちなく身がまえしながら、ソロソロあとじさりを始めた。彼は非常なものを見たのだ。

わずか一、二寸開いたドアの隙間から、ギラギラ光る金色のものが覗いたのだ。中からノッブを押さえていたのは、意外も意外、いつのまに忍びこんだのか、怪賊黄金仮面であったのだ。

だが、さすが番人を仰せつかったほどあって、強情我慢の青山は、まっ青になって歯を食いしばりながらも、持場を捨てて逃げだすようなことはしなかった。

「だれだッ。そこにいるのは誰だッ」

彼は一間ほど離れたところから、ドアを睨みつけ、いざといえば得意の当て身を用いるつもりで、拳をかためながら、思いきりの声をしぼってどなった。

だが怪物は恐ろしく黙りかえっている。

令嬢不二子さんは、むろん賊を歓迎して、彼とともに逃げだすつもりであろうが、部屋の中にはほかにもう一人の人物が、見張り役のお豊が、いるはずではないか。そのお豊が声を立てぬのはへんだ。もしや彼女はすでに怪物のために恐ろしい目にあったのではあるまいか。と考えると、豪傑の青山もさすがに気持ちがよくはない。

やがて、ドアがジリジリと開きはじめた。

細い隙間から、ピカピカと長い金糸のように光るのは、たしかに黄金仮面の衣裳だ。すきまがだんだんにひろがってゆくに従い、金糸は見るみる太くなって、黄金の柱が立った。

上部に見えるのは、有名な黄金の仮面であろう。細い目と、例の三日月型の不気味な唇の端が、ゾッとする笑いを笑っている。

青山は、いきなり逃げだしたいのを、やっとこらえて、「こんちくしょう」と叫びながら、めくらめっぽうに、怪物めがけて突きすすんで行った。

だが、こんな青二才の襲撃におどろく黄金仮面ではなかった。彼は無言のまま、ゆっくりと、ドアの隙間からピストルの筒口をさし出した。

「アッ」

とひるむ青山。

その瞬間をのがさず、怪物はパッとドアを開けはなつと猛然として廊下に躍りだし、まるで稲妻のようなす早さで、青山のそばをすりぬけ、玄関の方へ走りだした。

「誰か来てください。賊だ、賊だ」

青山は怪物のあとを追いながら、家じゅうに響きわたる声で叫んだ。

部屋部屋から、主人の大鳥氏をはじめ、書生などが、ドヤドヤと現われたが、ピストル片手に、飛ぶように走る金色の怪物を見ると、みなみなおじけだって、誰一人その行く手をさえぎる者もなく、賊は無人の境を行くがごとく、ついに門外へ消えてしまった。

負けぬ気の青山は、それでも、たった一人で賊を追って、玄関から走りだしたが、彼が門に達するまでに、突如響きわたるエンジンの音、賊はちゃんと自動車を待たせておいたのだ。

青山が運転手を呼んで、賊を追跡するために、車の用意を頼むころには、怪物の自動車は、すでに遠く遠く走り去っていた。

黄金仮面は不二子誘拐の目的をはたさず、身をもってのがれた。不二子は安全なはずだ。しかし父大鳥氏は、賊を追うことはともかくとして、まず愛嬢の安否をたしかめないではいられぬ。

彼はあわただしく、さいぜん賊の逃げだした部屋へ駈けつけた。

ところが、行って見ると、これはどうしたことだ。かんじんの見張り役、乳母のお豊は、さものんきらしく、椅子にもたれてコクリコクリ居眠りをしているではないか。

「コレ、婆や、婆や。どうしたのだ」

大鳥氏が揺りおこすと、お豊はやっと目を覚まして、キョロキョロあたりを見まわしている。

「不二子は？　不二子は大丈夫か」

「ヘエ、お嬢さまでございますか」乳母は寝ぼけ声で答える。「お嬢さまなら、次の間におやすみでございますよ。ホラごらんなさいまし、ああして、よくおよってございます」

お豊が指さすのを見ると、開けはなったドアの向こうのベッドの中に、不二子の寝姿が見える。アア、やっぱり不二子には別状なかったのかと、大鳥氏はホッと安堵した。

「まア、わたくし、居眠りをしていたのでございましょうか」

お豊はやっとそれに気づいたように、頓狂な調子でいった。

「そうだよ。お前にも似あわぬことではないか。お前、あの黄金仮面の賊が、この部屋に忍びこんだのを、何も知らないでいたのだね」

「エッ、なんでございますって？　あの化け物がこの部屋に。それはほんとうのことでございますか」

乳母は容易にそれが信じられぬ体だ。いや乳母のお豊ならずとも、誰がこの不思議を信じることができよう。窓はみな中からしまりがしてある上に、その外には頑丈な鉄格子がはまっている。見たところ、どの窓にも別段異状はないのだ。また唯一の入口のドアには鍵をかけ、青山が見張りをしていた。彼はお豊のように眠り薬を飲まされはしなかった。その厳重に密閉された部屋へ、どこからどうして、あの化物め、忍びこむことができたのであろう。お伽噺の悪魔のように、とつぜん部屋の中に湧きだしたとでも考えるほかはないのだ。なんという不気味な悪魔の妖術であったか。

大鳥氏とお豊とが、狐につままれたような顔をして、ぼんやりたたずんでいるところへ、ちょうどその時帰宅した尾形老人が、アタフタと駆けこんで来た。

「アア、一と足おくれました。さいわい明智先生の御快諾を得て、ごいっしょにお出《い》でを願ったのですが、少しのところで間にあいませんでした。じつに残念なことをいたしました。しかし、お嬢さまには別状もございません様子で」

「アア、不二子はよっぽど疲れていたとみえて、ああしてよく眠っています」

そこで、尾形老人は廊下に待っていた明智を室内に招《しょう》じ入れて、主人大鳥氏に引きあわせた。挨拶《あいさつ》がすむと、大鳥氏は、明智のために今夜の出来事を、ややくわしく物語った。そこへ書生の青山も、賊の追跡を断念して戻って来たので、明智は彼に二、三不明の点を質問したあとで、意味深い微笑を浮かべながらいった。

「すると、黄金仮面が、お嬢さんの声をまねて、青山君にこのドアを開けさせた、というわけですね」

「まア、そうとしか考えられません」

青山が答える。

「黄金仮面ともあろうものが」明智は皮肉な調子で始めた。

「そんなばかげた真似をするでしょうか。目的を達しない先に、青山君に一と目でわかる自分の姿を見せて、いきなり逃げだすというのは、なんだかへんではありませんか。彼はただ逃げだすために、苦心をしてこの部屋へ忍びこむようなおろかものでしょうか」

「しかし、不思議といえば、もっと不思議なことがあります。賊はこの全く入口のない部屋へ、どうして忍びこむことができたのでしょう」

大鳥氏は名探偵の顔色を読むようにしていった。

「たった一つの解釈があります。それは、賊は一度もこの部屋へ忍びこみはしなかったと考えるのです」

明智がじつに突飛なことをいいだした。

「忍びこまなかったものが、どうして逃げだしたのです」

正直者の青山は、びっくりして、わかりきったことを尋ねた。

「忍びこまなかったものは、逃げだすことはできません」明智は謎のように答えた。

「ところで、この部屋の中には、お嬢さんのほかに誰もいなかったのでしょうか」

「ここにいるお豊という女が、見張り役を勤めていたのです」大鳥氏が答える。

「で、何も見なかったのですか」

「それが、うかつなことに、居眠りをしていて、少しも知らぬというのです」

「エッ、居眠りを」

明智が叫ぶような声を出したので、一同思わず、隣室の不二子さんの方を眺めた。今の声が彼女の目を覚ましはしなかったかと気づかったのだ。

「まだ日が暮れたばかりなのに、年を取った方が居眠りをするというのは、へんではありませんか。アア、ここに紅茶茶碗がありますね。お豊さん、あなたもこれを飲んだのですか」

乳母が飲んだと答えると、明智はその茶碗を手に取って、ちょっと中を覗いたかと思うと、カチャンとひどい音を立てて、テーブルに置いた。

一同が、またハッとして隣室を見る。

明智は、さっきの叫び声といい、今のしぐさといい、なぜか故意にひどい音を立てているように見えるではないか。

「お嬢さんまで眠り薬を飲まされたのでしょうか。さっきから見ているのに、あの方は身動きもなさらないではありませんか」

それを聞くと、大鳥氏がギョッとして明智の顔を見つめた。

もしや不二子は、殺されているのではあるまいかという恐ろしい考えが、ふと頭をかすめたからだ。

「僕の推察が間違っていなかったら、すべての謎はあのベッドの中に隠されているのです」

明智は云ったかと思うと、人々のおどろくのもかまわずツカツカと令嬢の寝室へはいって行って、ベッドの向こう側へ廻ると、ぶしつけにも、不二子さんの寝顔を覗きこんだ。

「ハハハハハ、すてきすてき、僕達はお嬢さんのために、まんまといっぱいかつがれたのですよ。賊はけっして忍びこみも、また逃げだしもしなかったのです明智は気でも違ったのか、若い女の寝室へはいるさえあるに、その枕もとでゲラゲラ笑いだしたではないか。しかも、彼のいうことは、何がなんだか、まるで意味をなさぬのだ。

「不二子が、どうしたのですか」

大鳥氏は心配に青ざめて、寝室へはいって来る。

「どうもしません。ホラ、ごらんなさい。これです」

いったかと思うと、明智はいきなり、不二子さんの頭を、シーツの中から引きずりだした。

「ア、君は、何をするんだ」

大鳥氏がびっくりしてどなるのと、不二子さんの頭が、コロリとベッドの下へころがるのと同時だった。

「ワッ」

という叫び声。何かしらとほうもないことがおこったのを知った一同は、我れ先にと寝室へ駈けこんだ。

青山が不二子さんの首を拾いあげた。

「なアんだ。こんなものですよ」

彼が手に持っているのは、人々の想像したような、血みどろの人間の首ではなくして、やわらかい枕を丸めて、それに深々と黒いナイトキャップをかぶせた、不二子さんの頭の贋物に過ぎなかった。それが寝室のうす暗い電燈の下で、向こうむきになっていたので、今が今まで、誰も贋物とは気づかなかったのだ。

胴体はと探ってみると、毛布の下に蒲団の丸めたのが横たえてある。

「すると、不二子があの……」

大鳥氏は、あまりのことに、あいた口がふさがらぬ。

「そうです。ここから逃げだしたのは、ほんとうの黄金仮面ではなくて、賊の面と衣裳を借りうけた大胆な変装姿の不二子さんでした」

明智がニコニコしながら説明した。

「むろんお嬢さんの智恵ではありません。すべてはかげにいる黄金仮面のはかりごとです。彼はお嬢さんにあらかじめ金の衣裳とソフト帽子と麻酔薬とピストルとをあたえて、家出の入れ智恵をしたのでしょう。お豊さんが居眠りをしたのは、眠り薬がきいたのです。お嬢さんはそのすきにベッドにこんな贋首をこしらえておいて、金色のマントをはおり、面《めん》をつけ、帽子をかぶり、ピストルを持って、ドアをノックしたのです。その時青山君が聞いた声は、正真正銘のお嬢さんの声でした」

アア、なんというすてきな手品であったろう。怪賊黄金仮面の、人の意表を突くこと、およそかくのごとくである。

人々はしばらくのあいだ、声をのんで立ちつくした。

「我が子ながら、それほどのばか者とは知りませんでした」やがて、大鳥氏は憮然《ぶぜん》としていった。「不二子は悪魔に魅入られたのです。しかし、いかに堕落《だらく》しようとも、たった一人の私の娘です。このままにしておいては、死んだ妻に対しても申しわけがありません。未練《みれん》なようでも、娘の行方を探して取りもどさねばなりません。明智さん、あなたのお力をたのむほかはないのです」

「承知しました。たとい御依頼がなくとも、黄金仮面は僕の仇敵《きゅうてき》です。きっとお嬢さんは取りもどしてお目にかけます。いや、お嬢さんを取りもどすだけではありません。黄金仮面そのものを引っとらえるのも、そんなに遠いことではないつもりです」

明智の絶えぬ微笑が、一刹那影をひそめ、目の底に異様な光が燃えた。仇敵黄金仮面に対する深讐綿々《しんしゅうめんめん》たる闘志を、まざまざと語るものである。

金色の戦い

その夜ふけ、戸山ガ原の例の怪屋《かいおく》の地下室に、いとも奇怪なる、金色の媾曳がおこなわれた。

地下室とはいいながら、そこは、どんな貴族の客間よりも立派に飾りつけられた、居心地のよい部屋である。

桃色の壁紙、深紅のたれ幕、若草のようにやわらかい絨毯《じゅうたん》、深々と身を包む長椅子のクッション、四方の壁を飾る夢のような油絵の懸け額、なまめかしき香の匂い。魂もとろける飲物の数々。

朽《く》ちはてて、空家同然の地上の建物は、この地底の天国を覆いかくす、いわばこの世の目隠しに過ぎなかった。

一つの長椅子に、恋する男女が、身をすりよせて腰かけていた。

男は黄金の仮面、黄金のマントに身を包んだ例の怪賊。女は邸を抜けだす時の衣裳を相手に返して、はでな模様の和服姿になった大鳥不二子。

不二子は、美しい顔を、怪賊の肩にもたせかけて、うっとりと、異様なる恋に酔いしれていた。黄金仮面は、右腕を、不二子の背中に廻して、力強く彼女を抱きしめていた。

彼らは一言も口をきかなかった。口をきく必要がないのだ。恋に言葉は邪魔なのだ。彼らはただ、この甘き沈黙を破るまじと、吐く息さえもつつましやかに、身動きもせず、着物を通して感じられる、おたがいの肉体の、ほのかな感触に酔っていた。

彼らは少しも追手を恐れることはなかった。尾形老人は地上の怪屋をつきとめたけれど、その空家同然の怪屋の下に、このような恋の天国があろうとは、誰が想像するものか。事実、大鳥家の人々は、同じ夜、地上の怪屋を家探ししたのだけれど、地下への秘密の入口を気づかず、賊はこの隠れ所を捨てて、別の場所へ移ったものと信じ、むなしく引きあげて行ったではないか。それからもう五時間あまり、何事もなく過ぎさった。今は深夜の一時である。

アア、なんという異様な取りあわせであろう。深窓に育った美少女と悪魔のごとき怪盗の奇《く》しき縁《えにし》。世にも恐ろしき金色の恋。

「アラ！」

不二子がかすかに叫んで、黄金仮面の無表情な顔を見つめた。相手の異様な身動きを感じたからだ。

黄金仮面は、三日月型の唇をそらして、天井を眺め、じっと聞き耳を立てている。何か物音がした。ソッと歩きまわる人の足音のようなものだ。彼のするどい耳が、いち早くそれを聞きつけたのだ。

コンクリートの天井をへだてていても、あたりがあまりに静かなので、どんな物音も聞きもらしはしない。

たしかに人が歩いている。頭の上のまっ暗な部屋の中を、物《もの》の怪《け》のように歩きまわるものがある。

不二子にもそれがわかった。彼女はおびえて、男の金色のマントにすがりつく。黄金仮面は静かにその手をほどいて、スックと立ちあがった。

彼は不二子を椅子に残したまま、部屋を出て、暗闇の階段を音もなくのぼり、秘密の出入口から上の廊下に出た。

地上には月が出ていた。その光が窓から忍びいって、部屋部屋をほの白く見せている。

黄金仮面は、足音を忍ばせて、それとおぼしき部屋の、ドアの前に立ちどまった。ノッブに手をかけて躊躇した。

コツ、コツ、コツ……まだ歩きまわっている人の足音、たしかにこの部屋だ。

闘争を予期する猛獣のため息。

サッと開かれる扉。

黄金仮面は一歩敷居の中へ踏みこむと、仮面の細い目で、部屋じゅうを見まわした。ガラス窓を通して、洪水のように、部屋にあふれる月の光。その青白い月光をあびて、片隅に立ちはだかっていたものは、……さすがの怪賊黄金仮面も、ギョッとして、立ちすくんでしまった。

この部屋にはそんな大きな鏡はなかったはずだ。それにもかかわらず、黄金仮面自身の影が、そこに映っている。

いやいや、影ではない、もう一人の黄金仮面が、突如として、月光とともにこの部屋に降ってわいたのだ。

アア、なんという美しくも異様なる光景であったか。寸分たがわぬ扮装の、二人の黄金仮面は、たがいにあいくだらず、肩を張り拳をにぎって、睨みあった。皮肉に笑う二つの三日月型の口、不気味に無表情な二つの金色の顔、それが月の光にキラキラとかがやいているのだ。

読者はすでに想像されたであろう。そこに立っていたもう一人の黄金仮面は、我らの素人探偵明智小五郎の扮装姿にほかならぬのであった。

血をすすり肉をくらってもあきたらぬ、仇敵と仇敵、正義の巨人と邪悪の怪人とは、思いもかけずこの美しき月光の部屋に相対《あいたい》したのである。

おたがいに身動きもしなければ、物をもいわぬ。糸より細い仮面の両眼を通して、焔と燃ゆるまなざしが、空間に斬りむすんだ。

一人がピストルを取りだせば、相手も間髪を入れず、それに応じてピストルをにぎった。筒口と筒口とがおたがいの胸を狙って向きあった。

一歩、二歩、しさりはしないで、近づいた。両巨人の左手が、呼吸をそろえたように、稲妻ときらめいたかと思うと、二つの銀塊《ぎんかい》が足もとに落ち散った。ピストルはおたがいの右手からたたき落とされてしまったのだ。

五分と五分の勝負だ。

兇器をうしなった二人は、次の瞬間、肉団と肉団とでぶつかりあった。ひるがえる金色の衣、そのさなかに、冷然と笑いつづける三日月の口。

青白い月光の下に。ころがりまわる黄金の眉間尺《みけんじゃく》だ。斬りむすぶ虹だ。金色の戦いだ。……

地下室の不二子は頭上のただならぬ物音におびえ、長椅子にうつぶしてふるえていた。

組んずほぐれつ、肉団のころがりまわる音、けだもののようなうめき声、戦うものの、焔の呼吸さえも感じられるような気がした。

死にものぐるいの闘争が、やがて五分間もつづいたころ、パッタリと物音がやんだ。

……死のような静けさ。

しばらくすると、うつぶしている不二子の身辺に、物のうごめく気配がした。ギョッとして、顔を上げると、アアよかった。そこに立っていたのは、いとしの黄金仮面！　恋人は無事に帰って来たのだと彼女は信じた。

黄金仮面は無言のまま、不二子の手を取って、部屋の外へ、それから暗闇の階段を地上へとのぼって行った。不二子はそれが何を意味するかを知らなかった。ただ、恋人の意志のままに、夢心地で、そのあとに従って行くばかりだ。

金色の錯覚

黄金仮面は、無言のまま、なぜかあわただしく不二子さんの手を引いて、地上へと階段をのぼり、走るように廊下を通って、玄関から、門外へと出た。

門のそばに、ヘッドライトを消した一台の自動車が待っていた。

「いつの間に、車の用意などしておいたのかしら」

と疑うひまもなく、黄金仮面の力強い腕が、不二子さんを車内へと押しこめ、運転手に何かささやくと、彼は飛びこむように、令嬢の隣へ腰をおろした。

パッと光るヘッドライト。広い原っぱのはるか向こうの枯木の枝が、闇にボンヤリ浮きだした。と同時に、デコボコ道を、車は矢のように走りだす。アア助かった。もう大丈夫だ。

「私、こわかったわ」

不二子さんは、甘えるようにいって、車の動揺につれて、黄金仮面の膝にもたれかかったが、もたれたかと思うと、びっくりしたように、ヒョイと起きなおった。

「アラ？」

思わずもれる恐怖の声。

不思議なことには、恋人の手ざわりがまるで違うのだ。

恋人同士というものは、顔や声ばかりでなく、身体全体のどんな微妙な隅々までも知りあっているものだが、その恋人の身体が、まるで別人のように違って感じられるのは、どうしたというのであろう。

「まア、あなたは一体、誰です。誰です」

彼女はクッションの隅へ、できるだけ身を引いて、まっ青な顔で黄金仮面を見つめたまま、かん高いふるえ声で尋ねた。

金色の男は不気味に黙りこんでいた。ゾッとするほど無表情な仮面の、糸より細い両眼が、じっと不二子さんの顔に注がれている。三日月型の口がニヤニヤと笑っている。

「早く、早く顔を見せて。……安心させて。……私、こわい！」

不二子さんが叫びつづけるので、黄金仮面はやっと口を開いた。

「そんなに僕の顔が見たいのですか」

違う違う。けっしてあの人の声ではない。

「ヒイ……」

という恐怖の叫び声。令嬢は袖《そで》で顔を隠したまま、猫の前の鼠のように、もう身動きさえできないのだ。

「何もこわがることはありません。僕はあなたの味方です。あなたを恐ろしい悪魔の手から救いだしてあげたのです」

男は落ちついた声でいいながら、金色の仮面をはずした。その下から現われたのは、名探偵明智小五郎のにこやかな笑顔であった。

月光の怪異

では、怪賊黄金仮面はどうしたのか。明智との戦いに破れたことはわかっている。しかしまさか明智が賊を殺してしまったのではあるまい。どこかに監禁されているのか。たとい監禁したとしても、それをうっちゃって怪屋を立ち去っても大丈夫かしら。

そのあいだに、あの怪物のことだ、どうして逃げだすまいものでもない。

いやそれもそれだが、もっと気がかりなことがある。黄金仮面の正体はそもそも何者であったのか。明智が勝ったからには、彼にはそれはわかっているはずだ。一刻も早くそれを聞きたい。と読者諸君がせきたてられるのは無理もない。

しかし、はなはだ残念なことには、明智は賊との戦いに勝つには勝ったけれど、きわどいところで、とうとう怪物を取りにがしてしまったのだ。正体を突きとめるひまもなく逃げられてしまったのだ。

そんなら、なぜ追いかけないのだ。不二子さんを救いだすのは第二として、まず賊を追いかけるのがあたりまえではないか。と反問が来るに相違ない。

ところが、それも不可能であった。賊は逃げたのではなくて、煙のように消えてしまったからである。室内で消えたのなら、どこかに隠し戸があるはずゆえ、明智ともあろうものが、それを発見し得ぬ道理はないのだが、賊が消えたのは、室内ではなくて、昼間のような月光に照らしだされた、樹木も何もない平坦《へいたん》な地面においてであった。彼はお伽噺の悪魔のように、地面へめりこんでしまったのだ。

二人の黄金仮面が、肉団と肉団とでぶつかりあったまでは、読者諸君が御承知のとおりである。それから獣《けだもの》のような恐ろしい格闘が五分間ほどつづいた。

腕力はほとんど互角であった。明智は柔道二段の腕前があったが、敵も少し流派のちがう柔道を心得ていた。強さもほとんど同じである。

「妙に癖のある柔道だな。しかしばかに強い奴だぞ」

明智は組んずほぐれつしながら、そんなことを考えた。

だが、正邪あいたたかう場合には、どうしても悪人の方に弱味がある。たとえ少しくらい力がまさっていても、勝てるものではない。ことに黄金仮面の場合では、明智の方は、仮面がとれても少しもかまわぬに反し、賊の方は、仮面がはずれ、敵に素顔を見られたら、身の破滅なのだ。しぜん思うぞんぶんの働きができぬ。

明智もそれを十分心得ていたので、格闘に際しては、ただ相手の仮面をねらった。一本でも仮面に指がかかれば、もうしめたものだ。それを引きちぎって、素顔をむきだしにしてやろうと、それればかり考えていた。

賊は明智のすばやい指先が、仮面に飛んで来るのを防ぐだけでせいいっぱいだった。そのうちには、いかな達人でも、身体の方に思わぬすきができる。

チラと見えた大きなすき。

機敏な明智がなんで見のがすものか、

「ヤッ」と叫びざま飛びこんだ腰投げが、物のみごとにきまった。

バンとひどい音を立てて、怪賊の巨軀《きょく》が、板の間にたたきつけられた。

だが敵もさるもの、投げ倒されると同時に、長い身体をローラーのように、クルクルところがって、次に来る敵のおさえこみに空《くう》をうたせた。それが非常にすばやかったので、あせりぎみに飛びかかって行った明智は、勢いあまって、板の間にのめった。ハッとして立ちなおるあいだに、賊の方でも立ちなおっていた。一間ほどの距離で、またしても睨みあいだ。

今度は賊の方が攻勢を取った。今にも飛びかかるように両手をひろげた。明智は身を固めて、それを待ちうけた。双方一分のすきもない。一瞬間、嵐の前の不気味な静けさ。どちらも身動きさえせぬ。聞こえるものはおたがいの呼吸ばかりだ。

と、とつぜん、とはうもないことがおこった。

つかみかかるとばかり思っていた怪賊が、あべこべにあとじさりを始めたかと思うと、アッというまに、窓わくに足がかかる。はずみをつけて、サッと　と飛びに飛びだしてしまったのだ。

この思いもよらぬ逆手には、さすがの明智も、張りつめていた気勢を、ヒョイとそがれた形で、ほんのわずかであったが、出足《であし》がおくれた。

しかも、ますます不思議なことには、彼が気を取りなおして、窓へ駈けよった時には、庭にはもちろん、低い生垣の外の、なんの障害物もない、広い原っぱにも、見わたすかぎり人の影もなかった。

建物の蔭に隠れたのかと、窓を乗りこし、グルッと一とまわり歩いて見たけれど、どこにも人の姿はなく、また隠れ場所とても見あたらぬ。

夜とはいえ、降りそそぐ真昼のような月光が、どんなすみずみでも、どんな遠方でも、人一人見のがすはずはない。生垣も調べて見た。その生垣のほかに、一丁四方、樹木らしい樹木はない。あの一瞬間に、広い原っぱを突ききって、向こうの闇に隠れるなんて、人間業ではできないことだ。

黄金仮面の怪物は、魔法使いの本領を発揮して、地面を突きやぶり、彼の住家の地獄へと、姿を消してしまったのであろうか。

明智は、敵のあまりの離れ業に、なんともいえぬ不安を感じないではいられなかった。このような魔法使いのことだから、今のまに、どうかして地下室の不二子さんを盗みだしてしまったのではあるまいか。そして、二人は手に手を取って、地獄へと姿を消したのではないかしら。夢のように青白い月光が、ふと奇怪千万な幻想を誘った。

彼は不安にたえかねて、賊の捜索を断念すると、急いで地下室へと降りて行った。

(その降り口は、さいぜん怪賊自身が教えてくれたのだ)だが、さすがの怪物も、不二子さんを連れだすほどの魔力はなかったと見えて、彼女はちゃんとそこにいた。

令嬢さえ取りかえせば、明智の目的の一半は達したのだ。慾ばって二兎《にと》を追うよりも、ひとまず不二子さんを大鳥家に連れかえるのが上分別《じょうふんべつ》だ。

不二子さんが恋人の正体を知らぬはずはない。この美しい娘さんこそ、賊と語り彼の素顔に接した、日本中でたった一人の証人だ。その不二子さんを取りかえしたからには、もう賊をとらえたも同然ではないか。

というわけで、明智の黄金仮面が、相手の気づかぬをさいわい、怪賊になりすまして不二子さんを自動車へ連れこんだのである。黄金仮面の変装が、このさいハッキリ役立ったわけだ。

「モロッコの蛮族」

お話はふたたび自動車の中にもどる。

黄金仮面を取りさった明智の素顔を見ても、不二子には、それが何者であるかわからなかった。彼女は明智に会うのは今が初めてであった。

「あなたは、僕を御存知ないでしょうね。しかし、けっして心配なさることはありません。お父様のご依頼で、あなたをお迎えに来た明智というものです」

不二子は明智小五郎の名を知っていた。彼女の恋人である黄金仮面が——あの万能の巨人でさえも、かねがね恐ろしい敵だといっていた名前である。

それとわかると、えたいの知れぬ二人の黄金仮面の恐怖は去ったけれど、そのかわりに、今度は、「この男につかまったら、もうだめだ」という現実的な絶望に襲われないではいられなかった。

おそらく監禁は十倍も厳重になることであろう。恋する人ともこれっきりお別れかも知れない。それも悲しかった。だが考えてみると、もっと恐ろしいことがある。

「あの人はどうなったのでしょう。もしや殺されてしまったのでは……」

不二子は袖の間からおずおずと尋ねた。

「あの人って、黄金仮面のことですか。僕は人殺しではありません。あの人はピンピンしています。今ごろは家に帰ってすやすやと眠っている時分ですよ」

「では、あの人は……」

「エエ、逃げられてしまったのです。……しかし僕はけっして失望しません。あなたにお願いすれば、あの人が誰であるか、どこに住んでいるか、すっかり教えてくださると信じていますから」

明智はニコニコして、あっさりと、ほんとうのことを打ちあけた。

「わたくし、ぞんじません。何もぞんじません」

不二子は、身を固くして、叫ぶようにいった。

「いや、今でなくていいんです。お宅に帰って、よくお考えになれば、あなたはかならず白状したくなります。世間のためにあなたの恋を捨てるのが、正しいことだと悟る時が来ます」

明智はやさしい口調で、だだっ子をあやすようにいったまま、黙りこんでしまった。

不二子はますます不安になって来た。明智がこわくなった。この男の落ちつきはらった自信力になんともいえぬ圧迫を感じた。

もしや私は、あの人を裏切るようになるのではあるまいか。みんなから「白状せよ、白状せよ」と問いつめられた時、私はあくまで口をとじている勇気があるかしら。今度はもう、お父さまや家の人ばかりではない。いずれは警察や裁判所へ呼びだされて、恐ろしい人々に責め問われるのであろう。

怖い顔をした刑事達に、柱にしばりつけられ、コチョコチョ、コチョコイョと執拗《しつよう》にわきの下をくすぐられているあさましい我が身の姿が、幻のように浮かんで来る。

アア、もうだめだ。私は白状するにきまっている。どうしよう、どうしよう。恋人を牢屋に入れるくらいなら、その上、あの人と永久に別れてしまうくらいなら、いっそのこと、そうだ。いっそのこと……

ちょうどその時、不二子の惨憺《さんたん》たる懊悩《おうのう》も知らぬげに、明智は何を思いついたのか、じつに突拍子もない質問を発した。

「あなた、フランス語はおできになりますか」

それが、お茶の会などで知りあいになった紳士が、話題に尽きて、ふと尋ねてみるといった調子だったので、不二子もつりこまれて、何気なく「エエ少しばかり」と答えてしまってから、ハッと或ることに気がついて、飛びあがるほどびっくりした。

まア、この人はなんという怖い人だろう。そしらぬ顔をしていて、そのじつ何もかも知りつくしているのではあるまいか。

「もうだめだ」

と思うと、目の前がまっ暗になった。

「いっそのこと、そうだ、いっそのこと」

彼女は幾度も、幾度も、決心をしては思いかえした。そして、とうとう、……

「明智さん、車をとめてください、私を逃がしてください。でないと……」

不二子のふるえ声が叫んだかと思うと、どこに持っていたのか、ピストルの筒口が、彼女の袖の間から首を出した。

「オヤ、妙なおもちゃをお持ちですね」

明智はそれを見ても、平気でニコニコ笑っている。

「僕をうつのですか。ハハハハ、あなたにうてますか。人が殺せますか、さア、やってごらんなさい」

不二子は引金に指をかけたが、相手のあまりに平気な態度に、不思議な圧迫を感じて、どうしても、それを引く力がなかった。人間の精神力には、無心な兇器をさえ征服する力があるように見えた。

アアだめだ。私にはとてもできない。

またたとい、このピストルで明智を殺し得たとしても、女の身で、はたして逃げおおせることができるかしら。すぐ目の前に運転手がいる。運転手は見のがしてくれても、町の人がいる。交番がある。とてもとても助かる見こみはありゃしない。

たった一つ残っているのは、人を傷つけないで、恋人を救う方法だ。昔からの女性が、このような場合に、いつも選んだ雄々しい方法だ。不二子もついにその決心をかためた。

明智は、不二子の顔色がサッと青ざめるのを見た。両眼に異様な輝きの加わるのを見た。キッと結んだ唇に、はげしい痙攣《けいれん》のおこるのを見た。そしてピストルの筒口が徐々に方向をかえて、彼女自身の胸に向けられてゆくのを見た。

「アッ、いけない。およしなさい」

自分に向けられた筒口にはビクともしなかった明智も、これには色をかえた。何かわけのわからぬことを叫びながら、不二子のピストルに飛びついて行った。

だが、不二子はヒョイと身をかわして、恐ろしい目で明智を睨みつけながら、

「明智さん、父に一と言お伝えください。不孝の罪は幾重《いくえ》にもお許しくださいましって。そして、不二子は、恋しい黄金仮面の悪魔を救うために、自殺しましたって」

アア、なんということだ。この美しい令嬢は、日本中の人がおじおそれる黄金仮面の悪魔を救うために、一人の父の歎きをさえかえりみようとしないのだ、あの怪賊のどこにそのような恐ろしい魔力がひそんでいるのだろう。

さすがの名探偵も、これには弱りきった。智恵も腕力も、このか弱い少女の決心をひるがえす力はないのだ。ピストルを奪おうとすれば、そのせつな、相手は引金を引くにきまっている。この場合、なまじ止めだてすることは、不二子さんの死を早めるに過ぎないのだ。

世の中には、人力のいかんとも為《な》しえぬことがらがある。いかなる明智も、この恐ろしい決意の前には、みじめにも手も足も出ない有様だ。

だがちょうどその土壇場《どたんば》に、人力以上のものが出現した。全く予期せぬ救いの手が現われた。

奇蹟だ。ほとんどあり得べからざることが起ったのだ。

一体全体何者が、どこから救いの手を伸ばしたのか。ほかでもない三尺とへだたぬ自動車の運転席から、今まで向こうを向いていた運転手の右腕が、ニューッと伸びたかと思うと、たちまち不二子のピストルを奪い取ってしまった。

明智にばかり気を取られていた不二子は、ふいをうたれてもろくも敵に武器を渡してしまった。

だが、彼ははたして不二子の敵であったか。いやいや、けっして敵ではなかった。じつにおどろくべきことには、その運転手は、敵どころか、味方も味方、彼女の恋人黄金仮面その人であったのだ。

今までは鳥打帽をまぶかく外套の襟を立てて、後頭部を隠していたので、少しもそれと気づかなかったけれど、ヒョイと振りかえったその顔は、まぎれもない黄金仮面、ギラギラ光る金色のお能面が、例の三日月型の唇で、ニヤリと笑っていた。

奇蹟だ。彼がいつの間に、本ものの運転手を追いだして、この自動車に乗っていたのか。どう考えても不可能なことだ。あの部屋の窓から飛びだして、この自動車の止まっていた場所へ来るのには、ぜひとも見通しの庭を通らねばならぬ。明智はそこを見張っていた。庭には誰もいなかったのだ。

さすがの明智も、あまりのふいうちに度胆を抜かれた体である。しかし意外も意外だが、今はそれどころではない、このさしせまった危地を、いかにして脱すべきかが問題だ。

というのは、黄金仮面は不二子から奪ったピストルを、そのまま明智にさしつけて、今にも発射しようと身がまえているからである。

主客の地位が一瞬にして顚倒した。攻めていた明智が攻められるのだ。

「車を出しなさい。出なければ、あなたを殺します」

仮面運転手は、例の怪物独特の、きわめて不明瞭な調子で、落ちつきはらって命令した。

明智は思わぬ不覚に、歯を嚙みならして怒った。さっき車に乗る時、運転手の顔を、なぜよく調べなかったか。明智小五郎の名にかけて悔んでも悔みたりない手落ちだった。

「出ませんか」

黄金仮面の催促だ。さア降りろといわぬばかりに車はとめてある。あたりは敵にとっておあつらえむきの淋しい工場裏だ。

だが、「出ませんか」といわれて、意地にも「ハイ」と車を出られるものではない。明智としてそんな侮辱には耐えられぬ。

とつおいつ、頭を風車《かざぐるま》のように急がしく働かせて、とっさの手段を考えているうちに、五秒十秒と時がたった。

と、ついに、グワンと音がして、自動車がいびつになるかと疑われる空気の激動。怪物がしびれを切らせて、とうとう第一弾を発射したのだ。

明智と不二子の口から同時に出た、なんともいえぬ恐怖の叫び声。が、仕合せと弾《たま》はそれた。後部のガラス窓をみじんに打ちわったばかりだ。

見ると怪物は第二弾発射の、兎《う》の毛《け》ほどのすきもない身がまえをしている。

「ちくしょう」

明智はついに断念した。一とまず命を全うして、再挙《さいきょ》を計るほかはない。残念ながら、彼はヒラリと身を躍らせて車外へ飛びだした。

「サヨナラ！」

にくにくしげな捨てぜりふで、車はいきなり走りだす。同時に、またしても不気味なショック。敵は卑怯にも走る車内から第二弾を発射したのだ。

「オッとあぶない。あぶない」

明智は快活にどなりながら、ピョンピョンと兎のように反対の方角へ走りだした、弾は黄金の衣裳を縫って、危うく脇腹をかすめ過ぎたのである。

木かげから赤いテイルランプが見えなくなるまで見送ったあとで、明智はまたしても、なんのことかわけのわからぬ独り言をつぶやいた。

「ちくしょうめ、日本人を、あのモロッコの蛮族同様に心得ているんだな」

彼が謎のような言葉をはくのは、これで二度目だ。一度は不二子に、「フランス語ができますか」一度は今の「モロッコの蛮族」だ。両方とも犯罪事件にどんなつながりがあるのか、少しも見当がつかぬけれど、むろん黄金仮面の正体に関する言葉に相違ない。後々に関係のあることゆえ、読者はこれをよく記憶にとめておいていただきたい。

賊の発砲が単なるおどかしでなくて、ほんとうに相手を殺す気であったらしいことが、明智小五郎をびっくりさせた。非常に意外な感じがした。

彼は逃げだした足をとめないで、元の怪屋へ取って返した。そこにまだ、仕残した用事があるような気がしたからだ。

月あかりの生垣の外を、ブラブラ歩きながら、何かを発見しようとあせった。賊が庭のまん中で煙のように消えうせた奇蹟、その賊がいつの間にか明智の自動車の運転台に納まっていた、あの不思議な謎を解こうとあせった。

生垣に沿って、浅い溝《みぞ》がつづいていた。彼はその溝の外を、何か口の中でブツブツつぶやきながら歩いて行った。

ふと耳をすますと、どこからか妙なうなり声が聞こえて来た。たしかに人間の苦悶の声だ。見わたしたところ、どこにも人の影さえなくて、うなり声だけが、耳のそばに聞こえる。またしても降りそそぐ月光の怪異だ。

「だれだ。どこにいるんだ」

どなってみると、我が声も月にこだまして、ひょうひょうとして空に消えて行くような気がした。

「ウウ……」

だが、うめき声は、答えるように大きくなった。地から湧く声だ。

彼は思わず足もとに目をやった。かれた溝が帯のようにつづいている。月光はその溝の中にまでしのびいって、美しい縞を作っている。

アア、いたいた。二間ほど向こうの溝の中にうごめいているのはたしかに人間だ。

とうとう彼の探しもとめていたものが見つかったのだ。

駈けつけてその男を引きおこした。案の定それは彼のやとった自動車の運転手であった。手足の縄を解き、猿ぐつわをはずしてやると、泥まみれの男はやっと口をきいた。

「だんなですか。じつにひどい目にあいましたぜ。あの屋根から飛びおりて来た金ピカの怪物は、一体全体何ものです」

明智は黄金仮面のことも、彼がその黄金仮面に変装することも、運転手には知らせてなかった。仮面と衣裳は風呂敷包みにしておいて、怪屋へ行ってから変装したのだし、今はまた、さっきの自動車の中へその衣裳を残して来たので、元の背広姿に戻っていた。

「エエ、屋根からだって、あいつが屋根から飛びおりたって?」

明智は、運転手の異様な言葉にギョッとして聞きかえした。

「エエ、屋根からですとも、まるで金色の鳥のようでした。あんまりへんなので夢でも見たんじゃないかと、目をこすっている間に、そいつは生垣を越えて、鉄砲玉みたいに、僕に飛びついて来たのです。何をするひまもありゃしません。それに、おそろしく力の強い奴でね。アッと思うまにもうぐるぐる縛られていたんです。それから、猿ぐつわをはめて、自動車の見えないここまでかついで来て、ポイと溝の中へほうりこみやがったんです」

しかし、明智は運転手の説明を半分も聞いていなかった。彼はやにわに生垣を飛びこすと、さっき黄金仮面と格闘した部屋の外へ駈けつけた。見ると、その部屋は一階建てで、屋根のひさしもそんなに高くはない。

「だんな、だんな、あいつはどこの野郎です。僕の車をどこへ持って行ったんです」

運転手は、息せききって、明智を追いかけて来た。

「君、この窓わくへ手をかけて、尻あがりに、あの屋根へのぼれると思うかね。人間業でそんな芸当ができると思うかね」

明智がとんでもない質問をしたので、運転手はびっくりして、目をパチパチさせた。

「僕にはとてもできない。いや、誰だってできないだろう。しかし、あいつだけは例外だ。博覧会の産業塔へのぼった奴だからね。梯子乗りの名人の仕事師でさえかなわなかった奴だからね」

明智は気でも違ったように、しゃべりつづけた。

「アア、俺はなんというばか者だろう。屋根に気がつかぬとは、庭ばかり探しまわって、上の方を見もしなかったとは。君、あいつは庭へ飛びだすと見せかけて、窓わくに手をかけ、一と振り振った反動で、足の先で屋根のひさしへのぼりついたんだぜ。

そして、僕が庭を探しているあいだ屋根の斜面に平べったくなって隠れていたんだぜ」

「それから、だんなの先廻りをして、表の方から飛びおりたというわけですね。しかし、あいつは一体何者です。だんなはごぞんじなんですか」

「オヤオヤ、君はまだ気づかないのかね。ほかに金色の化物があるものか。あいつだよ、あれが黄金仮面だよ」

「エッ、黄金仮面?」

運転手はおどろきのあまり、白痴のようにポカンと口を開いたまま、二の句がつげなかった。

名射撃手

その翌日、日比谷公園《ひびやこうえん》の大車道に、一台の自動車が捨ててあった。番号によって、それが昨夜明智のやとった車であることがわかった。

それだけだ。黄金仮面も、不二子さんも、どこへ姿を隠したのか、いつまでたっても、見当さえつかなかった。

同時に、その日から、明智に対する賊の執拗な迫害が始まった。彼らはあらゆる手段を講じて、この唯一の邪魔者をかたづけてしまおうと企んでいたのだ。

敵はけっして姿を見せなかった。しかし、明智の行く先々に待ちぶせしているとしか考えられないのだ。

ある時は、荷馬車の馬が、とつぜんあばれだして、通りかかった明智を蹄《ひづめ》にかけようとした。

ある時は、工事中の建築物の足場から、明智の頭の上へ鉄材が降って来た。

用心して外出を見あわせていると、賊の手は開化アパートの内部にまで伸びて来た。ある日食堂から自室へ取りよせたコーヒーの味がへんだったので、一と口飲んだばかりで、しらべてみると毒薬が調合してあることがわかった。コーヒーを運んで来たボーイは、一度も見たことのない男であった。しかも、その男は、アパートの雇人ではなくてその日だけボーイの服装をしてまぎれこんでいたものと知れた。

それ以来アパート内に私服刑事が入りこんで、警戒を厳重にしたので、二度とそのようなことはおこらなかったけれど、往来に面した窓から、ソッと覗いて見ると、夜など、異様な人影が建物の前をウロウロしていることがしばしばあった。

賊は明らかに明智を殺そうとしている。まずこの邪魔者を取りのぞいた上、ゆるゆる次の犯罪に取りかかる計画に相違ない。

明智ともあろうものが、なぜかこの迫害に対しては極度に臆病であった。彼はほとんど外出しないばかりか、自室のドアには内部から錠をおろし、三度の食事のほかは、アパートの廊下にさえ姿を見せなかった。

彼の綿密な注意は、郵便物にまで行きとどいた。返信用の封筒や切手は、みな海綿《かいめん》を用いて、けっして口で舐《な》めるようなことはしなかった。小包はすべてボーイに開かせ、なんの危険な仕かけもないことをたしかめて受けとった。

自室にとじこもった彼は、昼も夜も読書に余念がなかった。彼の室は、アパートの二階の表に面した側にあったので、夜は用心深くしめきったガラス窓と黄色のブラインドを通して、彼の読書する影が、表通りから眺められた。

机が窓ぎわに置いてあったために、彼の影は毎晩同じ窓に同じ形で映っていた。時々廻転椅子の向きをかえたり、姿勢をくずしたりする様子が、ハッキリした影絵になって、まざまざと眺められた。

夜の読書は八時から十時までと判で押したようにきまっていた。十時がうつと、電燈を消して彼は寝室へしりぞくのだ。

賊は手も足も出なかった。こちらからアパート内に入りこむことは、もはや絶対に不可能だった。といって明智の外出を待っていては際限がない。夜毎に映る窓の影、それを彼らはどうすることもできないのだ。玄関には番人のほかに近ごろでは私服刑事まで張りこんでいる。それに表は電車通りだ。とても人知れず二階の窓へのぼる隙はない。たといのぼってみたところで、抜かりない明智のことだ、どうせ相当防備の手段を用意しているに相違ない。ひょっとしたら、あのこれ見よがしの窓の影さえ、賊を引きよせる恐ろしい罠でないとはいえぬのだ。

といって、そのまま指をくわえて引っこむ黄金仮面ではなかった。名探偵の用意が行きとどけば行きとどくほど、彼はむしろ勇みたって、次から次へと攻撃手段を案出した。そして、ついに、あのとてつもない事件がおこるようなことになったのだ。

それは賊の迫害がはじまってから、ちょうど一週間目の夜であった。いつも明智が窓際の読書から寝室にしりぞく十時に五分前というきわどい時刻、さすがの名探偵も、全く予想しなかったであろうような、思いがけぬ方角から、賊の最後の非常攻撃がおこなわれ、しかもそれがまんまと効を奏したのである。

十時五分前、一台のありふれた型の自動車が、水道橋の方から、開化アパート前の電車通りを、規則いっぱいのフル・スピードで走って来た。見たところどこといって変った様子もなかった。ただテイルの番号標の白い数字に、泥がかかって、半分ほど全く見えなくなっていたけれど、ゴー・ストップのお巡りさんも、まさかそれが、番号を隠すために故意に泥をぬったものとは気づかず、何気なく見逃してしまったほどだ。

外見はそのようになんのこともなかったが、もし人あって、箱の中の客席を覗きこんだなら、あまりのことに、アッとおどろきの叫び声を立てないではいられなかったであろう。

車内には、まるで引越し荷物のような、大風呂敷包みが、三つも四つもつめこまれ、客の姿はそのかげに隠れてほとんど見えないのだ。

いや見えないばかりではない。その客は、風呂敷包みのかげに坐りこみ、一挺の銃を肩にあて、引金に指をかけ、筒口を開いた窓のすみに置いて、今にも、発砲しようという身がまえでいるのだ。アフリカの猛獣狩りではあるまいし、自動車の中から、いくら人通りがすくないといっても、東京のまん中の電車通りで、一体全体何を撃つつもりなのであろう。

いや、もっと恐ろしいことがある。風呂敷の間から、キラリと光って見えたのは、たしかに、金製のお面だ。アア、この異様な客こそ、怪賊黄金仮面であったのだ。

車はフル・スピードのまま、開化アパートの前にさしかかった。車上の射手は、すわとばかり狙いをさだめた。銃口の向かうところは、アア……アパートの二階の明智の部屋だ。そこの窓に映った名探偵の黒い影だ。この日頃の習慣といい、モジャモジャ頭をはじめ全身の恰好といい、人違いをする気づかいはない。

アッと思うまに、深夜の大気をゆるがして、一発の銃声。だが、誰もおどろくものはない。まさかそんなところで鳥打ちを始める奴もないからだ。自動車のタイヤがパンクしたんだなと、そのまま聞きすごしてしまった。

ただ、アパートの隣室の人々が、ちょっとおどろかされた。というのは、明智の部屋の窓ガラスがひどい音を立ててわれたからだ。

弾丸はみごとに命中した。ブラインドに映る明智の影がグラグラと揺れたかと思うと、いきなり机の上にバッタリ倒れてしまった。

しめたッ。うまく行ったぞ。さア逃げるんだ。全速力で逃げるんだ。そして、車は一段と速力を増し、次の淋しい横町へと曲って行った。

それにしても、なんとすばらしい射手であったか。二十マイルの速力で疾走する車上から、たった一発で的を射あてたのだ。窓の人影を打ちたおしたのだ。

ブラインドの影は机の上に倒れたまま、背中の一部を映して、微動さえしなかった。我が明智小五郎は傷ついたのか。いやいや傷ついたばかりなら、声を上げて人を呼ぶはずだ。身もだえもするはずだ。影が少しも動かず、声も立てぬところを見ると、もしや、アアもしや、彼はすでに息が絶えたのではなかろうか。

その翌日都下の大新聞の社会面に、左のような激情的な記事が掲載せられた。

死体紛失事件

(注7)咄々《とつとつ》「黄金仮面」の魔手?

ついに明智小五郎氏をおそう

アパートの窓に発砲……名探偵は絶命か

昨夜十時ごろ、開化アパートの書斎で読書中の民間探偵明智小五郎氏は、何者かのために、屋外より窓ガラスを通して射撃され、絶命したる模様である。聞くところによれば、明智氏は警視庁と協力して、怪賊黄金仮面の逮捕に尽瘁《じんすい》していた関係上、賊の恨みを受け、恐ろしい脅迫状を送られたこともあるが、最近は賊の目に見えぬ攻撃が烈しくなったので、同氏は用心深く、アパートの一室にとじこもって、めったに外出もしなかったほどである。それらの事情を綜合すれば、昨夜の発砲は黄金仮面かあるいはその同類のしわざに相違ないとの見こみである。アパートの隣室に住居せる会社員O氏夫人A子さんは、ガラスの割れる物音におどろき、窓から覗いて見ると、明智氏の部屋がただならぬ様子なので、同氏のドアをノックしたが、なんの返事もない。アパートの小使《こづかい》を呼んで尋ねると、明智氏はたしかに部屋にいるはずだというので、不審をおこし、合鍵を取りよせて、ドアを開いて見ると、窓ぎわの机にうつぶせになって血に染まっている明智氏を発見した。

奇怪！　奇怪！

探偵小説そのままの怪事件

名探偵の死体紛失

それを見たA子さんも小使も非常におどろき、いきなり廊下に走りでて呼びたてたが、あいにく二階に住居する人々は、まだ一人も帰宅せず、両人は急を告げるために階段を降りて、階下の事務所まで駈けつけなければならなかった。ほんの二、三分、明智氏の死体は開けはなった部屋の中に捨ておかれたが、そのたった二、三分の間に、おどろくべき椿事がおこった。アパートの事務員が駈けつけて見ると、いつのまにか、明智氏の死体が影も形もなくなっていたのだ。明智氏の借りうけている二つの部屋はもちろん、廊下から階段から、アパート内を隈なく捜索したが、どこにも姿は見えぬ。急報によって、警視庁H捜査課長、波越係長等出張取りしらべたが、弾丸が窓ガラスを破り、ブラインドを突きぬいている痕跡と、机上の血痕のほかには、なんの手がかりもなく、弾丸をも発見する事ができずむなしく引きあげた。室内に弾丸の残っていないところを見ると、それは明智氏の体内にとどまっていると解釈するほかなく、したがって、それほどの重傷者が、みずから部屋を立ちさる気力あるはずなく、おそらく絶命したる明智氏の死体を、犯人一味のものが、ひそかに運びさったものであろうと見られている。しかし犯人は何ゆえに被害者の死体を盗み出さなければならなかったか、その点は全く不明である。

煙を吐く自動車
一通行人の奇怪なる陳述

開化アパートの前は、電車通りとはいえ、一方川に面したいたって淋しい場所だが、午後十時ごろには、まだかなりの通行者があったはずである。犯人はいかにして、通行者の目をくらまして、この兇行を演じ得たかが、非常な疑問とされているが、当時アパートの前を徒歩で通りかかったという同区S町〇〇番地大工職Dの申したてによると、ちょうどその瞬間にはチラホラ徒歩の通行人があったばかりで、電車も自動車も見えなかったが、そこへ水道橋の方角から、一台の白動車が、非常な速力で走って来て、見るみるアパートの向こう横町へ曲って行った。その自動車が、アパートの正面にさしかかった時、とつぜん、パンクでもしたようなひどい音がしたかと思うと、自動車の窓からパッと白い煙が吹きだすのが見えたというのである。この陳述を信ずべきものとすれば、賊は疾走中の自動車からアパートの窓に向かって発砲したという、じつに奇怪千万な想像説が成りたつわけである。

右の本文のほかに、明智の死体を発見した会社員夫人をはじめ二、三の人の談話や、被害者の略歴、素人探偵としての手柄話まで掲載されていた。

名探偵明智小五郎が殺された。しかもその死体が黄金仮面一味の者によって、盗みさられてしまった。世論が沸騰しないはずはない。新時代の恐怖「黄金仮面」に配するに一代の人気者明智探偵の死体紛失だ。かくも激情的な事件がまたとあるだろうか。

素人探偵ははたして絶命したのであろうか。もしや重態のまま、賊の巣窟《そうくつ》にとじこめられ、死にまさる責め苦を味わっているのではあるまいか。そして、賊の方では、この名探偵を人質として、さらに次の攻撃準備をととのえつつあるのではないだろうか。

よるとさわるとその噂で持ちきりだ。ある者は明智はすでに絶命したといい、あるものはまだ生きていると主張し、ここかしこで議論の花が咲いた。中にはこれを種に賭をはじめる者さえあった。

大夜会

それから一週間ほど、警視庁のやっきの捜査もむなしく、明智小五郎死体紛失事件はなんらの進展を示さなかった。明智の行方はもちろん、黄金仮面の所在についても、髪の毛ほどの手がかりもつかむことができなかった。

捜査課の係長波越警部は、「蜘蛛男」以来無二の親友でもあり、唯一の相談相手でもあった民間の智恵袋をうしなって、非常な失望を感じ、その加害者である黄金仮面に対しては、職務以上の憤激をおぼえた。

それだけに、明智の行方捜査については、死力をつくしたが、武運つたなく、いまだになんの手がかりさえ発見できないのだ。

彼は今日も、萎《な》えそうになる気力を奮いおこして、早くから登庁した。そして、自席について、今日の捜査方針におもいふけっているところへ、刑事部長からの使いだ。

「オヤ、部長さん、今日はばかに早いぞ」

といぶかりながら、その部屋へ行ってみると、刑事部長の様子が普通ではない。何かしら、ひどく昂奮しているらしい。

「君それを読んで見たまえ」

波越氏の顔を見るなり、なんの前置きもなく、部長は一通の手紙様のものをさし出すのだ。

受けとって見ると、奉書《ほうしょ》の巻紙に、ていねいな字で、左のような奇怪な文句が書きつけてあった。

来る十五日夜閣下の邸宅に開かるる貴国実業家代表歓迎大夜会には、余《よ》も招かれざる客として、かならず出席いたすべく候《そうろう》。他意あるにあらず、貴国実業家代表諸公に敬意を表し、あわせて余の職業を遂行せんために候。この段あらかじめ閣下の意を得たく一書を呈し候。

黄　金　仮　面

F国大使ルージェール伯爵閣下

「黄金仮面！　ちくしょう、とうとう現われやがったな」

波越氏は思わずまっ赤になってどなった。

「昨日おそくF国大使館から急使があったのです。総監は不在中なので、僕が代って面会した。書記官と通訳です。実業家代表の日程がきまっているので、夜会を延期することはできない。たとえ延期したところで、賊の方では手を引くわけもないのだから、夜会は予定どおり催すことにきめた。ついては、万一の場合に備えるために、警視庁の援助を願いたいという申しいでだ」

刑事部長は、きわめて無感動な、事務的な調子で、説明をつづけた。

「御承知のとおり、F国大使の邸宅は、大使館の構内にあるので、事がめんどうです。黄金仮面はじつに困った場所を狙ったものだ。だが、この重大な事件をほうっておくわけにはゆかぬので、外務省とも打ちあわせをした結果、当夜は、警視庁から二十名ほどの私服刑事を、目立たぬように大使邸に入りこませ、十分警戒する手はずをさだめました。そこで、従来の関係もあることだから、御苦労でも、君にその刑事隊の指揮をおたのみしたいのです。一つヘマをやると、国際問題になる重大な場合ですから、できるだけ手ぬかりのないよう、慎重にやってもらわねばなりません」

ちょっと考えると、賊の手紙一通で、大使館や警視庁や外務省までが、大騒ぎを始めるというのは、おかしく思われるが、「黄金仮面」の妖しき影は、それほど深く人人の心にしみこんでいたのだ。ことに当のＦ国大使ルージェール伯は、読者も知るとおり、かつて日光の鷲尾邸で、黄金仮面の魔力を、まのあたり見ているだけに、この一片の予告状を、かなり重大に考えたのも無理ではない。

「奴はくるといったら、きっと来ます」

波越警部は、従来のたびたびの経験で、それを信じきっていた。

「久しぶりで奴にお目にかかるわけですね。今度こそは、のがしません。奴をひっくくるか、でなければ辞職です」

彼はものものしい決心の色を浮かべて、云いはなった。

問題の十五日までには、五日間の余裕があった。そのあいだに、波越警部はあらんかぎりの智恵をしぼって、万遺漏《ばんいろう》なく警戒準備をととのえた。むろん大使邸にもたびたび足を運んで、大使にも面会し、建物の構造などもとりしらべた。

庁内をすぐって、優秀なる二十名の刑事隊が組織せられた。彼らはそれぞれ大使館の下級吏員《りいん》に、あるいは大使邸の下男などに変装して、大夜会場の内外を警戒する手はずになっていた。

十四日には、旅行から帰った警視総監が、招待客の一人として、大夜会に出席し、それとなく部下の指揮にあたることが決定された。一盗賊の黄金仮面にとって、身にあまる光栄といわねばならぬ。

さていよいよ当日が来た。

麹町区Y町のF国大使館附近には、午後になると早くも十数名の制服巡査が、配置された。F国実業家代表の一行は、この国にとって、非常に大切な賓客《ひんきゃく》であったから、「黄金仮面」の一条がなくとも、この程度の警戒は当然なのだ。

定刻に近づくにしたがって、大使館の構内には、ぞくぞくと自動車が乗り入れられ、大使館表玄関の石段をあがる靴の音が、しげくなった。

その石段の上には接待係になりすました燕尾服《えんびふく》の波越警部が、私服二名の部下とともにがんばっていた。

大使の二名の秘書官(その一人は通訳を兼ねた邦人秘書官であった)が、波越警部と肩を並べて来客の首実検《くびじっけん》をつとめた。

来客はF国人がもっとも多く、邦人それにつぎ、他の諸外国の人々もまじっていた。それが多くは夫人同伴で、それぞれの国語をささやきかわしながらはいって来る有様は、さながら人種展覧会の感じであった。

知名の人々ばかりであったから、たいていは一と目でそれとわかったが、中には秘書官も、波越警部も顔を見知らぬ客があった。そういう人には、鄭重に招待状を要求し、姓名をたずね、それが日本人である場合は、波越氏と二人の部下が、三方から、ジロジロとするどい疑惑の視線をあびせかけるという、水ももらさぬ警戒ぶりだ。

招待者の人数はハッキリわかっていたから、最後の客が到着すると、すぐさま玄関の大扉をしめきり、数名の私服刑事が、その内外に見張り番を勤めた。裏口にも同じく見張りがつき、建物の外側に設けられた非常階段にさえ、二人の刑事が詰めていた。つまり何人も、たとえ一匹の猫さえも、刑事の目に触れないでは、建物から出ることも、そこへはいることも、全然不可能であった。

さて、かようにして、大使邸にとじこめられた数十人の来客中には、黄金仮面の変装ではないかと疑うべき人物は一人もいなかった。招待状と来客の頭数《あたまかず》とがピッタリ一致していた。また来客達はおたがいに知りあいであって、大ホールのここかしこに一団を為し、したしげに会話を取りかわしている様子を見ても、その中に全く誰にも顔なじみのない盗賊などがまじっていようとは考えられなかった。

大食堂の贅沢な晩餐会がすんだのは、午後八時ごろであった。そして、いよいよルージェール伯が趣向をこらした奇怪なる七つの部屋の舞踏会が始まったのだが、その前に晩餐のあいだに波越警部の注意をひいた或る事実を、読者に告げておかねばならぬ。

警部は接待係に扮していたのだから、晩餐の席へ入りこむことも自由であったが、食卓が開かれてまもなく、食堂の隅の大花瓶のかげにたたずんで、食事中の一人一人を、注意深く観察していた時、彼はふと妙なことに気がついた。

それは、彼のほかにも、同じように、人々をジロジロと眺めている一人物があったことだ。

その席には、美しい制服をつけた、日本人の給仕達が、作法正しく立ちはたらいていたが、その中に一人だけ、無作法にも食事中の賓客の顔をジロジロ眺めている奴がある。しかもそれは、無心に眺めまわすのではなく、ある特定の人物を、細くした目の隅から、さも意味ありげに執念深く観察しているのだ。

特定の人物というのは、第一が主人役のルージェール伯爵だ。伯爵をチラッチラッと盗み見る、その給仕人の目つきには、何かしら敵意に似たものが感じられた。

二番目には、警視総監だ。あまりジロジロみているものだから、総監の方でも感づいて、二、三度不思議な給仕人を見かえしたが、給仕人はそのつど、ハッと目をあらぬ方に転じて、そしらぬふりを装うのだ。

給仕人が盗み見る人物は、食卓のまわりだけではなかった。彼の目は食卓をはなれて、部屋の隅にたたずんでいる第三番日の人物にも、しばしば注がれた。その第三番目の人物というのは、はかでもない、花瓶のかげの波越警部その人である。

その給仕人は、挙動がいぶかしいばかりでなく、風采も非常に変っていた。年配は三十五、六に見えたが、給仕のくせに立派やかな口髭をたくわえ、きどった縁なしの近眼鏡をかけているのだ。

警部はあらかじめ給仕人の身もとも十分調べ、別段疑わしいものもないことはたしかめてあったので、まさかこの髭の給仕が黄金仮面の変装姿だとは思わぬが、それにしても、なんとなく気がかりな人物である。

彼は絶えまなく給仕の挙動を注意していた。給仕の方でも警部の存在を、頭の隅でいつも意識しているように見えた。

だが、これというほどの出来事もなく、やがて晩餐は無事に終った。そして、奇抜な仮面舞踏会が始まった。

「赤き死の仮面」

Ｆ国大使ルージェール伯爵が、豊かな趣味情操の持主であることは、彼が着任以来、古社寺、博物館はもちろん、一私人の邸宅にまで出向いて、古美術を観賞するに、日もたらぬ有様であった一事をもってしても、十分察し得るのだが、伯爵の趣味は、何も古美術品にかぎられていたわけではない。彼は素人歴史家であると同時に、素人文学者でもあった。

しぜん、彼の一挙一動には、普通外交官の思いも及ばぬ機智と情味がともなった。レセプションなどの場合にも、しばしば賓客をアッといわせるような、奇抜な趣向が考案せられた。

さいわい、F国大使の官邸は、ある富豪の贅沢な大邸宅を譲りうけたもので、多人数の会合にも十分間に合ったので、伯爵の異常な趣味を発揮するには、申しぶんがなかったのだ。

さて、伯爵の今宵《こよい》の趣向は、偶然にも、はなはだ陰鬱《いんうつ》な種類のものであった。

わざと大ホールを避けて、奇妙な装飾をほどこした七つの部屋が、舞踏場にあてられた。以前の持主の不思議な趣味で造られたこれらの部屋は、非常に不規則な設計で、一時《いっとき》に一室しか見ることができないようにできていた。五、六間ごとに、急な曲り角があって、それを曲るたびに、人々は全く別の、ハッとするような飾りつけに出くわすのであった。

それらの各部屋には、廊下に向かって、壁のまん中に、ゴシック風の窓がひらき、それぞれの窓にすきとおるような色薄絹のカーテンがはりつめてあった。

　室内の調度にも、奇妙な工夫がこらされていた。ある部屋は椅子からテーブルから、壁も床も青い布でおおわれ、それに準じて、例の窓のカーテンは目も醒めるような青色であった。

　その次の部屋は、飾りつけが、紫色であるゆえに、窓の薄絹も紫色であった。同様にして三番目は緑、四番目は燈色《だいだい》、五番目は白、六番目は菫色《すみれ》と変化しているのだ。そして、七番目の部屋は、ここだけは安っぽい色布でなく天井から壁一面に黒ビロードの掛け毛氈《もうせん》でおおわれ、それがさらに、重々しい襞《ひだ》を作って、同じ黒ビロードの絨毯の上に垂れおちていた。全体が深い深い暗黒に包まれた、闇夜の部屋であった。しかも、この部屋の異様なことは、他の室の例によれば、黒いカーテンを張るべき窓に、ここだけは室内の色彩とは全く違った、したたるばかりあざやかな深紅の薄絹がはりつめてあった。

　どの部屋にも、電燈はもちろんランプや燭台らしいものもなく、そのかわりには各部屋の例の薄絹を張った窓の外の廊下に、赤々と燃えあがる、焔の鉢をのせた三脚架《さんきゃくか》がすえられ、その古風な焔が窓の色とりどりな薄絹を通して、各部屋を、キラキラと照らしていた。

伯爵のこの陰鬱な、しかし詩的な考案は、かように書きしるしたのでは、まことに単純なものであるが、実際は計り知られぬ華美な、夢幻的な光景を作りだしていた。とりわけ、西のはずれのまっ黒な部屋は血色の色絹を通して黒い掛け毛氈の上に落ちる灯影《ほかげ》が、ゾッとするほど怪奇な感じをあたえた。そこへはいって来る人々の顔は、何かしらこの世のものでない、不気味な色に見えるので、来客の中にも、思いきってその部屋に足を入れるほど大胆な人は、ほとんどなかったくらいだ。

この部屋にはまた、西側の壁に、巨大な黒檀《こくたん》の時計が立ててあった。振子はにぶい、重々しい、単調なひびきを刻んで左右にゆれていた。その長針が一まわりして時を打つさいには、その真鍮の肺臓から、じつにほがらかな、高いしかもきわめて音楽的なひびきがきこえて来た。それがあまりに不思議な調子と、力強い音色《ねいろ》を持っていたので、廊下の隅に陣どった音楽師達は、一時間ごとに、弾奏のさなかであっても、しばし手を休めて、我知らずその音色に聴きいるほどであった。したがってワルツを踊る人達もやむなく足を止めてそれにききいる。陽気な舞踏が、突如として不気味な混乱におちいり、時計の鳴りひびいているあいだは、どんなに陽気な人々も、顔色が青ざめ、ある幻想に心乱されるのであった。

「いみじくも考案なさいましたね。伯爵。これはエドガァ・ポオの『赤き死の仮面』

ではございませんか」

英国大使館一等書記官のB氏が、流暢《りゅうちょう》なフランス語で、伯爵におもねるようにささやいた。

「アア、気がつかれましたか」伯爵は得意の微笑を漏らしながらこたえた。「私はいつも変らぬポオの心酔者なのですよ。しかし、この趣向は、少し陰気すぎはしませんでしたか」

なるほど陰気には相違なかった。しかし、酒気をおびた数十人の舞踏者だ。それに、日ごろきらびやかな宴会に慣れた人々にとって、この趣向は、ひどく気のきいたものに見えた。

男達は、むろんこのような装飾をこわがる年配ではなかったし、女達も、多少は不気味におもいながらも、物珍しさに、つい部屋から部屋へと踊り歩いていた。

さて、七つの部屋に踊りくるう、舞踏者達の服装であるが、作者は先ほど仮面舞踏会と記しておいたけれど、じつけ仮装舞踏会といった方が、適当かも知れないのだ。

婦人達は、美しい夜会服に、伯爵から渡された黒い眼隠しをつけているだけであったが、男達の半数は、外套の下に、思い思いの奇抜な変装を隠してやって来た。

だんだら染めの道化姿もあれば、中世騎士の装いをしたのもあり、あるいは日本の蓑笠《みのかさ》をつけたもの、あるいはインドの聖者に扮したもの、その他種々雑多の異様な仮装姿が、燕尾服正しい人々の間に入りまじっていた。

道化好きの実業家代表の人々も、それぞれ変装の趣向をこらしてやって来たが、中に一人、日本の甲冑を一着に及んだ、L氏のごときは、当夜随一の珍趣向として、一同の賞讃を博した。

「赤き死の仮面って、どんなお話なの、どなたか教えてくださらない？」

お茶っぴいの米国武官令嬢が、舞踏の切れ目に、突如として、自国の文学をなみした質問を発した。(注8)

だが、しあわせなことに、その令嬢は非常に美しかったので、若い男達は、喜んでこの質問に応じた。

「身体中に赤いボツボツができて、そこから血をふきだして、全身まっ赤になって、またたくまに死んでしまうという、恐ろしい病気が流行したのです」

一人が口火を切った。

「ある公爵がその病をさけて、広い僧院の中へ、家来達といっしょにとじこもったのです。そして、夜も昼も酒宴と舞踏に、歓楽のかぎりをつくしたのです」

他の一人がそれにつぎたしていった。

「ある晩のこと、公爵はちょうど今夜のような仮装舞踏会を催しました。僧院の七つの部屋が、今私達のいる部屋部屋の通りに装飾せられたのです。人々はそこで、物狂おしく踊りつづけました。ところが、あの黒い部屋の大時計が十二時をうつと、それを合図に、『赤き死』の仮装をした人物が、とつぜん、舞踏者の中にあらわれたのです。人々はおじおそれて道を開きました。仮装者はその中を、よろよろと、七つの部屋を通り過ぎ、西のはずれの暗闇の部屋にたどりついて、そこで全身に血をながして、死んでしまったのです。人々がかけよって、いまわしい仮面をはごうとすると、その中はからっぽで、何もありませんでした。つまり『赤き死の病』そのものが、どこからか僧院の中へ忍びこんで来たというわけです。そして僧院の人々はたちまちその病に感染して、身体から血をふきだして、断末魔のもがきを、もがきながら、死にたえてしまいましたとさ」

三人目が、お話の結末をつけた。

「君、そんな話をしてはいけませんね」

ルージェール伯がそれを聞きつけて、不気味な物語をうち切らせようとしたが、もう遅かった。

いつのまにか、そこへあつまっていた婦人達は、この話を聞いて顔色をかえた。

「マア、気味がわるい。伯爵様は、ほんとうにいけないいたずらをなさいますわ」

一人の婦人が、ゾッとしたようにつぶやくと、それが、奇妙なこだまとなって、耳から耳へと伝わって行った。男達でさえ、ふと身うちが寒くなるのを感じた。

それからまた、数番の舞踏があったけれど、誰も妙に気乗りがしなかった。奥の部屋の大時計の音ばかりが、耳についた。

黒い部屋にはいるものは、一人もなかった。なぜならば夜もようやく更けて来たし、それにかの血色の薄絹を通して、流れこむ光の赤さが、いよいよ不気味に冴《さ》えて来たからである。舞踏の群集はなるべくそこから遠ざかって、恐怖を忘れるために、気ちがいのように踊りくるった。ちょうど物語の僧院内の人々がしたとおりに。

踊りくるいながらも、女達はふと、燈火ゆらぐ、青い部屋の、或いは紫の部屋の、ほの暗い片隅から、顔一面のみにくいふき出ものから、タラタラと血を流した、不気味な仮装者が、ヨロヨロと現われて来る幻想に悩まされた。

そして、ついに真夜中が来た。

人気《ひとけ》のないビロードの部屋から、大時計の第一点鐘が響いて来た時、人々は例によって、悚然《しょうぜん》として立ちすくんだ。楽師達は突如として弾奏の手をやめた。一瞬間前までの、われかえるような喧騒《けんそう》が、しいんと静まりかえった。

人々は青ざめた顔を見かわして押しだまっている。その中を、大時計の音ばかりが、まるであの世から聞こえて来る悲鳴のような、甲高《かんだか》い調子で鳴りひびいた。

十二点鐘が、一年もかかるように感じられた。だが、長い長い鐘の音がやっと終った。そして、その微妙な余韻《よいん》が風のように部屋部屋を吹きすぎたかと思うと、そのとたん、軽やかな、半ば押し殺したような一つの笑い声が、消えて行く時鐘の音をおいかけるもののごとく、陰鬱にきこえて来た。

人々は鳥肌立てて、いっせいにその方を振り向いた。そしてまだ誰一人としてその存在に気づかなかった一人の異様な仮装者が、彼らの間にまじっていることを発見したのである。たちまち、この新しい闖入者《ちんにゅうしゃ》についてのささやきが、風のようにつたわった。

「まア、きれいですこと。あれ一体どなたでしょうか」

さいぜんの陽気なアメリカの令嬢が、踊り相手の道化姿の紳士にささやいた。

「あなたは、あれをごぞんじないのですか」

「エエ、ぞんじませんわ」

令嬢は無邪気にこたえる。

「アレはね、アレはね、有名な黄金仮面《マスク・ドル》ですよ」

道化師は、この恐ろしい言葉を、虚脱したような異様に無感動な口調で、いいはなった。

金色の死

一世紀前の奇怪な物語の中におこったことが、そっくりそのままの姿で、ここに再現されたのだ。人々は二重焼付《やきつけ》の映画を見るような、なんともいえぬ不思議な気持ちにおそわれた。

あのポオの恐ろしい物語では、黒檀の大時計の十二点鐘が鳴り終ると同時に、誰も見知らぬ仮装者が現われた。今もそれと全く同じではないか。ただ現われた仮装者が「赤き死」ではなくて、それよりももっと現実的な恐怖、「黄金仮面」であった点が違っているばかりだ。

「いやな趣味ではありませんか。一体あのいまわしい仮装をして来たのは誰でしょう」

「さア、たった今まで、あんな金色の衣裳をつけた人は、一人もいなかったはずですがね」

人々は眉をしかめてボソボソとささやきあった。例の黄金仮面からの恐ろしい予告状のことは、ルージェール伯身辺の人々と、警視庁のほかには、誰も知らせてなかったので、それが、もしかしたら、今世間を騒がせている、はんとうの怪賊ではあるまいかと疑うものは誰もなかった。皆来客の一人の、人のわるい仮装姿だと信じていた。そうは信じながらも、あの金色のお能面みたいな、ゾッとするほど無表情な顔を見ると、婦人達は、申すまでもなく、滑稽なことには、甲冑姿いかめしい男子までが、色をかえて、ジリジリとあとじさりを始めた。

「マスケ・ドル！　マスケ・ドル！」

不気味なささやきが、さざなみのように舞踏者達の間にひろがって行った。

黄金仮面の人物は、群集のあとじさりのために広く開かれた通路を、ちょうど物語の「赤き死の仮面」がしたと同じように、ヨロヨロとよろめきながら、部屋から部屋へと歩いて行った。

彼が部屋部屋を通過するにしたがって、全身を包んだ金色まばゆき大マントが、あるいは青く、あるいは紫に、あるいは橙色に、ギラギラと、それぞれの色を反映して、焔のように、美しくもかがやいて見えた。

その時、楽師達のいる廊下に立っていた波越警部は、ふと室内のざわめきに気づいた。

「黄金仮面、黄金仮面」

という、波のようなつぶやき声を耳にした。

ハッとして、彼が青い部屋に駈けこんだ時には、怪物はすでに二た部屋ばかり向こうを歩いていた。

「黄金仮面をごらんになりましたか。そいつはどちらへ行きました」

警部が群集に向かって、あわただしく尋ねると、誰かがゲラゲラ笑いながら答えた。

「黄金仮面か、ばかなお茶番を思いついたものだね。どこへ行ったって？　どこへ行くものかね。あの向うの端の黒い部屋へはいって行ったのさ。赤き死の仮面がしたようにね。アハハハ……」

その日本人は、ひどく酔っているらしかった。

警部はいきなり、その方へ走りだした。

彼は、喜びとも恐れともつかぬ感情のために、胸がはちきれそうであった。待ちに待った黄金仮面が、わずか数間向こうを歩いているというのは、あまり幸運すぎて、信じられない気がした。むろんどこにも逃げ路はない。建物は刑事達にとりまかれている。その中へ無謀千万にも、彼は姿を現わしたのであろうか。

次の部屋へ来ると、怪物を追いかけているのは、自分ばかりでないことを発見した。

先頭に立って走るのは、主人のルージェール伯爵だ。彼は仮装をしていなかったので、燕尾服の二本の尻尾《しっぽ》が、走るにつれて、黒いフラフ(注9)のようになびいていた。

少しおくれて、もう一人の男が走っている。その男はひどく風変りな仮装をしているので、何者ともわからぬ。日本人かどうかさえ曖昧だ。身体の線のとおりに、ピッタリくっついた黒のシャツ、黒の股引《ももひき》、黒の手袋、黒の靴下、頭には黒布をかぶって、黒布の両端が、ピンと二本の長い角となってはねあがり、顔にはむろんマスクをかけている。つまり、西洋芝居に出てくる悪魔の扮装なのだ。

そのルージェール伯と、(注10)西洋悪魔《メフィストフェレス》と、接待係の変装をした波越警部とが、奥の黒ビロードの部屋へと、雁行《がんこう》して走った。

走りながら、警部は用意の呼笛《よびこ》を取りだし、部下の刑事達への合図に、ピリピリと吹きならす。

「何事です。君達はどうしたのです」

舞踏者の群集の中から、いぶかりの声が湧きおこった。彼らはこの三人が三人とも、気でも違ったのではないかと疑った。それほど伯爵達の行動は、突飛にも滑稽にも見えたのだ。

「みなさん、注意してください」

伯爵は走りながら、群集に向かって呼びかけた。

「あの金色のものは、ほんとうの黄金仮面です。私は今夜彼がこの席へ忍びこんで来るという、予告状を受けとっていたのです」

その呼び声で、部屋部屋のざわめきがピッタリと静まった。そして呼吸の音さえ聞こえるほどの、異様な静寂が七つの部屋を占領した。

人々はみな、黄金仮面がどんなに恐ろしい奴だかを、よく知っていた。

「アア、あぶない。伯爵は『赤き死の仮面』を追って、小説の中の公爵のように、あいつを追っかけているけれど、プロスペロ公は、それを追ったばかりに、黒檀の大時計の前で、命を失ったのではないか」

人々は、何から何まで、ポオの不気味な物語と、そっくりそのままに進行するのを見て、慄然としないではいられなかった。

一方黄金仮面の怪物は、とうとう黒ビロードの部屋に足を踏みいれた。まっ赤な薄絹を通して、廊下の火焔が黄金仮面の衣裳を燃えたつ血潮の色に染めなした。彼はその血の色を顔いっぱいに輝かせて、例の三日月型の唇をゆがめ、ゾッとするような笑いを笑った。

三人の追手《おって》は、不吉な暗黒と血潮の部屋にはいることを、さすがに躊躇して、その入口に踏みとどまった。

「フフフフフフ」

部屋の中から、例の半ば押しころしたような、不気味な笑い声が、地獄の底からのようにひびいて来た。

ルージェール大使は躊躇する三人の中で、もっとも勇敢であった。彼は、二人を入口に残したまま、単身魔の部屋へ躍りこんで行った。

躍りこんで行ったかと思うと、パン……という発砲の音、野獣のようなうめき声、そして、ドシンと人の倒れる響き。

どちらが発砲したのか？　どちらが倒れたのか？

今は一瞬も躊躇すべき時ではない。波越警部と、西洋悪魔に扮した人物は、ほとんど同時に部屋の中へ飛びこみ、まさに第二弾を発砲せんと身がまえていた伯爵の、ピストル持つ手を取りおさえた。

「いけません。大切の犯人です。殺してはいけません」

警部は相手に通じぬ日本語で、気ちがいのように叫んだ。今この怪物を絶命させては、親友明智の生死も、大鳥令嬢の行方も、わからなくなってしまうのだ。

怪物は、一匹の金色のけだもののように、黒ビロードの床の上に傷つき倒れていた。

弾丸は胸をうちぬいたと見えて、黄金マントの胸からと、三日月型の金色の唇からと、糸のような血潮が、タラタラと流れていた。致命傷だ。しかしまだ全く絶命してはいなかった。

伯爵が叫ぶ。

「マスクを、マスクを」

警部は、怪物の上に身をかがめて、その無表情な黄金仮面に手をかけた。手をかけて、思わず身ぶるいした。

アア、この仮面の下には、一体全体何が隠されていたのであろう。今こそそれがわかるのだ。世間は、被害者達は、そして警視庁は、どんなにか、この一瞬を待ちのぞんだことであろう。それを思うと、波越警部は、指がふるえた。歓喜のあまり、いきなり号泣したい衝動を感じた。

アルセーヌ・ルパン

だが、ついに黄金仮面は取りさられた。

その下から現われた顔は、意外、意外、ルージェール伯の腰巾着《こしぎんちゃく》、大使館の邦人秘書官、浦瀬七郎《うらせしちろう》であった。

大夜会の始まる前、波越警部と肩を並べて、来客の受附係を勤めていた、あのおとなしやかな通訳官が、この怪物であろうとは、波越氏はあっけにとられて、しばらく、伯爵と西洋悪魔の顔を、キョロキョロと見くらべるばかりであった。

その時、さいぜんの呼笛を聞きつけた刑事の一群が、ドヤドヤと黒い部屋へつめかけて来た。その中には総監の顔も見える。人々は意外の犯人に、すくなからずめんくらっている様子だ。

警部は長官の来着にはげまされて、気を取りなおした。

「黄金仮面。F国大使館通訳官。犯人は治外法権《ちがいほうけん》にかくれていたのだ。わからなかったも無理はない。なるほど、これで辻褄が合うわい。鷲尾家の盗難も、こいつのしわざとすれば合点が行く。あの時こいつはルージェール伯の随員として、美術館へはいったのだからな」

警部はす早く頭を働かせた。それから、やや居丈高になって、

「君達はこの犯人を、すぐ病院へ運んでくれたまえ。そして、捜査課へ電話をかけてね、黄金仮面は、ただ今取りおさえましたと伝えてくれたまえ」

と命令した。

だが、刑事達は躊躇した。波越氏もギョッとして部屋の中を見まわした。どこから

か、異様な笑い声が聞こえて来るのだ。瀕死《ひんし》の黄金仮面は、しかめ面をして苦悶《くもん》している、笑うはずはない。では一体何者が、この重大な場合に、笑いなぞするのだ。見まわしても、誰も彼もまじめくさった顔つきだ。笑いの影さえ見あたらぬ。だが、たった一人だけ、表情の不明な人物がある。それは例の西洋悪魔に扮した男だ。彼の顔は覆面に隠れて、笑っているのか泣いているのか、少しもわからないのだ。

総監も、警部も、刑事達も、伯爵さえも、期せずして、西洋悪魔を見つめた。アア、やっぱりこの男だ。あの押しころしたような笑い声は、このまっ黒な悪魔の口から漏れているのだ。

「どうかしたのですか。何がそんなにおかしいのです」

警部が腹立たしげに尋ねた。

「いや、ごめんください。人騒がせのお茶番が、あんまりおかしかったものですから」

悪魔は明らかに日本人であった。

「お茶番だって。何をいっているのだ。君は、これをお茶番だと思うのですか。……君は一体どなたです。覆面をとってください」

「アルセーヌ・ルパンは、こんな男じゃありません」

悪魔は警部の言葉におかまいなく、とつぜん妙なことをいって、倒れている犯人を指さした。

「アルセーヌ・ルパンだって？　ルパンがどうしたのです」

警部は、こいつ、有名なフランスの紳士盗賊の幻に悩まされている気ちがいではないかと疑った。

「黄金仮面といわれている盗賊は、ルパンです。ルパンでなければならないのです」

警部は、この狂人の突飛千万なたわごとを相手にしなかった。そのかわりに部下に向かって、

「こいつの覆面をとれ」

と命じた。

刑事達は、西洋悪魔に走りよって、有無をいわせず、覆面を引きちぎってしまった。

覆面の下には、縁なし眼鏡が光っていた。豊かな口髭が鼻の下を覆っていた。

「ヤヤ、きさま、ここの給仕人じゃないか」

波越氏がびっくりして叫んだ。

晩餐のさい、伯爵や総監や、波越警部自身を、意味ありげにジロジロと盗み見ていた、あの不思議な給仕人に相違ないのだ。

「けしからん、どうしてお客様の中にまじっていたのだ。その変装はなんだ」

どなりつけられても、不思議な給仕人は、平気な顔をして、警部などは相手にせぬとばかり、ツカツカと警視総監の前に進み出た。

「総監、この瀕死の重傷者に、二、三の質問をお許しくださいませんでしょうか」

彼はますます気ちがいめいたことをいいだすのだ。

総監もめんくらったが、いかめしい顔に、一としお威厳を加えて、おもおもしく反問した。

「許さぬものでもないが、君の姓名は？　一体なんの理由で、そういうぶしつけな要求をするのか」

悪魔に扮装した給仕人は、総監の威厳を物ともせず、顔と顔が触れんばかりに近づいて、

「僕です。まさか、お見忘れではありますまい」

と、思いもよらぬことをいいだした。

総監はその声がさいぜんの声とまるで違っていたので、ふとある人物を思いだした。あり得ないことだ。彼は殺されたのではないか。しかし、しかし、この声音、そして、この顔、総監は半信半疑で、じっと相手を見つめた。すると、不思議なことには、下

品な給仕人の顔の下から、徐々に、ある知人の相貌《そうぼう》が浮かびあがって来た。

「オオ、君は！」

総監はうめき声を発して、思わず一歩あとにさがった。

給仕人はニコニコ笑いながら、眼鏡をはずし、口髭をめくりとった。そして、その下から現われたのは、ほかならぬ、我らの素人探偵明智小五郎の顔であった。

それを見ると、一座に異様などよめきがおこった。時も時、場所も場所、死んだと思っていた名探偵が、こんなところへ姿を現わそうとは、一同アッといったまま、相手の顔を見つめているばかりだ。

やがて、気を取りなおした波越警部が、まず明智にたずねる。

「明智君、挨拶は抜きにして、君がどうして生きかえって来たかもあとでゆっくり聞くとして、……今云った妙なことだ。あれは一体どういう意味だね」

「黄金仮面はアルセーヌ・ルパンだ」突飛に聞こえるかも知れない。僕も長いあいだ迷っていた。だが、二、三日以前、やっと思いちがいでないことが判明した。ルパンは今この東京にいるのだ」

明智もさすがに昂奮している。

「では、ここに倒れているのは？」

「まっ赤な贋物だ。ルパンの常套手段のお茶番にすぎない」

アア、この驚倒すべき事実！　フランスの紳士盗賊、一代の俠盗《きょうとう》、アルセーヌ・ルパンの名を知らぬ人はあるまい。その大盗賊王ルパンが、日本の東京に現われたというのだ。明智は気が違ったのではないか。白昼の夢を見ているのではないか。あまりといえば信じがたき事実である。

「明智君、冗談をいっている場合ではないよ」

総監は皮肉な微笑をうかべていった。

「アア、あなたはお信じなさらない。御無理はありません。しかし、犯罪に国境はないのです。世界的美術蒐集家アルセーヌ・ルパンが、日本古美術品に垂涎しないはずはありません。アメリカの有名な映画俳優が、日本娘に逢いにくるのと同じ手軽さで、ルパンも我が国の美術品を観賞にやってこないと、どうしていえましょう」

明智がとうとうとまくし立てるのを、総監は苦笑を浮かべて聞いていたが、たまりかねて叫んだ。「議論を聞いているのではない。わしは証拠がほしいのだ。動かしがたい証拠を見せてもらいたいのだ」

「証拠がなくて、こんなことをいいだす僕ではありません。例えば、ここに倒れている男が、僕の質問に答え得るとしたら、それだけでも、充分御満足をあたえることができましょう」

「よろしい。この男に質問をして見たまえ」

やっと総監の許しが出た。

浦瀬はすでに断末魔の苦悶におちいっている。ぐずぐずしている場合ではない。明智は瀕死の男にかがみこんで、催眠術でもかけるように、両眼に全精神力を集中しながら、力強い声で質問を始めた。

「オイ、君、しっかりしたまえ。僕の声がきこえるかね」

重傷者は、上《うわ》ずった目を、明智の顔に注いだ。

「ウン、聞こえるんだね。では、今僕が尋ねることに答えるのだぜ。非常に重大な問題だ。たった二た言か三言だけ、どうか答えてくれたまえ」

「ハヤク、ハヤク、コロシテクレ」

浦瀬は苦悶にたえかねて、血泡《ちあわ》のたまった唇を動かした。

「よし、よし、すぐに楽にしてやる。そのかわりに答えるのだよ、いいか。君は黄金仮面の部下だね。同類だね。もう死んで行くのだ、嘘をつくのではないぜ」

「ウン」

「部下なんだね」

「ウン」

「それから、これが一ばん大切な点だ。君の口からいってくれたまえ。黄金仮面の正体は？　あれは日本人ではないね」

「ウン」

「名前は？　その名前をいうのだ。さア、早く」

「ルパン……ア、ア、アル、セーヌ、ルパン」

問答を聞くにしたがって、さすがの総監もこの夢のような事実を信じないわけにはゆかなくなった。彼は波越警部とともに、瀕死の男の上にかがみこんで、彼の断末魔の告白を、一言もききもらさじと耳をすました。

明智は息づまるような質問をつづける。

「それで、アルセーヌ・ルパンはどこにいるのだ。君はそのありかを知っているだろうね」

「ウン」

「知っているね。さア、たった一と言、いってくれたまえ。あいつは今、どこにいるのだ」

重傷者は、もう舌がこわばって来た。何か云おうとするけれど声が出ないのだ。アア、せっかくここまでこぎつけたのに、一ばんかんじんの部分を聞くことができないのか。

「浦瀬君、頼みだ。もう一と言、たった一と言。さアいってくれたまえ」

明智は昂奮のあまり、思わず重傷者をゆすぶった。それが、眠りこけて行く瀕死者を、むざんにも目覚めさせた。

「ルパンはどこにいる？」

「コ、コ、コ、コ、……」

「なんだって？　もっとハッキリ、もっとハッキリ」

「コ、コ、コ、……」

だが、瀕死者は同じ片言を繰りかえすばかりだ。

「ここだね。ここにいるというのだね」

「ウン、ウン」

「この部屋にいるんだね。さア、どこに。指さしてくれたまえ。それができなければ、眼で知らせてくれたまえ」

浦瀬は最後の力をふりしぼって、右手の指を動かした。そして部屋の一方を指《さ》しした。ほとんど白くなった両眼もその同じ方角に釘づけになっている。

アア、なんということだ。世界の侠盗、アルセーヌ・ルパンが、この東京に、この大使邸に、この黒ビロードの部屋にいるというのだ。

一同息を殺した。いつのまにか部屋の入口に殺到していた舞踏の群集も、刑事の一隊も、総監も、波越氏も、明智小五郎も息を殺した。息を殺して、瀕死者の指のさししめすところを見た。彼の両眼の釘づけになった箇所を見た。

そして、そこには、浦瀬の指ししめしたところには、F国大使ルージェール伯爵が凝然《ぎょうぜん》としてたたずんでいたのである。

ルパン対明智小五郎

百千の目が、黒檀の大時計を背にして立ちはだかっている、たった一人の人物、燕尾服姿のルージェール伯爵に集中された。

死にたえたような沈黙、身動きする者もない長い長い睨みあい。

「ワハハハ……、これはいかん。いやにめいってしまったぞ。……さア、みなさん、舞踏をつづけてください。伯爵も、どうかあちらへ。跡しまつは我々の方でうまくやっておきます」

警視総監は、日本語でいいながら、手まねをして見せた。

「総監！」

明智が血相《けっそう》をかえて、つめよった。

「この明瞭な事実を、お信じなさらないのですか」

「アハハハ……」総監は腹をかかえんばかりに哄笑した。

「君、そりゃいかんよ。いくら名探偵の言葉でも、こいつばかりは採用できん。かりにも君、一国の特命全権大使ともあろうお方が、盗賊をはたらくなんて、そ、そんなバカなことが、ハハハ……」

「この男が、証人です」

明智は、すでに息絶えた浦瀬秘書官を指さした。

「証人？　バカな。こいつは伯爵に射殺された恨みがある。それに瀕死の苦しまぎれ、血迷った奴が何をいうかわかったものではない。一秘書官の言葉を信ずるか、F国大統領の信任あつき全権大使を信ずるか、一考の余地もないことだ」

「では、これをごらんください。僕はなんの証拠もなくて、うかつにこのような一大事を口にするものではありません」

明智はいいながら、黒毛糸シャツのふところから、大事そうに一通の西洋封筒をとりだして、総監に示した。

総監は明智の一本気が腹立たしかった。彼は一秘書官よりも全権大使を信じたかもしれぬが、同時に全権大使よりも、さらに名探偵明智小五郎の手腕を信じていた。事実、ルージェール伯こそ彼の力説するがごとく、大侠盗アルセーヌ・ルパンかも知れないと、心の一隅には、深い疑心を生じていた。だが、ここで事をあらだてるには、あまりに問題が大きすぎる。のみならず、手出しをしようにも、警視総監の権限では、一国の全権大使をどうすることもできないのだ。

そこで、さりげなくこの場をつくろって、急遽《きゅうきょ》それぞれの関係官庁と協議をとげるつもりで、こともなげに哄笑して見せたのだ。その腹芸《はらげい》を、一本気の明智が理解してくれなかったことを、彼ははなはだ不本意に思った。

だが、もう仕方がない。明智は何やら証拠品を持ちだした。彼のことだ。どんな重大な証拠をにぎっていまいものでもない。

「待ちたまえ」

総監はさすがに機宜《きぎ》の処置をあやまらなかった。

「みなさん。しばらくお引きとりください。波越君だけ残って、ほかの刑事諸君も、一度外に出てくれたまえ。そして、そのドアをしめてください」

明智もそれに気づいて、総監の言葉を外国紳士貴婦人達に通訳した。

入口から覗いていた人々が立ち去り、ドアがしまると、総監はその前に立ちふさがるようにして、ジロジロとルージェール伯爵に流し目をあたえながら、明智に言葉をかけた。

「手紙のようだが、それはどこから来たのかね」

「パリからです」

「フン、パリの何人《なんぴと》から？」

「お聞き及びでしょうと存じますが、元パリ警視庁刑事部長のエベール君からです」

「エベール？」

「そうです。ルパンが関係した、二つの最も重大な犯罪事件、ルドルフ・スケルバッハ陰謀事件と、コスモ・モーニングトン遺産相続事件で、ルパンと一騎打ちをした、勇敢な警察官として、よく知られている男です。当時の警視総監デマリオン氏の片腕となって働いた男です」

「なるほど、して？」

「今では職をしりぞいて、パリ郊外に引退していますが、僕は、先年パリへ行きました時、同君を訪ねて、一日話しこんだことがあります。彼は警察事務にはもうあきあきしたといっていましたが、談一たびルパンに及ぶと、額に癇癪筋《かんしゃくすじ》を出して、息を引きとるまで、あいつのことは忘れないだろうと、非常な見幕《けんまく》でした。なにしろ、ルパンの化けた刑事部長の下で、さんざんこき使われ、愚弄《ぐろう》された男ですからね」

「で、エベール君から、何をいって来たのだね」

「僕は電報で、ルージェール伯爵の身元調査を頼んでやったのです。そして、彼がパリの政界でメキメキとうりだして来たのは、大戦の後でした。ここに恐ろしい疑いがあるのです。大戦以前のル伯と、戦後のル伯とが、全く同一人であるかどうか。万一別人であったならば、それはアルセーヌ・ルパンではないか、ということを尋ねてやったのです。ルパンと聞くとエベール君、異常な熱心で調査を始めてくれました。戦友を探しだし、伯爵の幼馴染《おさななじみ》を探しだし、写真を蒐集し、あらゆる方面を調査した結果、大統領をはじめ戦友達の一大錯誤を発見したのです。ル伯はシャンパーニュでほんとうに戦死したらしいことがわかったのです。しかし、事はあまりに重大です。うかつに一退職警察官の進言を採用することはできません。盗賊に大統領の親書をあたえ、国家の代表者として、日本国に派遣したとあっては、パリ政界に大動揺をきたすはもちろん、ゆゆしき国際問題です。一通の電報によって犯人引きわたしを要求するがごとき、軽挙に出ることはできません。そこで、ルパンを最も熟知せるエベール君をひそかに日本に派遣して、ル伯の首実検をさせた上、適宜《てきぎ》の処置をとらしめることになったのです。エベール君はこの手紙を書くと同時に本国を出発しました。おそらく数日中には到着することと思われます」

警視総監も、波越警部も、いうべき言葉を知らなかった。黄金仮面は稀代の怪賊であったばかりではない。西洋(注11)の天一坊《てんいちぼう》なのだ。

「わたしは、あちらへ引きとってもさしつかえありませんか」

しびれを切らせたルージェール伯が、三人の顔を見くらべながら、彼の国の言葉で尋ねた。

「失礼しました。伯爵。お察しでもございましょうが、我々は警察の者です。殺された男が、有名な盗賊とは申せ、ともかくここに殺人事件がおこったのです。被害者の身もとも調べなければなりません。また、ご迷惑ながら、大使閣下に二、三お尋ねしなければならぬ点もございます。今少々この部屋におとどまりを願わねばなりません」

明智がフランス語で、うやうやしく答えた。

「さっき、この男は、わたしを指さして、何をいったのですか」

明智が外国語を話すことがわかると、大使は落ちついた調子で尋ねた。

この質問に出あって、明智は一刹那困惑の表情を示したが、思いきったように、ズバリといってのけた。

「閣下が、有名な紳士盗賊アルセーヌ・ルパンだと申したのです」

伯爵は、それを聞くと、別におどろいた様子もなく、じっと明智の顔を眺めた。明智の方でも、必死の微笑を浮かべながら、大使を見つめていた。

数秒間奇妙な沈黙がつづいた。

「ハハハハ、このわしが、……全権大使ルージェール伯爵が、ルパンだというのかね。そして、君は、それを信じているのかね」

伯爵は奥底の知れぬ、うす笑いを浮かべている。

「もし信じていると申しあげたら、閣下はどうおぼしめしましょうか」

明智は必死の気力を振《ふる》いおこしていった。

「あらゆる事実が、それを物語っているとしたら、たとえ大使閣下であろうとも、御疑い申しあげるほかはないのです」

「あらゆる事実？　それをいってごらんなさい」

大使はあいかわらず、迫らぬ態度をつづけていた。

「黄金仮面はめったに口をききません。止むを得ない場合には、ごく簡単な言葉をしゃべりますが、それは非常に曖昧な日本人らしくない発音です。これは、黄金仮面が外国人であることを語っています。奇妙な金色のお面も、一と目でわかる異国人の容貌を隠すために考案されたのです」

「それで？」

「黄金仮面は、日本に一つしかないような、古美術品ばかり狙っていますが、なみなみの盗賊には、そういう有名な品を処分する力がありません。ルパンのように私設の博物館を所有するものでなくてはできない芸当です」

「それで？」

「大鳥不二子さんは、なぜ恐ろしい黄金仮面に恋をしたか。それは彼がアルセーヌ・ルパンだからです。あのけだかい令嬢が、もし盗賊に恋をするとしたら、世界中に、ルパン一人しかありません。ルパンはどんな女性をも惹《ひ》きつける恐ろしい魔力を持っているのです」

「ルパンがそれを聞いたら、さぞかし光栄に思いましょう。しかし、わしにはなんの関係もないことです」

「鷲尾家の如来像がにせ物と変っていました。そのにせ物の像の裏にΛ《ア》・L《エル》の記号が記してありました。日本人にLの頭字を持った人名はありません。アルセーヌ・ルパンでなくて誰でしょう。頭字が一致するばかりでなく、犯罪の現場に自分の名札を残して行く盗賊は、おそらくルパンのほかにはありますまい。彼は欧洲各国の博物館の宝物を、にせものと置きかえ、そのにせものの人目につかぬ場所へ、ことごとく署名を残しておいた先例があります」

「…………」

「そして、あの盗難のあったころ、鷲尾邸をおとずれた外国人といえば、閣下、あなたのほかにはなかったのです。僕は当時すでに、黄金仮面がアルセーヌ・ルパンであり、ルパンはすなわちルージェール大使であることを、うすうす感づいていたのです」

「ハハハハハ、愉快ですね。このわしが世界の侠盗アルセーヌ・ルパンか。で、証拠は？　空想でない証拠は？」

「浦瀬の証言です」

「こいつは気ちがいだ」

「エベールの調査です」

「なに、エベール？」伯爵は、この時はじめて、やや顔色をかえた。

「御記憶でしょう。ルパンの仇敵、元のエベール副長です。彼がルージェール伯爵の身もとを調査した結果、何もかもわかったのです。大統領は、閣下を捕縛させるために、あのエベールを日本へ送りました。閣下はすでに某国政府の信任をうしなわれたのです」

伯爵は、ついに絶体絶命となった。返すべき言葉がない。だが、彼は少しも騒がなかった。このような場合には、千度も出あったことがあるからだ。騒がぬばかりか、かえって高らかに笑いだした。

「アハハハ、……日本の名探偵明智小五郎君、よくもやったね。いや、感心感心、アルセーヌ・ルパン、生涯覚えておくよ」

「で、君は白状したわけだね」

巨人と怪人とは今や対等の位置に立った。

人体溶解術

言葉がわからぬために、あっけにとられてたたずんでいる警視総監や波越警部をのけものにして、フランスの俠盗と、日本の名探偵は、不思議な対話をつづけた。両巨人、たがいに綿々たる深讐を含むといえども、なんらか一脈の相通ずるものがあって、表面上は、旧知の相会《あいかい》せるがごとく、さもしたしげに話しあっている。

「俺は少し日本人を軽蔑しすぎていたようだね。アパートの窓に映っていたのは、君だとばかり思っていた。そして、君は死んでしまったと信じていた。君さえなきものにすれば、今日のようなこともおこらないですむのだからね」

伯爵は煙草に火をつけて、紫色の煙をたなびかせながら、我が身の危急も知らぬげに、のんきらしくいった。

「それを褒められては、汗顔《かんがん》だ。あれは君、シャーロック・ホームズの用いた古い手なんだぜ。蠟人形さ。蠟人形とわかってはなんにもならぬから、撃たれるとすぐ、僕は死骸を隠してしまったのさ。それにしても、君の射撃には恐れいった。人形のちょうど心臓部を、間違いなく射ぬいていたからね。もし俺がやられたらと思うと、ゾッとしたよ」

明智は、奇妙な西洋悪魔の扮装のまま、伯爵のルパンの前を、右に左に歩きながら、ニコニコしてしゃべりつづけた。

「だがね、ルパン君、君を笑ってやることがあるよ。さすがのルパンも少し耄碌したなと思うことがだぜ。というのは、君が人殺しをしたことだ。鷲尾邸の小間使を殺したのは、君の部下の専断かも知れぬ。だが、僕を射撃した。それはさいわい失敗に終ったが、浦瀬の殺人だけはどうしてものがれることはできまい。君は血を流したのだ」

「浦瀬は日本人だ」ルパンは傲然《ごうぜん》としていいはなった。「俺はかつてモロッコ人を三人、一時に射ころしたことがある」

「ちくしょうッ」明智は憤激した。「君にして、白色人種の偏見を持っているのか。じつをいうと僕は、君を普通の犯罪者とは考えていなかった。日本にも昔から義賊というものがある。僕は君をその義賊として、いささかの敬意を払っていた。だが、今日《こんにち》ただ今、それを取りけす。残るところは、ただ唾棄《だき》すべき盗賊としての軽蔑ばかりだ」

「フフン、君に軽蔑されようが、尊敬されようが、俺は少しも痛痒《つうよう》を感じぬよ」

「アア、アルセーヌ・ルパンというのは、君みたいな男だったのか。僕は失望しないわけにはゆかぬ。第一君は、なんのためにこの浦瀬に黄金仮面の扮装をさせたのだ。人々にこれこそあの怪賊だと思いこませて、一と思いに射殺してしまうつもりではなかったのか。それが、狙いをあやまり、即死させることができず、瀕死の部下のために、君自身の正体をあばかれるようなヘマをやるとは。ルパンも耄碌したものだなあ」

「フフフフフ、耄碌したかしないか、きめてしまうのは、まだちっと早かろうぜ」

ルパンは煙を輪に吐いて、ふてぶてしく空うそぶいた。

「という意味は？」

「という意味は……これだッ！　手を上げろ！」

突如として、ルパンの口から雷のようなどなり声がほとばしった。

彼は黒檀の大時計の前に立ちはだかって、明智をはじめ三人のものに、ピストルの筒口をむけ、油断なく身がまえをした。

相手の態度のあまりの急変に、明智さえもちょっと度胆を抜かれて、立ちすくんだほどだ。警視総監も、波越警部も、たとえ武器を隠し持っていても、それを取りだす余裕はなく、筒口をさけて、タジタジとあとじさりをするばかりであった。

「身動きでもして見ろ。容赦なくぶっぱなすぞ。ハハハ……これでもルパンは耄碌したかね。俺はまだ日本の警官達につかまるほど間抜けではないつもりだよ」

だが、さすがの兇賊も、うしろには目がなかった。たとえうしろを眺め得たとしても、時計の中までは気がつかなんだ。

黒檀の大時計の蓋《ふた》が、音もなく開いたかと思うと、そこから飛び出した人物がある。

そして、飛び出すが早いか、彼はいきなりルパンのピストルを持つ手につかみかかった。

「ハハハハハ、フランスの警察官にはつかまるまぬけか」

その男は、早口のフランス語で叫んだ。

ルパンは、その声に聞き覚えがあった。ギョッとして振りむくと、そこにいかめしい同国人の顔があった。

「ア、きさま、エベール！」

「そうだ。かつて君の部下であったエベール副長だ。よもや見忘れはしまい。俺の方でもよく覚えていたよ。明智さん、こいつこそ、ルパンに相違ありません」

「アア、ではあなたは、あの手紙と同じ船で……」

「そうです。上陸するとすぐさま、ここへやって来たのです。ちょうど夜会に間にあってしあわせでした」

「エベール、君は特命全権大使を捕縛する権能を持っているのか」

ルパンが昔の部下を叱りつけた。

「大統領閣下の直命だ。検事の令状も持参している。神妙にしろ」

ルパンは武器を取りあげられた。反対に、波越警部がポケットのピストルを取りだして、稀代《きたい》の兇賊に狙いをさだめた。

さすがの怪人も今はもはや万策尽き、進退ここにきわまった。腹背《ふくはい》に敵を受け、それが皆一騎当千《いっきとうせん》の豪の者だ。警視総監は別とするも、明智といい、波越警部といい、今またエベールまで、捕物にかけては、抜群の名手ばかりだ。どうして逃げだす隙があるものか。いや、たとえ逃げたとしたところで、入口は一つしかない。その入口のドアの外には、警視庁すぐっての刑事軍が待ちかまえている。いかに魔術師のような怪賊でも、この重囲を逃れるすべは全くないのだ。アア、世界の兇盗アルセーヌ・ルパンも、ここに運命尽きて、極東異人種の国に、とらわれの身となるのであろうか。

「オイオイ、いやにしんみりしてしまったじゃないか。何が悲しいのだ。俺の最後をあわれんでくれるのかね。ハハハハハ、つまらない取越し苦労は御無用に願いたいね。俺は別に捕縛されることを承諾した覚えはないぜ」

アア、なんたるふてぶてしさ。この最後の土壇場になっても、ルパンはへこたれない。大口を叩いて笑っている。怪物だ。奥底の知れぬ化物だ。

「きさまの承諾を求めているんじゃない。我々は確実にルパンをとらえたのだ。天変地異でもおこらぬかぎり、ルパンの運命は尽きたのだ」

エベールが、やや感慨をこめていった。

「天変地異がおこらぬかぎり？　フフン、ではその天変地異がおこったらどうするのだ」

「ホウ、きさま、それをおこせるとでもいうのか」

「いうのだ」

「なに、なんというのだ」

「俺の力で天変地異をおこしてみせるというのさ」

ルパンはさも自信ありげにせせら笑った。

×　　×　　×

ドアの外の刑事達は、中の人達が、いつまでたっても出て来ないので、不審をいだきはじめた。ドアに耳をあててみると、さいぜんまでかすかに聞こえていた話し声もパッタリやんで、しいんと静まりかえっている。へんだ。

「波越さん、波越さん」

「総監どの」

彼らは口々に呼びながら、ドアを叩いた。だが、なんの返事もない。

「へんだぜ。開けて見ようじゃないか」

誰かがいうと、一同同意したので、手近の一人が、ソッとドアを開いて、その隙間から中を覗きこんだ。

「アレッ、これはおかしい。誰もいやしないぜ」

「いないって？　一人もか？」

「猫の仔一匹いやしない」

そこで、一同ドヤドヤと室に入りこみ黒ビロードの垂れ幕や絨毯をとりさって、壁や床を叩きまわって調べたが、どこにも秘密の出入口などはなかった。黒檀の大時計の中にも、秘密戸のしかけはない。廊下に面したガラス窓はとじたままだし、その外には、刑事のある者が、今の今まで立っていたのだ。

警視総監と、波越警部と、明智小五郎と、ルージェール伯と、浦瀬秘書官の死骸と、刑事達が知っているだけでも五人の人物が、密閉された、どこに隠し戸もない部屋の中で、煙のように蒸発してしまったのだ。溶けてなくなってしまったのだ。

刑事達は狐につままれたような、夢でも見ているような、へんな気持ちになって、きょろきょろと顔を見あわせたまま、つっ立っているほかはなかった。

警視総監が、溶けてしまったなんて、そんなべらぼうなことが報告できるものか。だが、事実、総監ばかりではない、五人の大の男が、あともとどめず溶解してしまったのだ。

「俺の力で天変地異をおこして見せる」とルパンが広言したのは、この不思議な人体溶解術を意味していたのであろうか。といって、いくらルパンの智恵でも、まさか人間を溶かすことはできない。では、五人のものはどうなったのか。

開けセザーム

お話はふたたび室内でのルパン対エベールの応対にもどる。

さしもの兇盗も、今や絶体絶命となった。我がピストルはエベール氏のために取りあげられ、反対に敵のつきつけたピストルの前に、彼は身動きすらできぬ立場となった。

もはや天変地異でもおこらぬかぎり、ルパンの逮捕は確実である。仇敵エベールは小気味よげにあざ笑った。

「どうだ。アルセーヌ・ルパン。俺の気持を察してくれ、十数年来の溜飲《りゅういん》がグーッと一度にさがったような気がするぜ。かわいそうになあ、世界にその名をうたわれた大盗賊も、この極東の異境に、あえなく汚名をとどめるのか。ウフフフフ、俺は、嬉しいような悲しいような、妙な気持らになって来たぜ」

エベールが乱暴なフランス語であびせかけた。

「オイ、エベール君。君はさっき俺が約束したことを忘れたようだね」

怪盗ルパンは、この絶体絶命の窮地に立って、少しもへこたれなかった。口辺に異様な微笑をたやさず、快活に口をきいた。

「約束？　ハテナ、何を約束したのだね」

「ハハハハ、空とぼけてもだめだ。君はさっきから、それを非常に心配しているじゃないか。ホラ、俺はけっして君に捕縛されないという約束さ」

「アア、あの引かれ者の小唄のことか。なアに、少しも心配なんかしないさ。捕縛されないといったところで、現に捕縛されたも同然じゃないか。君はピストルを取りあげられてしまった。我々の方には三挺のピストルがある。それにドアの外には、日本の警官達が山のようにひしめきあっている。いかにルパンの約束でも、こればっかりは信用しないよ。この重囲を逃れるなんて、神様だって不可能なことだ」

エベール氏はむきになってきめつけた。大きなことをいうものの、内心ひそかに恐れをなしているのだ。彼はルパンというものを知りすぎるほど知っていた。

「ハハハハ、エベール君。少し怖くなって来たようだね。神様には不可能でも、このルパンには可能かも知れないぜ。君はさっきなんとかいったね、そうそう、天変地異のおこらぬかぎり、俺はのがれられぬといったのだね。ところが、この俺にその天変地異をおこす力がないと思っているのかね」

しゃべっているうちに、ルパンはますます快活になってゆく。それに反してエベール氏の方は、少しずつ青ざめて行くように見えた。

「ばかなッ、俺は断言する。アルヤーヌ・ルパンは確実に逮捕されたのだ」

「ところが、俺は今この部屋を出て行こうとしているのだ」

ルパンが傲然としていいはなった。

「ハハハハハ、出るなら出て見るがいい。ドアの外は警官の山だぜ」

エベールが青ざめた顔を引きゆがめてどなった。

「警官の山? そんなものは我輩にとっては無に等しい。『開けセザーム』俺はこの呪文《じゅもん》で、大牢獄の鉄扉を開かせたこともある。ルパンの字引《じびき》には『不可能』の文字はないのだ」

いいながら、大胆不敵の兇賊は、波越警部と、明智小五郎と、エベール氏とが、いっせいにつきつけるピストルの筒口を、全然無視せるがごとく、ゆうぜんとドアに向かって歩を運んだ。

「エベール、長官の命令だ。ドアを開け」

ルパンが、昔日《せきじつ》のルノルマン刑事部長のおもかげを見せて、厳然と命令した。

「ハハハハハ、つまらないお芝居はよせ、そのドアを開けば、きさまの自滅を早めるばかりだ。ルージェール大使の面目をうしなうばかりだ。その外には、警官ばかりではない、夜会のお客様がウヨウヨしているのだぜ。開きたければ、きさま自身で開いて見るがいい」

「よし、では我輩自身で開くぞ。異存はないのだな」

いうかと思うと、すでにドアの前に達していたルパンは、引手を廻すが早いか、サッとそれを開いた。

「ア、いけない」

明智が異様な不安を感じて叫んだ時はもう遅かった。すばやい怪盗は、室を飛びだして、外からドアを閉めてしまった。

だが、そこには、十数名の刑事が集まっているはずだ。逃げようとて逃がすものか。

「オイ、諸君、ルージェール伯をとらえよ。大使を逃がすな」

波越警部が、破《わ》れるような声でどなった。

「ワハハハハ、オイ、オイ、エベール君、明智君、日本の警官達は一体どこへ行ったのだね。ここには誰もいないようだぜ。夜会のお客様も一人もおいでなさらぬ。ハハハハ、ではさようなら、君達はしばらくそこで我慢してくれたまえ」

カチカチと外からドアに鍵をかける音。

「ちくしょう、ピストルだ。かまわぬ、ぶっぱなせ」

エベール氏が、明智のほかには通ぜぬフランス語でどなった。どなると同時に彼のピストルは煙を吐いた。つづいて波越警部、明智と、三挺のピストルの釣瓶《つるべ》撃ちだ。

二つ三つ四つ、見るみるドアの鏡板に穴があいていった。

だが、敵はいっこう倒れた様子がない。

エベール氏と波越警部が、いきなりドアへぶつかって行った。合鍵を持たぬ彼らはドアを破って賊を追撃するほかはないのだ。

ルパンはどうなったか。彼は微傷だも負わず、ピストルの乱射をあとに、長い廊下を走っていた。じつになんとも解釈のできぬ、一大奇怪事がおこったのだ。ルパンの行く手には、真実人っ子一人見えなかった。ドアの外に密集していた刑事軍、夜会の群集は、一体全体いつのまに、どこへ消えてなくなったのであろう。

いやいや、消えてなくなるはずはない。読者は前章で、刑事が待ちくたびれて、同じ部屋のドアを、外から開いて見た一条を読まれたであろう。刑事達が室内へはいって見ると、不思議千万にも、そこには誰もいなかった。ルージェール伯も、警視総監も、明智も、波越警部も、にせ黄金仮面の死体まで、溶けてなくなったように影も形もなかった。

一方ではそのように部屋の中の人々が消えうせてしまったのだ。

ところが、今度は、ルパンが中からドアを開くと、外の群集が、一人残らず、まるで蒸発したように、姿を消してしまった。これはどうしたというのだ。

まさか、ルパンとて、魔法使いではあるまい。まさか、人々がそろいもそろって夢を見ていたわけではあるまい。

では作者がとんでもないでたらめを書いているのか。いやいや、けっしてそうではない。両方とも真実なのだ。刑事達が室内をあらためた時、そこに何者の姿もなかったこと。ルパンが外へ逃げだした時、外に人っ子一人いなかったこと、両方とも動かしがたい真実なのだ。すると、その二つのあいだに時間の相違があったのか。けっして。それどころか、刑事達が踏みこんだのは、ルパンが逃げだす数分以前だったのだ。

あり得べからざることだ。理論的にも実際的にも全然不可能なことがらだ。だが、作者が嘘を書いたのでもない。読者諸君が読みちがえられたのではなおさらない。そこには、怪盗アルセーヌ・ルパンの驚倒すべきトリックがあったのだ。ルパンならでは何人も企ておよばぬ驚天動地の大欺瞞があったのだ。

それはともかく、ルパンが無人の廊下を走りつくして、突きあたりの部屋に飛びこむと、その暗闇の部屋の中に、影のような五人の人物が、彼を待ちうけていた。五人とも燕尾服姿で、三人は外国人、二人は日本人だ。おそらくルパンの部下であろう。

彼らにルパンを加えて総勢六人、全然無言のまま、ガラス窓を開いて、外の非常梯子の足だまりへ出た。そして、一人一人、音も立てず鉄の梯子を降りて行った。

非常梯子の下に二名の刑事が見張りを勤めていることは先にしるした。彼らはその時も、忠実にその役目を果していた。

「誰だッ」

梯子を降り立った六人の人影を見て、刑事の一人が叫んだ。と同時に、パッと目を射る一と筋の光線。今一人の刑事が懐中電燈を点じて、一同にさしむけたのだ。

「シッ。静かにしたまえ。怪しいものではない」

ルパンの部下の日本人が、低い声でいった。

「誰です。名をおっしゃってください」

刑事は、相手の燕尾服に敬意を表して、言葉をあらためた。

「大使閣下です。ある重大な用件が生じたので、夜会の座をはずして、外出されるのです。閣下恐れいりますが、この者達にお顔を見せてやっていただきたいのですが」

言われるまでもなく、刑事の懐中電燈が人々の顔を一巡した。そのまん中に立っている一人は、たしかに大使ルージェール伯爵だ。末輩《まつはい》刑事とて、当の大使館の主人公の顔を知らぬはずはない。新聞でおなじみの有名な人物だ。まさか、これがあの黄金仮面であろうなどと誰が想像し得よう。いわんや世界的大盗アルセーヌ・ルパンなどとは。

「これは失礼しました。我々は黄金仮面逮捕のために出張を命ぜられた警視庁のものです。大使閣下とは知らず、誰何《すいか》などしまして申しわけございません。どうかお通りください」

「アア、そうでしたか。それは御苦労です」

いいのこして人々は門内にむらがる自動車へと進んで行った。それを見ると、二台の自動車がヘッドライトを点じて出発の用意をした。人々はすばやく車内に姿を消した。

やがて、深夜の構内に響きわたるエンジンの爆音。地上をすべり行くヘッドライトの光。二台の自動車は、怪しき風のごとく大使館を遠ざかって行った。

驚天動地

お話は元に戻って、警視庁刑事の一隊は、黒ビロードの部屋の、例の黒檀の大時計の前を、狐につままれた体で、右往左往《うおうさおう》していた。

彼らの長官である警視総監をはじめ、ルージェール伯も明智小五郎も、波越警部も、煙のように消えてなくなった奇怪事に、悪夢にでもおそわれているような、なんとも名状しがたい気持ちで、いたずらに立ちさわいでいた。

するととつぜん、どこか遠くの方から、連発されるピストルの音が聞こえて来た。つづいて人のどなる声、ドアを乱打するような物音。

十数名の刑事は、それを聞くと、みな歩きまわるのをやめて、ピッタリ、静まりかえってしまった。

「今のはピストルだね。どこだろう」

だが、迷路のように折れまがった建物のこととて急には見当がつかぬ。

「聞きたまえ。何かにぶつかる音け、たしか天井からひびいて来る。一階らしいぜ」

そういえば、なるほど二階らしい。贅沢な建築の厚い床をへだてているので、物音はごくかすかにしか漏れて来ぬが、方角はたしかに天井の上からだ。

「行って見よう」

一人が先頭に立って走ると、一同ドヤドヤとそれにつづく。五色の部屋部屋を通りすぎ、大階段をのぼると、案の定、物音が大きく聞こえて来る。

長い廊下の突きあたりにドアが見える。

そのドアに中から誰かがぶつかっているらしいのだ。もう鏡板の一箇所が、メリメリと破れかけている。

「誰だ、誰です、そこにいるのは？」

一人が大声に誰何した。

「警視庁の者だ。アア、君達だね。一体どこへ行っていたのだ。ルージェール伯爵はとらえたか」

波越警部の声が聞こえて来た。

不思議、不思議、警部はたしかに階下の黒い部屋から出なかったはずだ。それがいつのまに二階へあがってしまったのだろう。

あっけに取られながらも、刑事達はドアの破壊を手つだった。心きいた一人が蝶《ちょう》番《つがい》をはずすと、ドアはなんなく開いた。

「アラッ、へんだぜ。僕達は下にいるのか、二階にいるのか。たしか今、階段をあがったはずだが」

頓狂な声を立てたものがある。

それもけっして無理ではない。開かれたドアの中は、黒ビロードの部屋であった。黒檀の大時計も同じように動いている。にせ黄金仮面の死骸も倒れている。波越警部ばかりではない。総監もいる。明智小五郎もいる。そして、ルージェール大使の姿はなくて、そのかわりに見知らぬ外国人が一人怖い顔をしてつっ立っている。

これはどうしたことだ。

夢だ。でなければ、気が違ったのだ。

一同青ざめて、顔を見あわすばかりである。

「オイ、君達何をボンヤリしているのだ。大使はどこへ逃げた。あれほどどなっているのに、なぜとらえなかったのだ」

波越警部が癇癪をおこして、ふたたびどなった。

だが、刑事達は、いっそうおどろきを増すばかりだ。なぜルージェール大使をとらえなければならぬのか、さっぱり合点がゆかぬ。何者かのえたいの知れぬ妖術で、波越鬼警部まで、気が違ってしまったのではないかと、怪しむほかはない。

「とらえよとおっしゃっても、私どもは下の部屋のドアの外に見張番をしていたのです。二階のことは少しも知らなかったのです。しかし、大使をなぜとらえるのですか」

一刑事が不服顔に答えた。

「エ、エ、君は何をいっているのだ。二階だって？　ここが二階だというのか」

今度は警部の方で、びっくりした。

「そうです。僕らはたしかに大階段をあがって来たのです。でも、へんですなあ、部屋はまるで同じなんだが……」

刑事達は、妙な顔をして、事の次第を説明した。

「そんなばかなことがあるものか。君達がどうかしているのだ。じゃ、その下の部屋へ行って見よう」

波越氏はなかなか承服しない。

「待ってください。これはひょっとすると、僕達はとんでもない目に会わされたのかも知れませんよ」

明智が、廊下に面する窓の、血の色の薄絹をじっと見つめながら、口をはさんだ。

「なんですって？」

「ごらんなさい。あの薄絹の向こうの光が、なんとなくへんです。もしや……」

明智はつかつかとそこへ歩いて行って、いきなり薄絹を引きちぎった。

すると、これはどうだ。窓の外は、さいぜんまでの廊下がなくなって、うすぎたない漆喰《しっくい》壁でふさがっているではないか。廊下の燈火《ともしび》だと思っていたのは、窓わくにとりつけた小さな裸電球であった。

総監も、警部も、エベール氏も、刑事達も、「アッ」と叫んだまま立ちすくんでしまった。

明智は何を思ったのか、部屋の中をグルグル歩きまわっていたが、大時計の前で立ちどまると、小腰をかがめてそこの床を眺めた。

「アア、これだ。ここにスイッチがあるのだ」

彼の指さす箇所を見ると、まっ黒な絨毯の上に、小さな突起物が出ている。

「スイッチとは？」

総監と波越氏とが同時に聞きかえす。

「じつにおどろくべき機械じかけです。たった三カ月ほどの間に、誰にも気づかれず、これだけの細工をしたとは、やっぱりルパンでなくてはできない芸当です。あいつは驚天動地の夢想を、やすやすと実行してのける怪物です」

「機械じかけとは？」

総監をはじめ、明智のいう意味が、まだ呑みこめぬ。

「さっき、ルパンの奴、天変地異をおこして見せると豪語《ごうご》したではありませんか。そして、事実天変地異がおこったのです。あいつはみずからおこした天変地異に隠れて、やすやすと警官の包囲を脱《のが》れたのです。ごらんなさい。この小さな白い押しボタン。これの一と押しで、あいつのいわゆる天変地異がおこるのです。これがあればこそ、あいつは最後の土壇場になっても、平気で笑っていることができたのです」

「すると、我々は今、実際二階にいるのだというのかね」

うすうす事の次第を悟った警視総監が、大きな目をパチクリやって尋ねた。

「そうです。おそらくこのボタンを押せば、我々はここにじっとしていて、元の階下へ戻ることができましょう」

明智はいいながら、思いきって、床のボタンを押した。

と、何かしら異様なことがおこりはじめた。人々は身体がしびれたようになって、軽い目まいを感じた。

だが、その原因がなんであるのか、しばらくはまるでわからなかった。

部屋は少しも動揺しなかった。壁も床も全く静止していた。だが、人々は、その静中に一種名状しがたき「動き」を感じた。

「ごらんなさい。我々は今、ごく静かに下降しつつあるのです」

明智の指さすところを見ると、人々は愕然《がくぜん》として目を見はった。

今打ちやぶったドアの空隙が、時計の針ほどの、目に見えぬ速度で、ジリジリと上にのぼって行くのだ。

部屋の四方は、窓とドアの部分だけを残して、すっかり黒ビロードの垂れ幕でおおわれている。そのドアの部分の長方形の隙間から、ドアそのものが、上へ上へとのぼって行って、まもなく見えぬようになってしまった。

ドアが消えたあとには、うす黒い漆喰壁がしばらくつづいたが、それが尽きると、下の方からふたたびドアが見えて来た。巨大なるエレベーターが二階から一階へと達したのだ。

「なんとおどろくべき着想ではありませんか。この部屋そのものが、一種のエレベーターじかけになっていたのです。さいぜんルパンはその大時計の前に立ちはだかっていました。それにはわけがあるのです。彼は押しボタンを踏む必要があったばかりでなく、我々四人の目を、ドアからそらして、大時計の方に引きつけておかねばならなかったのです。その結果、我々はドアに背を向けて立っていたため、この部屋の上昇を少しも気づかなかった。ドアをのぞいては、部屋中に何も動くものがないからです。動揺といっても、ごく軽微なものだし、まさか部屋ぜんたいが天上するなんて思いもよらぬので、ざんねんながら、われわれはまんまと敵の術中におちいったわけです」

いううちに、大エレベーターは、全く下降しきって、部屋の床と、ドアの外の廊下の床とがピッタリと、同じ高さになった。

ドアはさいぜん開いたままになっていたので、まだそのへんに居残っていた仮面舞踏の客達は、室内の異様な変化にあっけにとられて、一とかたまりになってじっとこちらを見つめていた。

「だが、へんですね。僕達がさっき調べた部屋も、この部屋と寸分違わなかった。赤い窓、黒い垂れ幕、黒檀の大時計、すっかり同じです」

刑事の一人が、けげんらしくつぶやく。

「それだ。それがこの大からくりの巧みな罠です。これと全く同じ部屋が、我々の足の下にもう一つできているのです。つまりエレベーターの箱を二つつないだ形で、全然同じ飾りつけの部屋が二つこしらえてあったのです」

明智が説明をする。

調べて見るまでもなく、舞踏の客達がこの二重の部屋を目撃していて、口々に申したてた。

アア、なんという大げさな機械じかけであったろう。犯罪史上前例もないトリックだ。いや、たった一つだけ前例がある。それはルパンの先輩にあたるフランスの大盗賊、ジゴマ(注12)とともに世界にその名をうたわれた、かのファントマ(注13)の考案した大からくりだ。

ある部屋で人が殺されていた。池と流れたおびただしい血潮の中に絶命していた。

それを発見した人物が、人々に告げるために立ちさったほんの一瞬間のすきに、被害者の死体が消えうせてしまった。死体ばかりではない。あのおびただしい血潮までがあとかたもなく消えさってしまった。この大奇怪事に当時のパリ警視庁はひどく悩まされたものだが、それがやっぱり二重の部屋のエレベーターじかけであった。兇賊ファントマの世にもおどろくべき創案だ。

抜け目のないルパンは、この大先輩の考案を日ごろ研究していたに相違ない。そして、全権大使として赴任し、官邸に入るや、ただちにその考案を実行して、この巨大なる機械じかけを作りあげ、危急の場合の逃亡準備をととのえておいたものに違いない。

「ルパンの考えつきそうな思いきったトリックです」エベール氏はむしろ感嘆の口吻《こうふん》でいった。「あいつはエレベーターの上に軽気球をつけて、屋根を打ちぬいて逃亡するというような、突飛千万な幻想をいだく奴ですからね。昔ジェルボア氏事件では、同僚のガニマール老探偵が、この手でひどい目に会ったことがあります」(注14)

まもなく、ルパンが五人の部下とともに、ルージェール伯として、堂々と非常梯子からのがれさったことが判明した。波越警部は恐ろしい見幕で、非常梯子を守っていた二刑事を叱りつけたが、なんと騒いで見たところであとの祭だ。

怪盗ルパンと五名の部下の行方は、それきりわからなくなってしまった。F国全権大使の行方不明！　アアなんという滑稽千万な出来事だ。当局者はこの重大事件を、極秘に附し、新聞記事をもさしとめたので、大使失踪事件は公表されずに終ったけれど、奇怪なる噂話は、かげからかげと忍び歩いて、たちまち全都にひろがって行った。

「あの黄金仮面の怪賊は、F国大使ルージェール伯爵が化けていたんだってね。しかもその大使がまた偽物で、ルージェール伯爵じつはアルセーヌ・ルパンだってね。滑稽じゃないか。ルパンが某国の代表者になりすまして、国書まで捧呈したんだぜ。あとにも先にも、こんなべらぼうな話は聞いたことがないね」

よるとさわると、ヒソヒソ声で、奇怪千万な噂話だ。

警視庁ではただちに全市の建築業者を取りしらべ、例の大エレベーターの仕事を引きうけた者を取りおさえた。電気技師一名、電気職工三名、工事監督一名、大工左官二十名、室内装飾業者三名、都合二十八名の技術者職人が、手間賃のほかに、莫大《ばくだい》な礼金を貰って、この大工事の秘密を保っていたことが判明した。

アトリエの怪

それから半月ほどのあいだ、ルパン一味の行方は杳《よう》として知れなかった。したがって怪盗をしたって家出した大鳥不二子嬢の所在も、依然謎のままである。

しかも一方東京市中の子供達のあいだには、皮肉にも、奇妙な遊戯が流行していた。

「黄金仮面して遊ばない？」

子供達は、そんなふうにいって、剣劇ごっこのかわりに黄金仮面ごっこを始めた。

いつとも知れず、おもちゃ屋の店頭に、張り子の黄金仮面がぶら下がるようになった。子供らはそれを一枚ずつ買って来て、てんでに怪盗黄金仮面に扮して、一種の鬼ごっこをやるのだ。

巷《ちまた》にちっぽけな黄金仮面が充満した。

どこへ行っても、不気味な金色のお面があった。

この不思議な流行は、市民に名状しがたき不安をあたえた。夕暮の街頭で、一寸法師の黄金仮面に出あって、ハッと息を呑むようなことがしばしばおこった。

えたいの知れぬ恐怖が、尾に尾をつけてひろがっていった。

ある者は、一人も客のない深夜の赤電車(注15)の中に、黄金仮面が一人ぼっちで腰かけていたといいふらした。その電車には、へんなことに、黄金仮面のほかには、乗客はもちろん、運転手も車掌ものっていなかったという尾鰭《おひれ》がついた。

ある者は、人通りのない町で、うしろから少しも足音のせぬ金色の怪物が、スタス夕とついて来たといい、またある者は、丸之内《まるのうち》の大ビルディングの空部屋の窓から、黄金の顔が覗いていたといいふらした。

人々は黄金仮面が、異国の兇盗アルセーヌ・ルパンであることをうすうす知っていた。だが、ルパンだからとて、油断はできぬ。この国では、彼は血を見ることを恐れぬのだ。平気で人殺しをやっているのだ。

ルパンの性格が一変した。飼いならされた猛獣が、血の味を覚えたのだ。人々は、ルパンという紳士盗賊がにわかにえたいの知れぬ恐ろしいものに思われて来た。三日月型の唇から、糸のような血を流しているという、あの黄金仮面の印象が、ルパンを非常に不気味なものにしてしまった。

そして、まもなく、人々が恐れたとおり、ルパンの性格が一変したことを証するような恐ろしい事件がおこった。

その夜、麹町区M町にある、川村雲山《かわむらうんざん》氏の邸宅には、同氏の一人娘絹枝《きぬえ》さんが、数人の召使とともに、淋しく主人の留守を守っていた。

雲山は、人も知る東京美術学校名誉教授、わが国彫刻界の大元老だ。夫人は数年前に物故《ぶっこ》して、家族といっては令嬢たった一人の、淋しい暮しである。

雲山は二日ばかり前、所用あって関西に旅行し、明日は帰宅する予定になっていた。

ちょうどその夜、妙なことがおこったのだ。

「絹枝、わしの不在中は、例のとおり、かならずわしのベッドでやすむのだよ」

父の雲山は、出発に先だって、くりかえして言いのこして行った。

雲山は、和風建築の母屋の横に、西洋館のアトリエを建て、寝室もその中にあるのだが、寝室とドア一と重の広いアトリエには、丹精《たんせい》をこめて刻みあげた仏像などが、たくさん置いてあるので、その見はり番をさせる意味で、いつも留守中は、この洋館のベッドで、令嬢をやすませる習慣になっていた。

「このアトリエには、わしの命より大切なものがあるのだ。雇人《やといにん》達では信用ができません。ぜひお前に番をしてもらわねば」

雲山はいつもそんなふうにいっていた。

「その大切なものというのは、お父さまのお刻みになった仏像のことですか」

令嬢が尋ねると、

「それもそうだが、もっともっと、命にかえがたいものがあるのだ。お前にいったところでわかりはしない。ともかく、お客さんであろうが、召使であろうが、わしの留守中はけっしてアトリエへ入れてはならぬ。まして夜中に泥棒でも忍びこむようなことがあったら、かならず枕もとのベルを鳴らして雇人を呼びあつめ、泥棒をおっぱらってくれなくてはいかん」

雲山はくどくどと注意をあたえた。

「まア、なんて疑いぶかいお父さまだろう」

絹枝さんは口にこそ出さね、心では、わが親ながら、あまりの猜疑心《さいぎしん》をあさましいように思ったが、父のいいつけにはそむかれぬ。雲山が旅をするごとに、淋しさをこらえて、召使達から遠く離れた一軒家みたいな洋館のベッドにやすむことにしていた。

その夜、絹枝さんは、なぜか妙に眠れなかった。

「あすはお父さまがお帰りなさる。そうすれば、こんな淋しいベッドにやすまなくともよい」

と思うと夜の明けるのが待ち遠しかった。あたりは海の底のように、異様に静まりかえっていた。誰も彼も死んだように寝静まっていた。広い世界に起きているのは彼女たった一人だと感じると、ゾーッと寒気がした。

「何時かしら」

と寝返りをして、枕もとの置時計を見ると、もう一時過ぎていた。

「オヤ、あれはなんだろう。こんなところに手紙なぞ置いてなかったはずだが」

絹枝さんは不審に思って、置時計の前を見た。そこにはまだ封を切らぬ一通の封書が投げだしてあったからだ。

寝ながら手を伸ばして、取って見ると、封書の表にはただ「お嬢さま」と書いてある。裏を返して見たが、差出人の名前がない。

「誰がこんなものを置いて行ったのかしら」

彼女は何げなく封を切って、中の手紙を読んだ。

「この手紙を見た瞬間から、あなたはどんなことがあっても、絶対に声を立ててはいけません。身動きしてはいけません。もしこの命令に背《そむ》くと命がありませんよ」

手紙にはこんな奇妙な文句がしるしてあった。

絹枝さんは、それを読むと、心臓の鼓動がパッタリとまった感じで、手紙を床に投げすてたきり身動きができなくなった。叫ぼうにも、喉がつまって声が出なかった。

十分ばかり、生人形みたいに身体を硬直させてじっとしていたが、少し気が静まったので、思いきって、枕元の呼鈴を押そうと、ソッと手を伸ばしかけると、部屋の隅に垂れているビロードのカーテンが、まるで警告でもするように、モクモクと動き始めた。

「アア、そうだ。やっぱりあの蔭に人が隠れているのだ」

と思うと、絹枝さんは恐怖のあまり、手は伸ばしたままいうことをきかなくなり、目はカーテンに釘づけになって、そらそうにもそらせないのだ。

カーテンはモクモクと動きながら、その合わせ目が、少しずつ、少しずつ開いていく。

一分《ぷ》、二分、開くに従って、合わせ目の細いすきまからギラギラと光る物体が現われ、それが徐々に徐々に、最初は金の糸のように、やがて金の棒となり、ついに一箇不可思議な金製の人の顔とひろがって行った。

黄金仮面!

絹枝さんは新聞や人の話で、世にも恐ろしい黄金仮面の噂を知っていた。その黄金仮面が、広い洋館に一人ぼっちの、彼女の寝室へ忍びこもうとは、あまりのことに信じられぬほどだ。悪夢かしら、悪夢なら早く醒《さ》めよと祈ったが、けっしてけっして夢ではない。

黄金仮面は、不気味に無表情な糸のような目でじっとこちらを睨んでいる。噂に聞いた三日月型の口がキューッと横にひろがって、今にもその隅から、タラタラとまっ赤な血が流れだすのではないかと怪しまれた。

彼女は呼鈴を押すどころではなく、何がなんだか無我夢中で、頭から毛布をひっかぶると、ひとりでにガタガタ鳴りだす歯を、グッと噛みしめて、脂汗を流していた。

失神しなかったのがむしろ不思議なほどである。

しばらくすると、ドアひとえ向こうのアトリエの中に、ただならぬ物音がおこりはじめた。おそらく数人の悪漢が忍びこんで、何かを盗み去ろうとしているのだ。ドタンバタンと、まるで引越しの荷造りでもしているような騒ぎだ。

「アアわかった、黄金仮面は美術品に不思議な執着を持っているということだから、あの物音は、きっと、お父さまのお刻みになった仏像を盗みだそうとしているのに違いない」

絹枝さんは、怖さに気も狂いそうな中で、かすかにそんなことを考えていた。

毛布をひっかぶった、汗ばんだ闇の中に、長い長い時がたった。夜が明けて、日が暮れて、また夜が明けて日が暮れて、絹枝さんには、数日が経過したほども、長い時間に感じられた。

実際は、おそらく三時間ほどもたったであろう。ふと耳をすますと、いつのまにか、隣室のやかましい物音がやんで、底知れぬ静寂の中から、ほとんど信じ得られぬようなほがらかな鶏の声が聞こえて来た。

閉じていた目を、毛布の中で開いて見ると、荒い網日を通して、早朝のうす白い光が感じられた。

アア、とうとう夜が明けたのだ。もう大丈夫だ。賊どもはとっくにどこかへ立ち去ってしまったに違いない。

それでもまだ、とつおいつ躊躇したあとで、絹枝さんは毛布の中から、じりじりと、動くか動かぬかわからぬ速度で、右手をベルの方へ伸ばして行った。毛布をかぶったままでも、それのある場所を諳《そら》んじているのだ。

間もなく、指先が、つめたい押しボタンにさわったので、彼女は力をこめてそれを押さえると、そのままはなさないで、じっとしていた。

聞こえぬけれど、母屋の台所で、ベルが危急を告げるように、いつまでも鳴りつづけているに相違ない。

「アア、助かった。今に女中か爺《じい》やか、誰かが駈けつけてくれるに違いない」

と思うと、絹枝さんは蘇生《そせい》したような気がした。毛布から顔を出して、あたりの様子を眺める元気が出た。

夜明けのかすかな光が、ブラインドをおろした窓を通して、部屋の中へ忍びいり、電燈の光とまじりあっていた。すべての物体が、霧をへだてて眺めるような感じである。

まずアトリエとの境のドアへ目をやると、ドアは何事もなかったようにとざしたままだ。やっぱり夢を見ていたのかしらと疑いながら、徐々に目を移していったが、ひょいと例のビロードのカーテンを眺めると、突如、地獄の底からのような、なんともいえぬ恐ろしい悲鳴が、部屋じゅうに響きわたった。

アア、なんということだ。あいつは、朝の光を恐れもせず、絹枝さんの挙動を監視するように、同じカーテンのすきまから、ギラギラ光る顔で、じっとこちらを睨んでいたではないか。

黄金仮面は、その不気味な顔に、ニタニタと異様な笑いをたたえて、徐々にベッドの方へ近づいて来るかと見えた。きゃつは、仏像を盗んだばかりで満足せず、もっと恐ろしい慾望をいだいていたのではないだろうか。

絹枝さんは、絞め殺されるような、恐ろしい悲鳴をあげて、毛布を引きかぶり、身をちぢめて、ガタガタとふるえていた。

今にも、アア今にもあの怪物が、毛布の上からのしかかって来るのではあるまいか。と思うともう生きた心地もなかった。

毛布の上から、沂々と頭を寄せた黄金仮面の呼吸の音さえ聞こえるような気がした。

もう心臓は破れそうだ。

と案の定、巨人のような手の平が、毛布ごと、グッと彼女の肩をつかんだ。

「ゲッ」というような、なんとも形容のできない、ものすごい悲鳴が、ふたたび絹枝さんの口をほとばしった。

異様な自殺

「オイ、絹枝、どうしたのだ、しっかりなさい」

賊が彼女の肩を揺り動かしながら、太い声でいった。いや、賊ではない、聞きおぼえのある声だ。へんだな、と考えるまでもなく、絹枝さんは嬉しさに、ガバと毛布をはねのけて、その人に――父雲山のからだに、すがりついた。

老美術家は、夜汽車で帰って、今邸についたところなのだ。

父の広い肩ごしに、ソッと例のカーテンを見やると、……やっぱりいる、金ピカの怪物が、細い目でじっとこちらを睨んでいる。

「お父さま、あれ！　あれ！」

彼女はおびえきって、父の身体にすがりついたまま、目でそれを指ししめしながら、かすかにささやいた。

いわれて、その方を振りかえった雲山も、さすがにギョッとしないではいられなかった。思わず身がまえをして、怪物を睨みつけた。

だが、なんというずうずうしさ！　黄金仮面はまるで人形のように無感覚に、じっとこちらを見つめたままだ。例の三日月型の唇に、異様な微笑をたたえながら。

「ハハハハハハ」

とつぜん、老美術家の口から、突拍子もない哄笑がほとばしった。

「ハハハハハハ、絹枝、何を怖がっているのだ。ごらん、誰もいやしない。ホラ、金のお面とマントが、カーテンに引っかけてあるばかりだ」

雲山は、カーテンをまくって、怪物の正体をあばいて見せた。

なんのことだ。では、絹枝さんはゆうべから、お面とマントにおびえて、まんまと賊のトリックに乗せられていたのであろうか。

雲山は、ちょうどそこへはいって来た下男に命じて、金色の面とマントをとりはずし、母屋の方に持ち去らせた。

「さア、もういい、もうなんにもいなくなったよ、お前、さぞ怖い思いをしただろうね。しかし、とんでもないいたずらをする奴がある。黄金仮面なんて、いやなものがはやるね」

「いいえ、お父さま、いたずらではありませんわ。ほんとうの泥棒ですのよ。早くアトリエを調べてください。何か盗んで行ったに違いありませんわ」

絹枝さんは、黄金仮面がいなくなったので、やっと正気に返って、昨夜の一伍一什《いちぶしじゅう》を語った。

「なんだか、ゴトゴト、ゴトゴト、長いあいだやかましい物音がしていました。きっといろんなものを持って行ったのですわ」

それを聞くと、雲山は、顔色をかえて、ドアに駈けより、それを開いて、アトリエの中を覗きこんだ。

絹枝さんもベッドを降りて、父のうしろから、こわごわ部屋の中を見た。

「アラ、どうしたのでしょう」

思わず立てるおどろきの声。

不思議、不思議、アトリエの中は、昨夜寝る前に見た時と、少しも違わぬ。テーブルも、椅子も、立ちならぶ仏像も、何一と品みじんも位置をかえていない。むろん一つとして紛失したものはない。

テーブルの上のこまごました品物も元のままだ。リノリュームの床は、昨日掃除したまま、拭《ぬぐ》ったように綺麗《きれい》で、予期していた泥の足跡など一つも見あたらぬ。

庭に面した窓を調べて見たけれど、なんの痕跡もない。窓は内側から閉《しま》ったままだし、その外の庭は乾いていて、足跡を見分けることもできぬ。

「お前、夢を見たのではあるまいね」

雲山は、異様に青ざめた顔で、令嬢を振りかえった。

「不思議ですわ。いいえ、けっして夢なんかじゃありません。たしかにひどい物音がつづいていたのです。でも、何も盗まれたものがなければ、幸いですわ。何がなんだか、まるで狐につままれたようですけど」

「何も盗まれたものはない。だが……」

「アラ、どうなさいましたの？　お父さまの顔まっ青ですわ。何かわかりましたの？」

令嬢がおどろいて尋ねたのも無理ではない。老美術家は盗まれなかったとわかると、かえって青くなった。ものすごく見ひらいた目、ワナワナとふるえる唇。絹枝さんは、かつて父親のこんな恐ろしい表情を見たことがなかった。

「絹枝、お前はかわいそうな子だ。ひょっとしたら、お前などが夢にも想像しなかった、恐ろしいことがおこるかも知れぬ」

老彫刻家は、何かに憑《つ》かれでもしたように、うつろな声でいった。

「お父さま、あたし怖い。そんなことおっしゃっちゃいやよ」

絹枝さんは、ダラリと力なく垂れた父の手を取って、甘えるようにふり動かした。

父の手は、まるで死人のようにつめたかった。

「絹枝、しばらく母屋へ行っててくれぬか。わしを少しのあいだ、一人で置いてくれぬか」

雲山は、力ない声で、妙なことをいいだした。

「まア、どうしてですの」

絹枝さんはびっくりして、父の青ざめた顔を見あげた。

「今にわかる。なんでもないのだ。心配することはないのだ。わしが呼鈴を押すまで、どうかあちらへ行っててくれ。少し考えごとがあるのだ」

父の声は、洞穴《ほらあな》からひびいてくるように不気味な調子であった。

「ほんとうに、どうかなすったのじゃありません？　大丈夫？」

「ウン、大丈夫だ。さア、早くあっちへ行ってくれ」

絹枝さんは、なんとなく心残りであったが、父の言葉にはさからわず、その場を立ち去った。

母屋へ来て、茶の間で、女中達に、ゆうべの恐ろしい出来事を話していると、とつぜん、アトリエの方角から、バーンという異様な物音が聞こえて来た。

絹枝さんも女中達も、ハッと押しだまって顔を見あわせた。

「鉄砲の音じゃございませんか」

「エエ、アトリエのようだわね」

昨夜の今朝である。しかも、さっきの父親の妙なそぶり。「もしや」と思うと、じっとしてはいられなかった。絹枝さんは女中達と一しょに、胸おどらせてアトリエにかけつけた。

「まア、お父さま！」

案の定、そこには父雲山が、血を流して倒れていた。死体のそばにころがっている一挺のピストル。

弾は右のこめかみから脳髄《のうずい》深く食いいって、毛糸のような血が、トロトロと床を這っている。

絹枝さんは、たった一人の肉親であった父の死骸に取りすがって、その胸に顔を伏せた。押しつけられた唇から、やがて、悲しげなすすり泣きが洩れはじめ、徐々に烈しく、はては身も世もあらぬ、むざんの泣き声と高まって行った。

密　室

同じ日、川村雲山氏変死の数時間後、事件の現場には、検事局の人々、警視庁、所《しょ》轄《かつ》警察の人々などが、今一応の取りしらべを終って、不思議な事件について語りあっていた。その人数の中には、黄金仮面担当の波越警部の顔も見え、とくに呼ばれた民間探偵明智小五郎もまじっていた。

まるで狐につままれたような、つかみどころのない事件であった。何もかも一切合《いっさいがっ》切《さい》不明であった。

前夜絹枝さんをおどかした黄金仮面は、はたして真の黄金仮面すなわちアルセーヌ・ルパンであったか。それとも最初から金ピカのお面と外套でこしらえた案山子に過ぎなかったのか。

アトリエへ忍びこんだのは何者であったか。また、彼らはそもそもなんの目的をもって忍びこんだのであるか。盗まれたものは何もない。室内は少しも乱れていない。それでは、一体何があんな引越しのような物音を立てたのか。

雲山は、なぜ娘を遠ざけて一人ぼっちになったか。彼の変死は自殺か他殺か。他殺とすれば犯人はどこからはいり、どこから逃げ去ったか。

すべてすべて、毛筋ほどの手がかりもなかった。

一座にはさまざまの説が出た。

事件全体が、例によって奇想天外なアルセーヌ・ルパンの所業に違いないというものもあった。これはある大犯罪の序曲であって、賊の真の目的は全く別の方角にあるのかも知れないという見方だ。

いや、これはおそらく絹枝さんが、現実と悪夢とを混同しているので、雲山は、何か不明の理由で自殺したのだろう。それが偶然同時におこったに過ぎないのだと説くものもあった。

明智小五郎は、さいぜんから黙ってそれらの想像説を聞いていたが、会話がとぎれた時、ふと独り言のように、妙なことをいった。

「お嬢さん、お父さんはフランス語がおできになりましたか」

隅っこの方に小さくなっていた絹枝さんが、びっくりして、顔を上げた。

「いいえ、父は外国語は少しもできませんでした」

「あなたは？」

「あのフランス語でございますか」

「そうです」

「いいえ、ちっともぞんじません」

「召使の方にできる人はありませんか」

「そんな教育のある者は、一人もございません」

絹枝さんは、明智の質問の意味を悟りかねて、妙な顔をして答えた。

その意味を悟り得ないのは、絹枝さんばかりではなかった。

「明智君、フランス語が、この事件に何か関係でもあるのかね」

波越警部がたまりかねて尋ねた。

「ウン、関係があるらしいのだ、これを見たまえ」

明智は右手ににぎっていた、もみくちゃの紙片を、引きのばして一同に示した。なるほどフランス語らしい綴りの文字が、三行ほど列《なら》んでいる。だが、あいにくなことに、明智のほかには、誰もフランス語を完全に読み得る者がなかった。

フランス語の文句とは別に、紙片の一方の隅に、左のような数字と妙な記号が記してある。これだけは誰にも読めた。だが、その意味は少しもわからない。

「さっき、この部屋のすみに丸めて捨ててあるのを、見つけたのだ。もしここの家族にフランス語のできるものがないとすると、そして、昨日この部屋を掃除したとすると、この紙きれは、昨夜忍びこんだ奴が落としていったと考えることができるのだ」

明智が説明した。いつもながらすばやい男だ。

「で、そのフランス語は、何が書いてあるのだね」

警部が尋ねる。検事、予審判事をはじめ、この不思議な問答に、きき耳を立てている。

「それが、ちっともわからないのだ。気ちがいの文章か、おみくじの文句みたいに、不得要領《ふとくようりょう》なことが書いてある。こっちの隅の数字と渦巻もわからない。わからないだけに興味がある。ひょっとしたら何かの暗号ではないかと思うのだよ」

「それが賊の落としていったもので、ほんとうに暗号文だとすると、非常な手がかりだが……」

「いや、たしかに暗号だ。僕はほとんど確信している。あとはためして見るだけだ」

明智が彼のくせの飛躍的な物のいい方をする。

「ためして見るって？　何をためすというのだね」

波越氏がけげん顔で聞きかえす。

「この数字と渦巻の意味をさ」

一同明智の独り合点にめんくらった形で、ポカンとしている。

「僕の考えはこうなのです」そこで明智が説明を始めた。

「川村雲山氏が、この部屋から何も盗まれなかったと知って顔色をかえたこと、それから令嬢に立ち去るように命じたこと、この二つの一見不可解な事実が何を意味するか、まずそれを考えてみなければなりません。部屋の中の品物が一つも盗まれなかったのは、川村さんにとっては、盗まれたよりも、もっと悪いことであったに違いない。川村さんは、賊の目的物が、このアトリエに並んでいるような、ありふれたものでなく、もっと別のものであったことを知って、戦慄したのです。そして、その別のものが、はたして無事であるかどうかをたしかめるために、令嬢に座をはずさせた、と考えるほかに解釈のしようがないではありませんか」

人々はここまで明智の説明を聞いて、なんとなく真相がわかったような気がしはじめた。

「アトリエ内の品物が一つも紛失していないとすると、川村さんが顔色が変るほど心配したものは、人目につかぬごく秘密な場所に隠されていたと想像するほかはありません。川村さんがこのアトリエの隣室に寝室を設け、そこに電鈴をしかけ、旅行する時はかならず令嬢をここで休ませることにしていたというのは、アトリエによくよく大切な品物があったからでしょう。それを他人に発見されることを極度に恐れたからでしょう。こう考えてくると、アトリエのどこかに、秘密の隠し場所があるという僕の想像が、いっそうほんとうらしくなって来ます。

川村氏は令嬢にさえ、それを打ちあけなかった。命にもかかわる秘密なのです。現に令嬢を立ち去らせ、その隠し場所をあらためた結果、命にかけて守っていた品物が、盗み去られたことを知って、川村氏は失望のあまり、自殺したではありませんか。

明らかに自殺です。もし他殺だとしたら、犯人は何を酔狂《すいきょう》に、兇器を現場に残して立ち去りましょう。いや、そればかりではありません。僕は川村氏の旅行鞄の中から、ピストルのケースを発見したのです。このピストルはピッタリそのケースと一致します。

ところで、この川村氏が旅行中にさえピストルを所持していたことは一体何を意味するでしょうか。同氏がたえずある種の不安にかられていたことを語るものではありますまいか。防がねばならぬ強敵があったか、それとも、いつでも自殺のできる用意をしていたか、どちらにしても、命がけの秘密を持っていたことはたしかです。

想像をたくましうするならば、その川村氏の大秘密を、ルパンの黄金仮面がかぎつけて、それを盗みさった。川村氏は絶望の極、ついに自殺したという順序です。賊がルパンであったことは、この紙片のフランス語や、令嬢をおびやかした黄金仮面の扮装から想像することができます。

川村氏は日本有数の彫刻家です。その人が命にかけて大切にしていた品物は、おそらく美術蒐集狂のルパンが、垂涎おくあたわざるものであったのでしょう」

明智の組みたてた筋書は、全然空想の所産であった。しかし、空想とはいえ、理路整然、まことにさもありそうな筋書だ。

すくなくとも、一座の人々が持ちだしたさまざまの想像説にくらべて、数段立ちまさったものであることはいなみ得なかった。

「で、あとはただ試してみるばかりです。僕の想像説があたっているかどうかを、実地について試してみればよいのです。

そこで、この紙きれの数字と、渦巻に意味が生じて来ます。これは賊が川村氏の秘密をかぎつけて、その隠し場所のキイを、心覚えに書きつけておいたものと仮定するのです。そして、この仮定があたっているかどうかを、試してみるのです」

試してみるといいながら、明智はすでに動かしがたい確信を持っているように見えた。

「僕はさいぜんから、この部屋のあらゆる部分を、入念に研究しました。そして、暗号の数字と一致するのは、あの暖炉《だんろ》のマントルピースのまわりに刻んである、飾りの玉のほかにないことをたしかめました。アトリエに備えつけた暖炉にしては、あの飾りは不相応に立派です。それがまず僕の注意をひいたのですよ。

あの玉の彫刻は、全部で十六箇あります。ところで、暗号にある数字は、六、二、十一、三の四種で、どれも十六以下です。この数字は、それぞれマントルピースの彫刻の玉の順位を示しているものではないでしょうか。

いや、かならずしも、そうではないかも知れません。渦巻が曲者です。六と二の間にある渦巻は右巻き、十一と三の間にあるのは左巻きです。これはもしかしたら、あの玉を、右に廻し、左に廻すことを暗示しているのではないでしょうか。

六番の玉を右へ、十一番の玉を左へ廻せということではありますまいか。

すると、二と三は、どちらへ廻すのかしら。アア、そうだ。これは玉の順位を示すのではなくて、廻す度数を記したものかも知れぬ。六番目を右へ二回転、十一番目を左へ三回転。そうだ、どうもそうらしい」

明智は語りつつ彼のみごとな推理を進めていった。

なるほど、なるほど、六番目の玉を右へ二度、十一番目を左へ三度とは、うまい考

えだ。

そこで明智は、紙きれを片手に、ツカツカと暖炉に近づき、まず右から始めて六番の玉型の彫刻を、グッと廻してみた。廻る、廻る。彼の想像は的中したのだ。次に、十一番目の玉を左へ三度、グイグイと廻したかと思うと、カタンと妙な音がして、とつぜん、暖炉の横の板壁が、音もなく観音びらきになって、そこにポッカリと大きな黒い穴が開いた。

それを見ると、一座の人々は、すわとばかり立ちあがって、ドヤドヤとその密室の前にむらがりよった。

中は三坪ほどの四角な小部屋になっている。

「やっぱりそうだ。何もないからっぽだ」

波越警部がつぶやく。

明智の想像は次から次とあたってゆく。密室の中の品物は、おそらくルパン一味のものが盗み去ったのだ。

明智は暗室の中へ首を突っこんで、しばらく調べていたが、やがて、何か小さなものを指先でつまみあげた。

「いや、からっぽじゃない。こんなものが落ちていた」

手の平にのせてさし出すのを見ると、五分にもたらぬ長楕円形《ちょうだえんけい》の、扁平《へんぺい》なピカピカ光ったものだ。金属ではない。布でもない。紙でもない。えたいの知れぬ物質だ。だが、そんなものに何か意味があるのかしら。

明智は、窓ぎわの明るいところへいって、それを光にかざすようにして、入念に調べていたが、何を気づいたのか、愕然として、日ごろの彼に似《に》げなき厳粛な表情でつぶやいた。

「ほんとうかしら。信じられぬ。だが……アア恐ろしいことだ」

その様子があまり異様に見えたので、波越警部は思わず彼のそばに立ちよって、声をかけないではいられなかった。

「オイ、明智君、どうしたのだ。何かわかったのか」

「ウン、僕は今恐ろしいことを考えたのだ。非常に恐ろしいことだ」

日ごろ物に動ぜぬ明智が、声をふるわせている。ただごとではない。

「その小さなものは一体なんだ。何かわかったのかね」

「ウン、わかったような気がするのだ。……アア、お嬢さん、電話はどちらでしょうか」

明智は、そこにたたずんでいた、令嬢を振りかえって、あわただしくいった。

明智があわただしく電話の所在を尋ね、令嬢の案内でそこへ走り去ったあとに、人々は素人探偵の異様な振舞にあっけにとられて、ただ顔見あわせるばかりであったが、そこへ令嬢が戻って来て、

「長距離を呼びだしていらっしゃいますの、少し手間取るけれど、どうかお待ちくださいますようにって」

と報告した。明智は至急報を依頼して、先方が出るまで電話を離れず、イライラとそこに立ちつくしていたのだ。明智ほどの男をかくも昂奮せしめたのは、そもそもいかなる重大事件であったか。

明智が電話から帰って来たのは、それから三十分以上もたったころであった。人々は手持ちぶさたに待っているわけにもゆかず、令嬢や召使達に質問を繰りかえしたり、室内の捜査をつづけたりしていた。

「みなさん、やっぱりそうでした。じつに恐ろしい犯罪です」

帰って来た明智が、入口につっ立って叫んだ。彼は電話の室へ立ち去った時よりも、さらにいっそう青ざめている。

「どうしたんだ。君は一体何を発見したんだ」

波越警部がまっ先に尋ねた。

明智はその場に居あわせた令嬢や召使達に、しばらくアトリエを立ち去ってくれるように頼み、彼らの影が見えなくなるのを見さだめて、やっと答えた。

「盗まれた品物がわかったのだ。みなさん、おどろいてはいけません。ルパンはアトリエから、国宝を盗み去ったのです。それもなみなみの国宝ではありません。国宝中の国宝、小学生でも知っているほど有名な宝物です」

「なんだって？　君は何をいっているのだ。こんな一私人の家にそれほどの国宝があるはずはないじゃないか」

波越氏がたまげたような声を出した。

一座の人々すべて波越氏と同じ気持ちであった。川村雲山のアトリエにそんな有名な国宝が置いてあるなんて、聞いたこともなかった。この素人探偵は何かとんでもない思いちがいをしているのではないか。

「それが、置いてあったのだ」明智は腹立たしげに叫んだ。

「現に僕は今、奈良《なら》の法隆寺《ほうりゅうじ》事務所へ電話をかけて、それをたしかめたのだ」

「エ、なんですって？　法隆寺？　ではその国宝というのは……」

検事のE氏がびっくりして聞きかえした。

明智はなぜかあたりを見まわし、ささやき声になって答えた。

「金堂《こんどう》に安置してある、玉虫《たまむし》の厨子《ずし》です」

アアなんということだ。明智は気でも違ったのではないか。一同ギョッとしたように素人探偵を見つめたまま、いうべき言葉を知らぬ体に見えた。

「君、それは冗談ではないでしょうね。もしほんとうだとすると、じつに容易ならん事件だが……それにしても、法隆寺では、この貴重な国宝がなくなっているのを、今まで気づかなかったのですか。小さなものではあるまいし、どうも少しへんですね」

検事は、信じかねるようにいった。

「ところが、法隆寺の金堂には、別に異状はないのです。玉虫の厨子はそこにちゃんとあるのです」

「ホホウ、すると君は……」

「そうです。にせ物です。何カ月かのあいだ、法隆寺には巧みにできたにせの玉虫厨子が安置してあったのです」

「にせ物？　ああいう古代美術のにせ物をこしらえるなんて、不可能です。信じがたいことです」

検事をはじめ一同、容易にこの突飛な報告を信じようとはしなかった。

「法隆寺事務所の管理者もそういいました。あれがにせ物だなんて、そんなばかなことがあるものか。つまらないいたずらはよしたまえってね。僕が電話でいたずらをしていると思ったのです」

「そうでしょう。で、どうしてにせ物であることをたしかめたのです」

「僕は管理者に、厨子の底を調べてくれるように頼みました。もしやそこに、ルパンの例の虚栄心たっぷりな署名がしてないかと思ったものですから」

「それで、その署名があったのですか」

「管理者がしばらくすると電話口へ帰って来ましたが、まるで声が変っているのです。ブルブルふるえて何をいっているのだか聞きとれぬほどでした。「A・L」の署名があったのです。しかもごていねいに『川村雲山氏にかわりA・L』と日本語で刻みこんであったのです」

信じがたい奇怪事だ。しかし、まさか法隆寺の管理者が嘘をいうはずはない。厨子の底部にそんな署名があったとすれば、もはや疑う余地はない。日本随一の国宝は、にくむべき異国の怪盗によって盗み去られてしまったのだ。

「つまりこういうことになるのです」明智が説明した。「川村雲山氏は天才的な彫刻家であっただけに、狂的な美術愛好癖を持っていた。愛好のあまりその美術品を所有したくなるのは、無理もないことです。しかし、川村氏の場合は、不幸にして、それが金銭ずくでは所有できない国宝中の国宝だったのです。

ふつうの泥棒なら、国宝を盗むなんてばかなまねはしません。盗んでみたところが、他人に見せびらかすことも、売りはらうことも、どうすることも、できやしないのですからね。

ところが、川村氏の場合は違います。彼はちょうど恋人を愛するように、この古美術品を我が物として愛撫《あいぶ》したかったのです。他人に見せる必要はない。むろん金銭に替えようというわけでもない。ただ密室に安置して、朝に晩に観賞したり、愛撫したり、誰も知らぬ秘密の喜びにひたっていたかったのでしょう。川村氏がこの密室に命にもかえがたい品を隠していたことは、旅行のたびに、令嬢をアトリエへやすませ、それとなく見張り番をさせていたのでもわかるではありませんか」

「なるほど、それをどうかしてルパンが探りだし、主人の留守をさいわい盗みにはいったという順序ですね。そして一方法隆寺のにせ物には、彼の習慣にしたがって、前もって、署名を刻んでおいたわけですね」

検事が合槌《あいづち》を打った。

「そうです。おそらくきゃつはよほど以前から、雲山の秘密を嗅《か》ぎだしていたに相違ありません。でなければ、遠い法隆寺のにせ物に署名なんかしている暇はありませんからね」

「で、にせ物の作者は、むろん雲山自身ということになりますね」

「そうでしょう、あの精巧な美術品を作るためには、この密室で数カ月、あるいは数年のあいだ、コツコツと仕事をしていたことでしょう。川村氏のごとき天才的美術家にしてはじめて企て得る悪事です」

「だが、にせ物と本物と置きかえるのがたいへんです。監視人のついている中で、どうしてそんな手品ができたのでしょう」

「大犯罪者は一見不可能なことがらを、なんの苦もなくやって見せるものです。彼らは一種の手品師です。ところで手品という奴は種を割ってみるとじつにあっけないものですが、今度の場合もそのとおりです。僕はあの国宝が時たま修理のために外部へ持ちだされることを聞いていました。で、もしやと思って電話で、そのことを尋ねて見ますと、案の定、今から四カ月ほど前に、一度修理をしたことがあるというのです。それが手品の種です。川村氏は職業がら前もってその時期を知っていて、すべての準備をととのえ、やすやすとすりかえをやったのでしょう。ごぞんじのとおり十人や二十人の口どめ料には事かかぬ資産家ですからね」

アアなんという大それた犯罪であろう。日本美術界の元老とうたわれる身をもって、その地位と、その手腕を悪用し、国家の至宝を私《わたくし》せんとは！

だが、彼はすでに、罪のあらわれたるを知って、自殺してしまった。責めようとて責める相手がないのだ。それに引きかえ怪盗ルパンは生きている。生きて、どこかの隅から警察の狼狽《ろうばい》をあざ笑っている。老美術家の悪心《あくしん》をたくみに利用し、労せずして国宝を我が物とした、かれルパンこそ憎みてもあまりある兇賊だ。

「だが、それにしても、君はどうしてそれを推察したのだ。密室に隠してあった品物が玉虫の厨子であることを知ったのだ。僕には、その方が賊の手品よりもいっそう不思議に思われるのだが」

波越警部がふとそこへ気づいて、妙な顔をして尋ねた。

「ウン、それはなんでもないのさ」

明智はこともなげに説明した。

「この紙切れに種があるのだよ。例の密室を開く記号の上に、三行ばかりフランス語の文句が書きつけてある、ホラ、これだ」

彼はその紙片をテーブルの上にひろげて見せた。

「訳すると、こんなふうになる。『今夜、かの仏陀の聖堂を運びだせ。手段はあらかじめきめたごとくせよ。聖堂は例によって白き巨人に届けよ』というのだ。仏陀の聖堂というのはつまり寺院のことだが、寺院を運びだせというのはいかにもへんだ。寺院なんて大きなものが運びだせるわけがない。僕は最初は、何かの隠語だろうと思っていた。ところが、さっき密室の床で、妙な漆《うるし》のかけらみたいなものを見つけた。一見してふつうの漆ではない。素人にも非常に古いものであることがわかる。そこで僕はハッと感づいたのだ。

アトリエの主人公な美術界の老大家だ。その人がこれほどのしかけをして隠しておいたもの、また、それが盗まれたと知って自殺しなければならぬほど重大な品物――仏陀の聖堂――古い漆――古美術蒐集狂のルパン、と考えてくると、さしずめ思いあたるのは玉虫の厨子だ。誇大妄想狂《こだいもうそうきょう》のルパンが狙うもので、しかも持ちはこびのできる仏陀の聖堂といえば、あの国宝のほかにはちょっと考えあたるものがない。そこで、僕はともかくも電話をかけて、それをたしかめて見たという次第さ」

「なるほど、そういうわけだったのか」波越氏は明智のするどい想像力に感嘆した。「で、その文句のあとの方の、白い巨人に届けよというのは一体なんのことだね。そいつがわかれば、しぜん国宝のありかも賊の隠れ場所もわかって来るのだが」

「残念ながら、それは僕にもまだわからない。白い巨人、つまり色の白い大男という意味だが、ひょっとしたら、ルパン一味の者の綽名《あだな》ではないかと思うけれど」

明智は困惑の表情でつぶやいた。

白き巨人

国宝玉虫の厨子盗まる。しかもその盗賊は黄金仮面のルパンである。

このまるで悪夢のような出来事は、たちまちにして日本全国に知れわたった。当局者は、あらゆる手段を講じて、事を極秘に附していたが、新聞記者は彼らのするどい第六感によって、早くも事件の内容を察知し、「ルージェール伯すなわちルパン」の一条にふれぬ範囲で、この大椿事をこまごまと報道してしまったのだ。

アメリカなればリンチが叫ばれたかも知れない。温和なる日本人も、さすがに激昂し、ルパンをとらえよ。国宝を取りもどせの叫び声が全国に湧きあがった。攻撃の的は警視庁だ。

「波越警部はどうした」

「明智小五郎は何をしている」

と、どこからともなく、非難の声が聞こえて来た。

全警察力を上げて、ルパン逮捕の網の目が、蟻の這いでるすきもなく張りめぐらされた。東京市内は申すに及ばず、ほとんど全国の警察署にルージェール伯の人相書が廻った。停車場、船着場、税関、ホテル、旅館等、それとおぼしき場所は洩らさず取り調べられ、張りこみがついた。そして五日、ルパンも、玉虫の厨子も、ルパンの恋人大鳥不二子も、数名の部下も、杳として行方が知れぬのだ。

日本人なら知らぬこと、相手は目色毛色の変った異国人だ。まぎれこもうとて、どこにまぎれこむ場所があろう。不思議だ。いかに妖術使いの黄金仮面とはいえ、今は正体も曝露して、全日本を敵に廻しての逃亡だ。監視の目は町々村々にみちみちている。その中を、一人でもあることか、女連れの上に、普通の自動車には積みきれぬほどの大荷物を持って、（玉虫の厨子はたいして大きくないけれども、ルパンが日本で蒐集した贓品《ぞうひん》はそれだけではないのだ）一体まあ、どこにどう身を隠しているのだろう。じつに不思議以上の不思議である。

明智小五郎は、今日も開化アパートの書斎にとじこもり、例の謎の紙片を前にして、思案に暮れていた。人敵ルパンに飜弄《ほんろう》され、その上世間からは非難の声をあびせられ、なんともいえぬいらだたしさに悩まされていた。

「白き巨人、白き巨人、白き巨人」

彼はこの不可能な謎の言葉を解くために、丸四日をついやして、いまだになんらの曙光《しょこう》をも見いだし得ないのだ。彼にしては、生まれてから、こんな難物《なんぶつ》に出あったのは初めての経験だ。

沈思《ちんし》する彼の前で、卓上電話がけたたましく鳴りひびいた。

「アアまた波越君にきまっている。うるさいな」

波越警部は一日に二度も三度も電話をかけて明智の出ぬ智恵を借りに来るのだ。不承不承《ふしょうぶしょう》に受話器を取ると、案にたがわずその人であった。だが、警部の声はどこやらいつもとは違っている。

「アア明智君、吉報だ。すぐ外出の用意をしてくれたまえ。例の謎の白い大男が見つかったのだ」

「エ、白い大男って?」

明智はあまりだしぬけの話なので、めんくらって聞きかえした。

「ホラ、例の暗号紙片の文句さ。白き巨人という奴さ、あいつがやっと見つかったのだ」

「もっとくわしく話してくれたまえ。よくわからないが」

波越氏が「白い大男」を文字そのままに解しているらしいのが、なんとなくへんに感じられた。

「部下の刑事が今電話をかけて来たのだ。戸山ガ原の空家ね。まさか忘れやしまい。君が黄金仮面と一騎打ちをした怪屋だ。僕は念のためにあの家のそばへ、刑事を一人張りこませておいたところが、その刑事から今電話なのだ。刑事がいうのには、三十分ほど前、あの空家から一人の西洋人が出て来るのを見た。むろん怪しいと思って跡をつけたところ、その西洋人は自動車で銀座《ぎんざ》へ出て、今カフェ・ディックへはいったところだ。表に見張りをしているからすぐ来てくれという電話だ。君もそちらから直接行ってくれないか」

「ウン、行ってもいいが、それがどうして白き巨人なんだね」

「そいつが頭から足の先までまっ白なんだって、白いソフト、白い顔、白い服、白いステッキ、白い手袋、白い靴とね。僕はそれを聞いてギョッとしたよ。こいつこそ問題の白き巨人なのだ。背も非常に高く、ばかに太った奴だという話だ」

「よし、行って見よう。カフェ・ディックだね」

そして電話が切れた。

明智は寝室に飛びこんだかと思うと、五分ほどの間に自動車の運転手といった風体に変装して出て来た。羊羹《ようかん》色になった黒セルの夏服、よごれた鳥打帽、大きな塵よけ眼鏡、赤革の長靴というういでたちだ。そして自動車を呼んで、客席へは乗らず、本もの運転手の隣へ腰かけた。

十分の後、自動車はカフェ・ディックの十軒ほど手前で停車した。見ると、黒眼鏡をかけ、つけ髭をつけ、古風なアルパカの背広を一着に及んで、黒の折鞄《おりかばん》に繻子《しゅす》の洋傘《こうもり》という保険の勧誘員か、集金人みたいな中老人が、カフェの前をうろうろしている。

明智は車を降りると、その老人に近づいていって、ポンと肩を叩いた。

「波越君、まずい変装だなあ」

アルパカの男はびっくりして振りむいたが、明智の変装はさすがに手に入ったもので、しばらくは見分けがつかぬほどであった。

「アア、明智君か、静かに、静かに、今白い奴が出て来るんだ」

波越氏は五、六間向こうの、カフェの入口を目で知らせた。その入口の向こう側の軒下には、商店の手代《てだい》といった和服の男が、うろうろしている。波越氏の部下の刑事に相違ない。

まもなく問題の白き巨人がカフェの外へ姿を現わした。いかにも白い。頭から足の先まで白粉《おしろい》で塗りつぶしたようにまっ白だ。服を脱がせたら、皮膚も白子みたいにまっ白かも知れない。少くとも顔だけは、白人にも珍しい白さだ。

身体も巨人の名に恥じぬ偉大なものであった。六尺以上の身長で、しかも角力《すもう》取りみたいに肥えふとっているのだ。

彼はカフェを出ると、車も拾わず、ブラブラと銀座通りへ歩いて行く。

珍妙不可思議な尾行行列が始まった。先頭に立つのは白粉のお化け然たる肥大漢、それから十五、六間あいだをおいて、アルパカ黒眼鏡の怪老人、赤い長靴の運転手、つづいて兵隊あがりの番頭さんといった恰好の刑事君。

「あいつがはたして暗号の白い巨人だとすると、根気よく尾行をつづけて、家をつきとめさえすれば、ルパンの贓品の隠し場所がわかるわけだ。いや、ルパンその人のありかも自然たぐりだせるというものだ。うっかり見うしなったらたいへんだぜ」

波越氏が小声でささやく。

「ウン、そりゃそうだが、あいつイヤに白いね。どうも少し白すぎるような気がする」

明智はなぜか気のりがせぬ様子だ。

「白すぎるって？　それだから怪しいのだ。あのまっ白ないでたちに、何か僕らにはわからない意味が隠されているのかも知れない」

ボソボソとささやきながら、奇妙な尾行行列は行く手さだめずつづいて行った。

三つのトランク

白き巨人は、白いステッキを打ちふり打ちふり銀座の電車道を横切ってそこの大百貨店にはいって行く。

「へんだぜ、あいつ尾行を悟ったのじゃないかしら。のんきらしく百貨店なんかへはいるのは」

「感づいたにしても、尾行をやめるわけにはゆかぬ。どこまでも執念深くつきまとって、あいつの隠れがをつきとめなきゃ」

波越警部は異様に熱心だ。明智の方は、うんざりした体で、「オヤオヤ」といわぬばかりである。

巨人はエレベーターで屋上庭園にのぼった。尾行者達も同じエレベーターの片隅に小さくなって、獲物から目を離さなかった。屋上庭園には、おびただしい群集が、空を見あげて、何かを待っていた。

「アア、奴《やっこ》さん飛行機を見に来たんだ。あいつフランス人かも知れないね」明智が気づいてささやいた。

その日はちょうど三人乗り小型飛行機による冒険的世界一周を企てたフランス飛行

家シャプラン青年が、東京の上空に飛来する当日であった。ラジオは、東海道の空を、刻々近づき来たるシャプラン機の位置を報道していた。

東京市民は、この壮挙を迎えて、湧きたっていた。ビルディングというビルディングの屋根には、人間の鈴なりだ。

「フランス人は恐ろしい国民だね。シャプランを生み、ルパンを生み」

運転手姿の明智が感嘆するようにつぶやいた。だがさすがの彼も、この世界一周機と、黄金仮面の犯罪事件とのあいだに、あんな不思議な因縁《いんねん》が結ばれていようとは、夢にも知る由はなかったのである。

間もあせらず、湧きおこる屋上の歓声が空の英雄の飛来を知らせた。一抹《いちまつ》の雲なき青空、はるか西の方に三羽の鳶《とび》が悠々と姿を現わした。二機は某々新聞社の誘導機だ。

機体は見るみるその形を大きくして、仰ぎ見る群集の頭上に迫って来た。ごうごうとなりはためくプロペラのひびき、胸躍る万歳の声。

「オイ、見たまえ、あいつがへんなことを始めたぜ」

波越氏が明智の腕を突いた。この忠実なる警察官に取っては、空の英雄よりも、地上の白き巨人が大切であった。

見ると、白き巨人はいかにも変てこなことをやっていた。彼は屋上の突端《とっぱし》へ出て、どこから出したのか、両手にまっ赤な小旗を持ち、まるで旗信号でもするように、しきりとそれを打ちふっている。そのさまは、ちょうど百貨店の真上にさしかかった飛行機にむかって、歓迎の合図をしているように見えて、じつは、かならずしもそうではなかった。彼の目は空を見ず、附近にそびえ立つビルディング群のどれかに向けられている。その屋上の群集中の何人かに向けられている。

「君、あいつは向こう側のビルディングの屋根にいる誰かに合図をしているのだぜ。いよいよあやしい」

波越氏はさてこそと目を光らせた。

「フフン、妙な真似をするね」

明智は、あいかわらず冷淡だ。

機影が空のあなたに没し、屋上の歓声も静まると、群集は感激の言葉をかわしながら、階下へと立ち去る。白き巨人もその人波にまじって歩きだした。

エレベーターが一階に止まって、はきだされた尾行行列の四人は、巨人を先に立てて、百貨店の出口へと進んで行った。

「オイ君、どうしたんだ。ぐずぐずしていたら、見うしなってしまうじゃないか」

波越氏がイライラして明智を引っぱった。だが明智は店内のツーリスト・ビューロー出張所の前に立ちどまったまま動こうともせぬ。

そこの壁に美しいポスターが下がっていた。外国人向きの日本遊覧案内だ。画面には富士山がある。厳島《いつくしま》神社の鳥居がある。振袖《ふりそで》娘の舞い姿がある。鎌倉《かまくら》の大仏がある。

「オイ、明智君、しっかりしたまえ、何をボンヤリ見ているんだ」

すると、明智はやっと警部を振りかえって、とつぜん妙なことをいいだした。

「君、日本にはこんな大仏がいくつあるか知っているかい」

「そんなことを知るもんか。さア、ポスターなんかあとにして、尾行だ。ここまで追跡して、今見うしなったら、取りかえしがつかんじゃないか」

波越氏はプリプリしていった。

「なんだか気分がわるいのだ」明智は額《ひたい》を押さえて眉をしかめて見せた。「尾行は君達二人でやってくれたまえ。僕はもう帰るよ」

「困るなあ、そんなことをいいだしちゃ。君、ほんとうに気分がわるいのかい」

「ウン、ほんとうだ。とても歩けない。あとはよろしく頼む。僕は車で帰るから」

問答をしているあいだに、白い大男はズンズン歩いて行く、大分へだたってしまった。

もうこれ以上ぐずぐずしてはいられない。

「じゃ、結果は電話で知らせるよ。大切にしたまえ」

波越警部は、あきらめて、刑事とともに大男のあとを追って行った。

警部を見送った明智は、柵の中にいる旅行案内係に近づいて何かいそがしく尋ねはじめた。その様子を見るといっこう病気らしくもない。どうも変なあんばいだ。

それはさておき、波越警部は、あくまで執念深く、テクテクと巨人のあとをつけて行った。西洋人はやっぱり車に乗りもしないで、健脚にどこまでも歩きつづける。

尾張町《おわりちょう》を曲って、グングン歩いて行くので、どこか当てがあるのかと思っていると、のんきらしく日比谷公園にはいった、そして、なんのためかはわからぬが、花壇や運動場などを、グルグル廻り歩く。散歩をしているのか、それとも尾行に気づいて、からかっているのか、どちらにもとれる。だが尾行者はそんなことにはおかまいなく、あくまで執拗だ。

一時間も引っぱりまわされて、やっと日比谷公園と縁が切れた。今度こそ隠れ所かと意気ごんでついて行くと、大男はつい公園の前の帝国ホテルへ姿を消してしまった。ではホテルの泊り客であったのか。しかし、ホテルを贓品の隠し場所にしているとは思われぬが。

「君、ちょっとたずねるが、今ここをはいった西洋人は泊り客かね」

波越警部は玄関のボーイをとらえて尋ねて見た。

「エエ、そうですが」

中年のボーイが、妙な顔をして、ジロジロと警部を眺める。無理もない、彼の服装はどう見ても集金人以上には踏めぬのだ。

波越氏もそれに気づいて、

「私は警視庁のものだが、ちょっと支配人にとりついでくれたまえ」

と、ポケットから名刺を出した。

東京市民で波越鬼警部の名を知らぬものはない。ボーイは名刺を見ると、急に鄭重になって、さっそく支配人室へ案内してくれた。

尋ねてみると、大男は今朝投宿したばかりで、いっこう馴染のない客であるが、別にこれといって変ったところもないということであった。名前もわかった。国籍は明智が想像したとおりフランス人であった。もしや大きな荷物を持っていないかと聞くと、案の定大型トランクを三つも部屋へ持ちこんでいるとの答えだ。しめた、そのトランクこそ曲者だ。トランクの中味が国宝玉虫の厨子だったらと思うと、波越氏は胸がワクワクした。

「少し尋ねたいことがあるのですが、その客の部屋へ案内してくださらんでしょうか。

ついでに通訳をお願いしたいものです」

警部が頼むと、支配人はこころよく承諾して、長い廊下を先に立った。その部屋に来て見ると、ドアがしまっていて、ノックをしても開かぬので、部屋ボーイが呼ばれた。

「お客様は？」

「さっき御出立《ごしゅったつ》になりました」

「御出立になった？　そんなばかなことはない。今朝お着きなすったばかりじゃないか」

支配人がびっくりしてボーイの顔を見た。

「でも御出立になったのです。つい今しがたです。外からお帰りになると、私を呼んで、これから出立するからと、そのまま手ぶらでお出ましになったのです」

では波越警部達が支配人室にはいっているあいだの、ごくわずかな時間に、まんまと逃げられてしまったのであろうか。

「手ぶらで？　車も呼ばないで？　じゃ、荷物はどうしたんだ。大きなトランクがいくつもあったはずだが」

「それは部屋に残していらっしゃいました。アアそうそうお云い置きがあるのです。

エエと、まもなく波越さんとおっしゃる方がお出でなさるから、荷物はその方にお渡し申してくれって」

「エ、エ、なんだって？」

当の波越氏はめんくらって、思わず声を立てた。

「波越なんという方だ」支配人もせきこむ。

「警視庁の方だっておっしゃいました」

「どうもへんですね。ともかく、そのトランクをお調べなすってはいかがですか」支配人が警部の顔を眺めた。

「見ましょう。そこをあけてください」

波越氏は、今にして明智のとつぜんの病気の理由を悟ることができた。なんというすばやい男だろう。こんな破目《はめ》になることをちゃんと見抜いていたのだ。明智にはいつもこの手でやられるのだ。ボーイの合鍵でドアは開かれた。部屋にはいってみると、大きなトランクが三つ、これを見よといわぬばかりに、入口のすぐそばに並べてあった。ごていねいにも鍵穴にちゃんと鍵がさしこんである。

「開けて見たまえ」警部の命令で、刑事とボーイが、つぎつぎとトランクの蓋を開いた。

「ちくしょうめ、またいっぱい食わせやがった」

波越氏が乱暴な言葉でどなった。

トランクの中には、赤ん坊ほどもある大きなキューピー人形が手をひろげて、両方の目玉をまん中に寄せて、人を小馬鹿にして笑っていた。トランク三つとも、同じ人形だ。そしてほかには何一品はいっていないのだ。警察を揶揄《やゆ》するためにわざわざ企んだお茶番としか考えられない。

白粉の化物みたいな大男、屋上庭園の仔細らしい旗信号、日比谷公園の追っかけっこ、そしてトランクの中には国宝どころか、ちくしょうめ、このキューピー人形だ。こんな甘手に乗ったかと思うと、波越警部は地だんだ踏んでもたらなかった。

すごすごホテルを引きあげて、警視庁に帰って、それから退庁時間が来て、自宅に戻り、床につくまで、警部はほとんど口をきかなかった。警察官拝命以来、かつてこれほど憂鬱を感じたことはなかった。

闇の中の巨人

波越氏は翌日登庁すると、さっそく明智に電話をかけた。昨日のうらみをいうつもりだった。ところが明智は昨日から帰らないとの返事だ。それから夕方までに、五、六度も電話をかけて見たが、いつも留守だ。

なんともいえぬ焦燥のうちに、また一日がたって、その翌日の夕方、やっと明智のありかがわかった。しかも今度は彼の方から、警視庁へ長距離電話をかけて来たのだ。電話は横浜の少し向こうの神奈川県《かながわけん》O町からであった。

「君はひどいよ。仮病を使って逃げだすなんて。あれから僕はさんざんな目にあってしまった」

「やっぱりそうだったかい。あいつはにせ物だね。僕はなんだか虫が知らせたんだ。最初から気乗りがしなかった。でも、君がひどく真剣なものだから、ついよせともいえなくなってね。僕だって、べつに確信があったのではないし」

明智の声が気のどくそうにいった。

「まあそれはいいさ。だが君はどうしてO町なんかにいるの？　むろん例の一件についてだろうね」

「ウン、吉報だよ。今度は僕の方から君を呼ぶことになったが、一昨日《おととい》のようなにせ物じゃない。正真正銘の白き巨人をつきとめたんだ。昨夜はそのために徹夜をしてしまった。だがとうとう確証をつかんだよ」

「その巨人というのは、O町にいるのかい」

「ウン、そうだよ。すぐ来てくれたまえ。君が着く時分には、停車場へ行って待っているから。やっぱり変装して来た方がいいよ」

この吉報を聞いて打ちすてておくわけにはいかぬ。警部はさっそく法被《はっぴ》姿の人夫に化けて、O町に急行した。

停車場に着くと、例の運転手姿の明智が待ちうけていた。

「電話でくわしい様子がわからなかったが、白き巨人て一体どんなやつだね。どんな家に隠れているのだね。そしてそこにまだ贓品が置いてあるのかい」

波越警部は明智の顔を見ると、せかせかと尋ねかけた。

「ウン、贓品はもちろん、おそらくルパンも、大鳥不二子さんも、同じ隠《かく》れ所《が》に潜伏しているのだ」

「エ、ルパンだって？　そいつは大手柄だ。こんなに早く見つかろうとは思わなかった。それで一体どんな家にいるんだね。君はどうしてそれを探りだしたんだね」

「まア、僕について来たまえ。今にすっかりわかるよ」

明智は多くをいわず、警部をうながして先に立った。

狭い町を出はずれると、ダラダラのぼりの丘になって、細道の両側に雑木林が茂っている。もう日が暮れきって、空に星が美しく輝きだした。そのほかには燈火一つ見えぬ暗闇の林だ。

　こんな淋しい丘に人家があるのかしら。人家があれば燈火が見えるはずだがと怪しみながら、しかし明智を信じきっている波越警部は、苦情もいわずテクテクと暗闇を歩いて行った。

　だが、行っても行っても、闇は濃くなるばかりで、いっこう人家などありそうに見えぬ。少々心細くなって来た。

「オイ、明智君、一体どこまで行くんだね。こんな方角には町も村もないはずだが、その巨人というのはどこに住んでいるんだい」

「もう僕らはそいつを見ているんだよ。暗いからわからぬだけさ」

　明智がへんなことをいった。

「エ、見ているって。じゃこのへんにいるのかい」

「ウン、僕らは一歩一歩そいつに近づきつつあるのさ」

　なんだかうす気味のわるい話である。

　やがて、道は雑木林を抜けて、ポッカリと丘の頂《いただき》の広っぱへ出た。だが、暗さに少しも変りはない。むろん人家も見えぬ。

「どうもわからないね。そいつは一体どこにいるんだね。僕の目には少しも見えぬが」警部は用心深く声を低めてふたたび尋ねた。

「見えないって？　見えぬことがあるものか。ホラ、君の目の前に立っているじゃないか」

「エ、どこに？　どこに？」

「ホラ、星明かりにすかして見たまえ。君の前にとてつもない巨人が立っているじゃないか」

いわれて、ヒョイと見あげると、いかにも、いかにも、そこには美しい星空を背にして、小山のような巨人が、二人の頭上にのしかかっていた。

「君はこの大仏のことを云っていたのかい」

波越氏はびっくりして尋ねた。丘の中央に奈良の大仏よりも大きいので有名な、O町名物のコンクリートの大仏様が安置してある。これなら明智に教えられずともよく知っている。

白毫《びゃくごう》のガラス窓

「へんだな、君はこの大仏がルパンの仲間だっていうのかね」

警部は冗談だと思った。大仏とルパン。なんてとっぴな組みあわせだろう。

「そうだよ」明智は大まじめで答えた。「これがルパンのいわゆる白き巨人さ。見たまえ、いかにも白き巨人じゃないか」

なるほど、なるほど、いわれて見れば、白き巨人に相違ない。

「ああ君は恐ろしい男だ、するとこの大仏さまが……」

警部は声をひそめて、明智の黒い影を見つめた。

「ウン、これが『うつろの針』なんだ。君は聞いたことがあるだろう。奴が奴の本国で、『うつろの針』と呼ばれた奇岩の内部に、巧妙な隠れ所を作っていたことを」

明智が説明した。

「うつろの針！　エトルタの有名なうつろ岩のことだね。ルパンの美術館といわれた」

「そうだ、うつろの針！……白き巨人……一方は空洞の巨岩、一方は空洞のコンクリート仏、この奇怪な符合を見たまえ。なんというおどろくべき空想だろう。二里四方から見えるという、この空にそびえた大仏さまが、兇賊の最も安全な隠れが、世にも不思議な美術館なのだ」

明智は大仏前面の密林の中を歩きながら、ひそひそと話しつづけた。

木の間《こま》ごしに見あげると、闇の中の巨人は、悪夢のように空いっぱいにひろがって、物の怪のごとく押しだまっている。夜の大仏のものすごさ。

「だが、どうして君は……」

波越警部は、あまりにも奇怪な事実を、容易に信じ得ぬ様子であった。

「もう大分以前からこの林の中に黄金仮面が出没するという噂があったのだ。近ごろは関東地方一帯、どこにも黄金仮面の怪談がころがっている。子供達がおもちゃの黄金仮面をかぶって飛びまわっている。誰もことさらこの丘の怪談を注意するものはなかった。だが僕はその怪談を聞きのがさなかったのだ。なぜといって、この丘にはコンクリートの大仏がそびえていることを知っていたからだ。僕は我ながら、あまりに奇怪な着想にふるえあがった。だが、ルパンは世界一の魔術師だ。その着想が信じたければ、信じがたいほど、かえってそれが事の真相にふれているのだ。僕はそこで、ほとんど一昼夜、この丘の林の中をさまよった。そして、とうとう奴の尻尾をつかんだ」

「ルパンを見たのか」

波越氏がドキドキしながら尋ねた。

「ルパンではなかった。だが明らかにルパンの部下とおぼしき男が、はいるのを見た。賊らはみんなが黄金仮面の扮装をしているのだ。その金ピカの奴が、向こうの大銀杏《おおいちょう》の根もとのうつろの中へはいって行くのを見た。賊はそこから大仏の真下まで十間ほどトンネルを掘りさえすればよかったのだ。すると、その上にがらんどうのコンクリートの倉庫が、さアお使いくださいと待っていたのだ」

アアなんという簡単な、しかも奇想天外の思いつきであろう。コンクリートの大仏の内部が空洞になっていることは誰でも知っている。だが、それを極秘の倉庫として、また住宅として使用したのは、おそらくこのフランス盗賊が最初であろう。

O町のコンクリート仏が選ばれたのは、東京から近いばかりでなく、鎌倉の大仏などのように礼拝所として胎内を開放したものでなく、隠れがとして最も適当であったからに相違ない。

「僕はルパンのずばぬけた智慮が恐ろしくなった。あいつはひょっとしたら、この日本の大仏だけでなく、世界いたるところに贓品美術館を持っているのではあるまいかと思うと、ゾッとしないではいられなかった。たとえばね。有名なビルマの大涅槃像《だいねはんぞう》だとか、ニューヨーク湾の自由の女神像だとか、そういう巨像の空洞は、ルパンのような世界的巨盗の倉庫として、なんとふさわしくはないだろうか」

「信じられん。まるでお伽噺だ」

「大犯罪者はいつもお伽噺を実行するのだよ。まさか『自由の女神』などがルパンの倉庫になっているとは思わぬけれど、ふとそんなことを考えさせるほど、奴の魔術は奇怪千万なのだ」

「で、その銀杏のうつろというのは、一体どこにあるのだね」

警部は半信半疑で尋ねる。

「ホラ、あれだ、あすこの森の中の大入道みたいな黒いのがその銀杏だ」

この丘で、大仏につづいて巨大なものは、その銀杏の老樹であった。それらの二つが、まるで巨人の親子のように梨地《なしじ》の星空にそびえていた。

「僕はね、君は容易に信じないだろうと思ったのだ。賊を捕えるよりも、まず君にその大仏の秘密を信じさせる必要があった。それには実際を見てもらうほかはないと思ったのだ。……さアここだ、見たまえ。あの大銀杏の根もとを」

降るような星明かりに、老樹のかげが——その根もとに開いた大きなうつろが、物の怪のごとく浮きあがって見えた。大仏の胎内への出入口だ。

「さアこの茂みにかくれるのだ、そして、あのうつろを注意しているのだ」

二人はそこにしゃがんで、闇の老樹を見つめた。

どうせしばらくは待たなければなるまいと覚悟していたところが、まるで申しあわせでもしたように、彼らがそこへしゃがむかしゃがまぬに、早くも銀杏のうつろにうごめくものを見た。

「オヤへんだぞ」

明智は何ゆえともなく、警戒の気持ちになった。

うつろの中から這いだしたのは、はたして黄金仮面であった。しかも一人ではない。次から次へ同じ衣裳の怪物が、あの世からの使いででもあるように、モクモクと湧きだして来た。

一人、二人、三人。四人だ。四人の全く同じ黄金仮面が、夜の大銀杏のうつろから這いだしてくるなんて、波越警部ならずとも、恐ろしいお伽噺としか思えないではないか。

星の光に四つの黄金マントが、キラキラと怪しくかがやいた。お揃いのソフト帽の下から、四つの無表情な金色の顔が、ボンヤリと見え、その三日月型の唇が耳まで裂けて、声のない笑いを笑っているのかと思うと、さすがの名探偵、鬼警部も、ゾッとしないではいられなかった。

見ていると、四人の怪物は、無言のまま、足音もなくこちらへ近づいて来る。なぜだろう。偶然彼らの道が、明智達の隠れている茂みのそばを通るのだろうか。それにしても、彼らはまるで、二人がそこにいるのを見通して、近づいて来るように見えるではないか。

明智はわけのわからぬ不安を感じて思わず立ちあがろうとした。と、そのとたん、恐ろしいことがおこった。ノロノロと歩いていた怪物どもが、とつぜん矢のように走りだしたのだ。そして、アッと思うまに、一と飛びで、明智と波越警部のまわりを取りかこんでしまった。四つの白く光るものが、それぞれ黄金マントの合わせ目から、ヒョイと覗いた。ピストルだ。

「ハハハハハ、とうとう罠にかかったな、明智小五郎」

一人の黄金仮面が低い声で言った。ルパンの部下の日本人だ。

「連れは誰だね。おそらくは波越捜査係長だと思うが、アアやっぱりそうだ。こりゃとても大猟《たいりょう》だぞ」

三日月型の唇が嬉しそうに言った。あとの三人の金色の顔から、ペロペロペロと低い喜びの声が漏れた。

「明智君、僕らがこんなに早くお迎えに来たのを、不思議がっているようだね。さすがの名探偵も少し焼きが廻ったぜ。君は僕らが物見台を持っていないと思っているのかい。君はまさか大仏さまの額にはめてある厚板ガラスの白毫を見落としたわけではあるまい。僕らはあのガラスのうしろをくり抜いて、物見の窓にしているのさ。昨日から君がこのへんをうろついているのを、すっかり見ていたのだよ」

黄金仮面はにくにくしく種明かしをした。

明智は一言もなかった。大仏さまの顔が物見の窓になっていようとは、不覚にもまるで気づかなかった。あの高い所から覗いていたとすれば、たとい夜とはいえ、星明かりに、明智達のうごめく影を見て取るのは、不可能なことではない。

相手は四人、こちらはなんの武器もない二人だ。絶体絶命である。

明智は波越氏の耳に口を寄せて、あわただしく何事かささやいた。そうして賊に向きなおると、

「こちらは武器はないのだ。騒がなくてもいい。僕達をどうしようというのだね」

と声をかけた。

「しばらく僕達の隠れがの客になってほしいのだ。君たちが自由に歩きまわっていることは、少々邪魔っけなのでね」

賊がおだやかに答えた。

「それでは、案内してくれたまえ。君達の隠れがを拝見しよう。僕らはルパン君にもあいたいのだから」

明智はことともなげにいって、もう歩きだしていた。四人の賊は、案外らしく、でも

ピストルをかまえたまま、あとに従った。
二、三歩あるくと、明智の身体が独楽《こま》のようにすばやく廻れ右をして、一ばん先頭にいた賊の手もとに飛びこんだ。何をする暇もなかった。アッと思う間に、一挺のピストルが明智の手に移っていた。
「さア、君達の弾が早いか。僕のピストルがこの男を倒すのが早いか」

明智の左手は一人の黄金仮面の片腕をねじあげていた。ピストルを取られた男だ。

残る三人は同類の命を思って、立ちすくんでしまった。

ジリジリと汗のにじむ睨みあいがつづいた。明智のピストルは一人の賊の脇腹に、三人の賊のピストルは、すきもあらばと明智の胸板に狙いをさだめて、闇の中に五人の影が化石していた。

「ハハハハハ、いや御苦労御苦労、もういいんだよ。波越君さえ着弾距離の外へ逃げてしまえば、僕はおとなしくするよ」

とつぜん明智がピストルをさげて笑いだした。たとい武器を奪ったとて、残る三挺のピストルに敵対できるはずはない。明智のたくみなトリックに過ぎなかったのだ。死にものぐるいの睨みあいで、賊の注意を一身に集め、そのすきに波越警部を逃がすとっさの思いつきなのだ。

「ちくしょうめ」

明智が力を抜いたので、今まで腕をねじあげられていた奴が、いきなり飛びかかってピストルを奪いかえし、反対に明智の背中へ銃口《つつぐち》を押しつけた。

「こいつは俺が引きうけた。早く波越の奴を追っかけてくれ。逃がしては取りかえしがつかんぞ」乱暴なフランス語でどなった。

いわれるまでもなく、残る三人の黄金仮面は、星明かりに金色のマントをひるがえして、めちゃめちゃにピストルを発射しながら、はるかの人影を追って走りだした。

大爆発

大仏の胎内には天井からぶらさがった、アセチリン燈がただ一つ、広い空洞をおぼろげに照らしていた。

縦横に交錯する鉄骨、鍾乳洞《しょうにゅうどう》へでもはいったような、コンクリートの内面の不気味なでこぼこ、そのへんにころがっている茶箱のような荷物。（その中にルパンの数々の贓品がはいっているのだ）それらがよどんだ空気の中に、奇怪な陰影を作っていた。

床に横たわる太い鉄骨の上に、こればかりは非常に贅沢な羽根蒲団を敷いて、そこに二人の黄金仮面が腰かけていた。

ひそひそとささやきかわす言葉の調子が、けっして男同士の話しぶりではなかった。それに小柄な方の声が透きとおるように細いのは女性であることを語っている。ルパン一味の女性といえば不二子さんのほかにはない。そうして不二子さんとこのような睦言《むつごと》をささやきかわす男性は、ルパンのほかにあるはずがない。

そこへ、地下道から、つぎつぎと、さいぜんの四人の黄金仮面が帰って来た。高手《たかて》小手《こて》に縛りあげられ、猿ぐつわまではめられた運転手姿の明智小五郎をしたがえて。

四人のものは口々に、首領の前に事の仔細を報告した。

波越警部は逃げおおせたのだ。

いかに足長の西洋人でも、あまりにハンディキャップが多過ぎたものと見える。それに長追いをして、O町の人家に近づいてはかえって危険なので、残念ながら引きかえすほかはなかった。追手の三人はまだゼイゼイと息をはずませていた。

せっかく明智小五郎を虜《とりこ》にしたのも、なんの甲斐もなかった。逃げ帰った波越警部は大仏襲撃の警官隊を組織して、時をうつさず引きかえして来るにきまっている。もはやこの隠れがを捨てて立ちのくほかはない。だが、立ちのくといって、目立ちやすい異国人の一隊がどこへ立ちのく先があるだろう。

日ごろのルパンであったら、ドジをふんだ四人の部下を、こっぴどく叱りとばしていたに違いない。また仇敵明智小五郎を面前に引きずりだして、得意の毒舌をふるったことでもあろう。だが今はさすがのルパンもそれどころではなかった。一刻をあらそう危急の場合だ、一秒を惜しんで、前後の処置を考えなければならぬ。

「自動車を二台、いつものところへ用意しておけ。それからこの荷物を運びだすのだ」

ルパンは立ちあがって、早口に異国の言葉をどなった。

命令一下、二人の部下が地下道へと飛びこんで行った。附近に隠してある自動車を引きだすためだ。

「明智の奴はどうしましょう」

「そのへんの鉄骨へ縛りつけておけ。俺は血を見るのはきらいだ。しかしこの黄色い悪魔だけは我慢がならん。荷物を運びだしたら爆発薬の口火に点火しておくのだ」

鉄骨に縛りつけられた明智は、奇妙な唸り声を立てて、未練らしく、もがきまわった。

まぶかにかぶった運転手帽、猿ぐつわの上から鼻と口とをおおった広いハンカチ、暗いカンテラの光では、ほとんど顔も見分けられぬ、みじめな姿だ。もしルパンの心に少しでも余裕があって、明智の帽子をとり、猿ぐつわをはずして見たならば、この物語の結末は、もう少し違ったものになっていたかも知れないのだが、逃亡に気をとられた彼は、明智の処置を考えるだけがやっとだった。

「さア荷物を運びだすのだ」

ルパンと二名の部下と不二子さんまでが手つだって、五つばかりの荷物を、窮屈な地下道へと運びはじめた。

×　×

波越警部が十数名のO警察署員を引きつれて大仏の丘を上って来たのは、それから二十分ほど後、ちょうどルパンの一味が自動車へ荷物を積みおわって、出発しようとしている時であった。

「アア、エンジンの音じゃないか。こんなところに自動車なんてへんだね」

一人の巡査が林のかなたの物音を聞きつけてつぶやいた。

「賊が逃亡しようとしているのかも知れない。君、たしかめてくれたまえ」

波越氏が命令をくだした。

と、その言葉が終るか終らぬに、人々は突如として、大地のくずれるようなはげしいショックを感じた。同時に、地上の小石まで見分けられる白昼の火光、なんともいえぬ恐ろしい音響。

「ワアッ」という叫び声があがった。

人々はその一せつなの恐ろしくも美しい光景を、長く忘れることができなかった。奈良の大仏よりも大きいというコンクリート仏が、まっ二つに裂けて、火山のように火をふいたのだ。小座敷ほどもある大仏様の首がチョンぎれて、空高く舞いあがったのだ。丘を取りまく林の梢《こずえ》が、まっ赤にかがやいて、空からコンクリートの破片が、雹《ひょう》のように降りそそいだのだ。

人々は思わず腹ばいになった。大仏からは一丁もへだたっていたけれど、背中一面時ならぬ雹のお見舞を受けた。

だが、出来事は一瞬にして終った。目もくらむ火光が消え去ると、闇が一倍の暗さでおしかぶさった。耳も聾する爆音のあとには、死の静寂が帰って来た。

人々は、意識をとりもどすと、まず考えたのは、賊が巣窟を爆破して、みずからほろびたのではないかということであった。ともかく、現場を調べて見るのが急務であった。

さいぜん賊の自動車をたしかめることを命じられた一巡査は、単身林のあなたに走り去ったが、その他の一同は、波越警部を先頭に、手に手に懐中電燈をかざしながら、爆破された大仏の台座の方へ進んで行った。

近づくに従って、大きなコンクリートの塊《かたま》りが足の踏み場もなく、ゴロゴロところがっていた。

「オヤ、こんなものが落ちていますぜ」

一人の巡査が長靴の片足を振って、波越氏の懐中電燈の光にかざして見せた。あまり上等でない赤皮の長靴だ。

警部は一と目それを見ると、ギョッとして立ちすくんだ。たしかに見覚えがある。運転手に変装した明智がはいていた長靴に相違ない。

明智が警部を逃がすためにわざと賊の虜となったことは明らかだ。賊が虜を大仏の胎内に運んだことも容易に想像される。とすると、明智は今の大爆発に、万に一つも命をまっとうすることはできなかったはずである。

いや、何よりもこの長靴が証拠ではないか。彼のはいていた長靴が、爆発のために吹きとばされているからには、当の明智の身体はおそらく粉みじんになってしまったことであろう。

波越氏にとって、ルパンの逮捕などより、明智の死の方が、どんなに重大問題であったか知れない。彼はなんともいえぬ激情のために、ブルブルとふるえながら、物をいう力もなく、いつまでもそこに立ちつくしていた。

×　　×

三台の自動車が夜の京浜《けいひん》国道を、風のように疾駆《しっく》していた。先の二台はヘッドライトその他のあらゆる燈火を消して、黒い魔物のように見えた。あとの一台は明らかに警察自動車だ。

波越警部が賊の逃亡を知って、行く手にあたる警察署へ、電話で急を報じたものに相違ない。先頭の車はルパンがハンドルをにぎり、大鳥不二子さんと、今一人賊の部下が同乗していた。三人とも黄金仮面の扮装のままだ。

次のオープンカーは茶箱のような贓品の荷物を満載して、二名の部下が乗っていた。残る二人は日本人であったから、首領とわかれて別の方向に身を隠したのであろう。

速力はルパンの車が最も優れているように見えた。第一の車と第二の車の間は約半丁、第二の車と警察自動車の間は、一丁ほどへだたっていた。

「あなた行く先の心あたりがおありになって?」

不二子さんが運転席のルパンの肩に手をかけて、流暢なフランス語で、心もとなく尋ねた。

「当てなんかありゃしない。だから一分でも一秒でも、逃げられるだけ逃げるのだ。最後の一秒にどんな奇蹟が現われぬともかぎらぬ。失望してはいけません。ごらんなさい。僕はこんなに元気ですよ」

ルパンのどなり声が、矢のように不二子さんの耳たぶをかすめて、うしろへ飛び去る、いかにもルパンは元気であった。五十哩《マイル》、六十哩、彼の車は車体がしなうほどの速力で、車輪も宙に疾駆した。

もう行く手に品川《しながわ》の町が見えていた、東京市中へはいりさえすれば、なんとか警察自動車をまくことができるだろう。それが唯一の頼みであった。

とつぜん、うしろに銃声のようなものがきこえた。さては警察自動車が発砲を始めたのかと、おどろいて振りむくと、アア万事休す、第二の自動車がパンクしたらしく、酔っぱらいのようによろめいている。とうとう、命がけで蒐集した美術品を放棄しなければならぬ時が来たのだ。いや美術品はあきらめるとしても、二人の腹心《ふくしん》の部下がついに警察の手中におちたのだ。

「エエクソ、泣くなルパン。あきらめろ、あきらめろ。美術品は何度でも蒐集できるんだ、部下の奴らはあとから貴様の腕で救いだせばいいじゃないか」

ルパンは我が心にいいきかせながら、目をつむってあとの車を見すてた。むろん警察自動車はまたたくうちに破損自動車に追いついて、贓品を取りもどし、二人の黄金仮面を逮捕した。

だがそれに手間どっているあいだに、彼らはたちまちルパンの車を見うしない、その追跡を断念しなければならなかった。ルパンとわかっていたら、第二の車を見すてても、それを追ったであろうが、警官達には黄金仮面の真偽を見分ける力がなかった。

それから何分かの後、ルパンの自動車はやや速力をゆるめて、東京市内の淋しい町を縫って走っていった。

「ねえ、あなた、あたしもう力が尽きてしまいましたわ。こんなことをして、いつまでさまよっていたところで、ガソリンがなくなると一しょに、あたし達の運命も尽きてしまうのじゃありませんか。ねえ、もうあきらめましょうよ。二人手を引きあって天国へ行きましょうよ」

不二子さんは頬を伝う涙をぬぐおうともせず、ルパンの肩をゆすぶって、かきくどいた。

「いけない。だんじていけない。僕がいいというまでは、口の中の袋を噛んではいけませんよ。僕の力を信じてください。これしきの苦境がなんです。僕は千度も出あったことがある。そしてそのたびごとにこの力で切りぬけて来たのです」

ルパンが妙なことをいった。口の中の袋とは一体何を意味するのであろう。

それは一瞬にして人命を絶つ恐ろしい毒薬を包んだ厚いゴム製の豆粒ほどの袋であ

った。その毒嚢《どくのう》を、ルパンも不二子さんも、大仏の胎内を出る時から、口中に含んでいたのだ。ルパンはけっしてそんな弱気な男ではなかったけれど、恋人の願いもだしがたく、つい同意してしまったものである。

日本娘の不二子さんは、とらわれて生き恥をさらさんよりは、危急の場合、この毒嚢の一と嚙みで、立ちどころに命をうしなうことを、どんなに願っていたか知れない。

だが、運命というものはおもしろい。いやいやながら口にした、この毒嚢のおかげで、ルパンは逮捕を免れることができたのだ。ルパンの逃亡と口中の毒嚢との間に、どんな因果関係があったのか、まもなくわかる時が来るだろう。

「不二子さん、僕は今非常なことを考えている。明日は十八日でしょう。それをやっと今思いだしたのです。わかりますか。アア考えても胸がドキドキする。おそらく僕の生涯での大冒険だ。僕は逃亡の手段を発見したのですよ。じつに危険だけれど、うまく行けば僕らは一と飛びに追手のかからぬ場所へ逃げられるのです。失敗すればかわいい不二子さんと心中だ。いずれにしてもそのほかに、採るべき手段は絶対にないのです」

ルパンがにわかに元気づいて、生きいきした顔を振りむけた。

「僕の力を信じてください。やっつける。かならずやっつけて見せる。僕らはちょうど三人だ。これも非常に都合がいいのです」

三人というのは、ルパンと不二子さんのほかに、その車にはもう一人の部下の黄金仮面が乗っていたからだ

落下傘

翌十八日はフランス飛行家シャプラン青年の世界一周機が、郊外S飛行場を出発して、いわゆる飛石伝《とびいしづた》いの航路で太平洋を横断するために飛び立つ当日であった。

離陸予定は早朝五時、夜の明ける前から、S飛行場は見送りの群衆で埋まっていた。定刻が近づくと、朝野の関係者が、陸続《りくぞく》と来着した。もののしい送別の辞がかわされる、前途を祝する乾杯が行なわれる。新聞社の写真班がカメラの砲列を敷く。時々ワアッワアッと歓声を上げて群衆のなだれが押しよせる。警官の怒号が空にひびく。ゴッタかえす騒擾《そうじょう》の中に、シャプラン青年一行三人は、最後の機体点検を終って、機上の人となった。

まだうすぐらい早朝ではあったし、渦巻きかえす騒擾のために、不忠議に注意力をうしなった人々は、誰一人それを疑う者はなかったけれど、シャプラン青年をはじめ、送別の辞を受ける時も乾杯の折にも天空の勇士の無造作といえばそれまでだが、飛行

帽をかぶったまま、飛行眼鏡をかけたままで押しとおしたのは、考えてみれば、なんとなく異様なことであった。

ことに一行中一ばん小柄な飛行士は、よほど人ぎらいと見えて、ほとんど最初から機体のかげに隠れて顔を出さず、点検もすまぬうちに操縦席へ飛びこんで、出発まで一度も顔を出さなかったのは、なんともいぶかしい次第であった。

だが、熱狂する群衆は、そんなことには少しも気づかず、うなりだしたプロペラの響きに、声をからして万歳万歳を叫んでいる。

やがて一ときわ高まる歓呼の声とともに、飛行機は、平坦な滑走路を、ユラユラと左右に揺れながら少しばかり走ったかと思うと、夢のように、もう空中に浮かんでいた。鳴りもやまぬ万歳の声、飛行機を追って「ワアッ」とばかり津波のように押しよせる群衆。

と、不思議なことがおこった。一路北方に向かうものとばかり思っていた群衆の頭上を、シャプラン青年の飛行機は低く旋回しはじめたではないか。

名残りを惜しむ意味かしら、それとも機関に故障でもおこったのではあるまいかと、群衆は鳴りをひそめて、空を仰いだ。

少し高い樹木には、ぶつかりはしないかと危まれるほど低く飛んでいるので、操縦席のシャプラン氏の姿なども、手にとるように眺められる。

と見ると、これはどうしたことだ。シャプラン青年の顔が金色に光っている。いや顔ばかりではない、全身がまばゆい金色に包まれているではないか。折から雲をはなれた朝日が、それに映えて、飛行家の全身が黄金仏のように、キラキラとかがやきわたった。

「黄金仮面――黄金仮面」

群衆の間に奇怪なるつぶやきがおこり、またたくうちに空中の悪魔をののしる怒号と変っていった。シャプラン氏はいつのまにか、あの恐ろしい黄金仮面と形相を変えていたのだ。あざ笑うがごとく群衆の頭上を旋回しているのは、兇賊アルセーヌ・ルパンであったのだ。

狼狽した警官達は、あてもなく右往左往した。群衆は怒濤《どとう》のようにもみあった。女子供の泣きさけぶ声がいたるところに湧きおこった。

臆病な人々は、空の兇賊が今にも爆弾を投下するがごとくに逃げまどった。

機上では金色の飛行士が、片手を上げて、「おさらば」をしながら何かわめいていた。本もののシャプラン青年がこんなばかばかしい真似をするはずはない。いつのまにか人間のすりかえがおこなわれていたのだ。太平洋横断の勇士は、兇賊アルセーヌ・ルパンと早がわりをしたのだ。

×　　×　　×

機上では、シャプラン青年に化けおおせたルパンの黄金仮面が、手を振りながら、叫んでいた。

「本日の淑女紳士諸君、ながながお邪魔をしました。ではおさらばです、明智小五郎という日本の名探偵のために、僕の計画はすっかり齟齬《そご》したけれど、僕は最後の土壇場であいつをこっぱみじんに粉砕してやった。殺生《せっしょう》ぎらいな僕が、この挙に出たのは、よくよくのことと思ってくれたまえ。明智君の死体はO町の大仏の廃墟を探せば見つかるに相違ない。それからシャプラン君一行三人には、とんだ迷惑をかけて、恐縮している。諸君がこの飛行機の納められていた格納庫のすみっこを調べたら、猿ぐつわをはめられたシャプラン君その他を発見することができるでしょう。

僕は失敗した。だが、少しも後悔などしていない。復讐はとげたのだ。それから……諸君、これを聞いてくれたまえ。僕はね、千の美術品よりも尊い宝を手に入れたよ。ほかでもない、大鳥不二子さんだ。僕は今このかわいい恋人と一しょに、死なばもろともの空の旅に出発せんとしているのだ。愉快、愉快、……では諸君、おさらば」

ルパンは下界の群衆に向かって、訣別《けつべつ》の大雄弁をふるった。むろん相手に聞こえるわけではない。たとえ聞こえたところで、日本の群衆にフランス語がわかるはずはない。これはルパンの無邪気なくせなのだ。ただなんとなく日本の国土に訣別の言葉が残してゆきたかったのだ。

演説が終ると、今度はうしろの席の不二子さんに、通話管で話しかけた。

「不二子さん、もう大丈夫だ。口の中のものをはきだしてしまいなさい。僕はとっくにあのゴム玉を靴の底で踏みつぶしてしまったよ。空ではあんなもの必要がないのだ。命が要らなかったら、この飛行機が殺してくれるんだからね。……ハハハハハハ」

飛行士F氏に化けた不二子さんは、それを聞くと、思いだしたように口の中の小さなものを吐きだした。

飛行機は旋回を終って、徐々に高度を高めながら、北方をさして速力を加えていた。

とつぜん、最後方のシートから、爆発するような笑い声がおこった。それがあまり高い声だったので、プロペラの音に消されながらも、前方のルパンをふりむかせた。見ると機関士に化けた部下のKが飛行眼鏡の下を口ばかりにして、ゲラゲラと笑っているではないか。

一体全体何事がおこったのだ。Kの奴、気でも違ったのか。

ルパンは気がかりなままに、通話管を取って耳にあてた。わけを話せという合図だ。Kはまだ笑いつづけながら、同じ通話管を取って口にあてた。すると、ルパンの耳に突如として、雷のような笑い声がひびいて来た。

「ワハハハハ、あなた方はとうとう毒薬のゴム袋を吐きだしましたね。僕は、どんなにそれを待ちかねていたでしょう。僕は今こそいいたいことがいえるのだ。ところでルパン君、僕は君のうしろから、ピストルの狙いをさだめているのだぜ。この意味がわかるかね」

部下の口調がひどくぞんざいに変っていった。それればかりではない。いやに下手なフランス語だ、パリっ子Kがこんなへんな訛《なま》りを出すはずがない。

「きさまKじゃなかったのか。一体誰だ」

ルパンが変って送話者になった。

「誰でもない、たった今君が弔辞《ちょうじ》を述べてくれた明智小五郎だよ」

飛行機がグラッとかたむいた。ルパンがいかに驚愕したかがよくわかる。

「君は僕を爆発薬で殺したつもりだろうが、それは飛んでもない間違いだぜ。あれはね。僕の着物を着せられた、君自身の部下だったのだよ。つまりK君だったのさ。気のどくなことをしてしまったね。僕はまさか君があんな人殺しをしようとは思わなかったのでね」

あの時三人の賊が波越警部を追いかけているあいだ、明智は賊のKと二人きりになった。彼はその機会をとらえておどろくべき芝居をしくんだのだ。ピストルは敵の手にあったけれど、一人と一人なら武器はなくとも、腕に覚えの柔術で、相手を叩きふせ、黄金衣裳をはぎとって、自分の運転手服と着かえさせ、猿ぐつわをはめて、賊を明智小五郎にしたてあげるくらいのことは、なんの造作もなかった。

そうして、明智自身は賊から奪った黄金仮面、黄金マントでルパンの部下になりすまし、逃亡の自動車に同乗して、すきもあらば、引きとらえんと虎視眈々《こしたんたん》機会を狙っていたのである。

だが残念なことには、ルパンも不二子さんも例の毒嚢を口に含んでいる。うかつに手出しをしようものなら、たちまちゴム袋を嚙みやぶって、自殺されてしまう。ルパンはともかくとして、不二子さんを殺してしまっては取りかえしがつかぬのだ。

そこで、あくまでルパンの部下のKになりすまし、首領の命を奉じてシャプラン氏その他を手ごめにし、飛行服を掠奪《りゃくだつ》するお手つだいまでやってのけた。

いかに明智の腕前とはいえ、その困難きわまるお芝居をどうしてこんなにやすやすとおこない得たか。それには偶然にもすべての条件がじつによく揃っていたからだ。

時が夜ふけから早朝にかけての暗いあいだであったこと、賊の一味が黄金仮面をつけ、たえず顔を隠していたこと、飛行場では、ルパンをはじめ飛行眼鏡をかけ通していたので、明智の不自然な顔面隠蔽《いんぺい》がことさら目立たなかったこと、等、等、等。

それはさておき、殺したと信じた明智が生きていたばかりか、部下のKになりすまして、逃亡の飛行機に同乗していようとは、さすがのルパンもあまりのことに、一刹那全く思考力を失ってしまったほど、ひどいおどろきにうたれた。

飛行機は、迷い鳥のように、止めどもなくフラフラと揺れかたむいた。不二子さんが思わず悲鳴をあげたほどである。

だが、いかなる困難に遭遇しても、血まようようなルパンではなかった。彼はたちまち気を取りなおして、送話管を取ると、虚心坦懐《きょしんたんかい》に告白した。

「負けた。明智君、俺の負けだ。世界の大賊アルセーヌ・ルパン、つつしんで日本の名探偵に敬意を表するぜ。だが、そこで君は、一体俺をどうしようというのだね」

「飛行機を元の飛行場へ着陸させるのだ。そして、不二子さんを大鳥家に返し、君はエベール君の縛《ばく》につくのだ」

「アハハハハ、オイオイ、明智君、そんなごたくは陸上で並べるがよかろう。ここは君、一つ間違えば敵も味方も命はない。何百メートルの雲の上だぜ。ピストルなんてけちな武器はなんの力もありゃしない。もし君がそれを発砲すれば、飛行機は操縦者を失って、たちまち墜落するばかりさ。ハハハハハハ、雲の上では、どうも俺の方に歩《ぶ》があるようだね」

アア、なんたる不敵、怪賊はこの難境にひるむどころかかえって棄てばちの逆《さか》ねじを喰わせようというのだ。命を棄てて、三人心中と出られては、明智も手のつけようがなかった。

「では、君の方では、一体僕をどうするつもりなのだ」

「知れたこと、北の海の無人島へでも連れて行って、俺の腹がいえるようにするのだ」

氷山の上かなんかへ、置きざりにするつもりかも知れない。

「ハハハハハハ、オイ明智君、君はひどく困っているようだね。なんとかいわないかね。君の智恵はもうそれきりなのかい」

しばらく沈黙がつづいた。明智は最後の非常手段をとるべく、ひそかに準備をしていたのだ。

「ではルパン君、君の逮捕はあきらめよう。そのかわり、君の計画は最後の一つまで、すっかり放棄しなければならぬ。君は我々の国から、一物をも奪い去ることはできないのだ」

「エ、なんだって？」

「僕はね、君の唯一の収穫であった不二子さんを、君の魔の手から取りもどそうというのさ」

その言葉が終るか終らぬに、飛行機がグラグラと揺れて、甲高い悲鳴が下界へとくだって行った。二つの黒い塊りが大空にもんどり打って、砲弾のように落下した。いやがる不二子さんを小脇にかかえた明智小五郎が、身を躍らせて飛行機を飛び降りたのだ。

だが、けっして自殺を計ったわけではない。明智の背中にも、不二子さんの背中にも、パラシュートの綱がしっかりと結びついていた。

噂の伝播《でんぱ》は飛行機の速度よりも早く、下界の人々は、今頭上を飛んでいるのが怪賊黄金仮面の飛行機であることを知っていた。その怪飛行機から、二つのパラシュートが湧きだしたのを見ると、騒ぎは一しお烈しくなった。

家々の屋根には、町じゅうの人が鈴なりになって、大きな口をそろえて空を見あげていた。白い国道には、十何台の自動車が、飛行機のあとを追って疾駆していた。その大部分は、新聞記者とカメラを積んでいるのだ。

二つの落下傘《らっかさん》が、あとになり先になり、巨大なくらげのように、フワリフワリと落ちてくる光景は世にもすばらしい見ものであった。しかも、その下にぶら下がっていたパラシュタアーが、死んだとばかり思われていた名探偵明智小五郎と、怪盗ルパンの恋人として誰知らぬものもない大鳥不二子であったのだから、翌日の新聞がいかににぎわったかは容易に想像できるであろう。

二つのパラシュートが着陸したのは木更津《きさらづ》附近の海岸であった。二人が漁師のお神《かみ》さんに介抱せられて、そこの家に休息していると、やがて東京から、何台も何台も自動車が、駈けつけて来た。その中に警視庁の車もまじっていて、エベール探偵を同伴した波越警部が、笑みくずれながら飛びだして来た。

我が明智小五郎が、一同の人々から、いかに凱旋《がいせん》将軍のごとくもてなされたか、それは記すもくだくだしいことである。

彼は大鳥家の人に不二子さんを渡してしまうと、波越警部とエベール氏をかえりみて、ちょっと恥かしそうな微笑を浮べながら、こんなことをいった。

「ルパンは逸したけれど、同類はことごとく就縛《しゅうばく》したし、国宝をはじめ美術品もとりもどしたし、最後に不二子さんさえルパンの魔手をのがれたのだから、まずまず、今度の戦いは僕の勝利といってもいいだろうね。だがルパンは慣れぬ異郷の戦いなのだから、そこにいくらかハンディキャップをつけてやらなければかわいそうだね」

×　　×　　×

ルパンの飛行機は、そのまま数日のあいだ消息を絶っていたが、ある日太平洋航行中の汽船が、海面にただようシャプラン青年の飛行機を発見したという新聞電報が人人をおどろかせた。

ルパンは太平洋の藻屑《もくず》と消えたのであろうか。いやいや一筋縄でいかぬ曲者のことだ。これまでもあったように、死んだと見せかけて、そのじつ世界のどこかのすみで、またまた大じかけな悪だくみを計画していまいものでもないのである。

（「キング」昭和五年九月号—六年十月号）

注1　邯鄲男
　能「邯鄲」の主人公の青年に使用する面。

注2　二十万円
　現在の一億数千万円。

注3　三百何十グレーン
　一真珠グレーンは五〇ミリグラム。三百何十グレーンだと十五〜二十グラムということになる。

注4　鬼熊事件
大正十五年に起きた殺人事件。岩淵熊次郎が愛人などを殺し、自殺した。新聞で全国的な話題となった。

注5　半畳を入れる
非難やからかい言葉、野次などを飛ばすこと。

注6　開化アパート
大正期につくられた日本初の洋式集合住宅「文化アパート」がモデルといわれる。

注7　咄咄
舌打ち。驚いたりくやしがったりする様子。

注8　なみした
ないがしろにした。あなどった。

注9　フラフ
旗（オランダ語）。

注10　西洋悪魔（メフィストフェレス）
ドイツのファウスト伝説に登場する悪魔。

注11　天一坊
将軍徳川吉宗の落胤を称し獄門に処せられた。講談や歌舞伎の題材になっている。

注12　ジゴマ

フランスのレオン・サジイの小説に登場する怪盗。多くの映画が製作され、大正期の日本でも大流行した。

注13　ファントマ
同じくフランスのピエール・スーヴェストルとマルセル・アランの小説に登場する怪盗。これも映画が流行した。ただし「ジゴマ」「ファントマ」ともルパンより発表時期は後になる。

注14　ジェルボア氏事件
『ルパン対ホームズ』所収「金髪婦人」。ガニマールはルパンを追いかける老刑事。

注15　赤電車
最終電車は行先表示を赤い電灯で示したことから赤電車といわれた。

『黄金仮面』解説

落合教幸

大正末に多くの短篇探偵小説を発表していった江戸川乱歩だったが、専業作家となり、大阪から東京へ転居する時期になると、いくつかの長篇小説も試みている。しかしそれらの大部分は、乱歩としては満足のいくものではなく、昭和二年には休筆を決意するに至った。

放浪の旅などを経て復帰した乱歩は、昭和四年の「孤島の鬼」「蜘蛛男」から、娯楽的な長篇小説へ進んでいくことになった。

昭和四年一月より連載の始まった「孤島の鬼」は、恩のある編集者の森下雨村《もりしたうそん》より依頼されて、博文館の雑誌「朝日」に連載したものであったから、まだそれほど意識的なものではなかった。

だが、この連載によって大衆向けの雑誌に連載することへの心理的な抵抗感は小さくなる。八月より「講談倶楽部」に「蜘蛛男」を連載する際には、執筆姿勢はそれまでとは異なっていた。講談社の求める「老若男女誰にでも歓迎されるような」とまではいかなかったが、冒険怪奇小説の傾向を強めた。

乱歩は「涙香とルブランを混ぜ合わせたようなものを狙って書き始めた」という。ただし「後註、狙ったのではあるが、実際は、そういうものは出来なかった」と付け加えられている（『探偵小説四十年』）。

黒岩涙香《くろいわるいこう》は明治時代に翻案探偵小説を書き、大流行した作家だった。涙香は明治三十年代には探偵小説からは離れ、翻案探偵小説の流行自体もやや沈静化していったが、貸本屋などを通じて、明治末から大正期にもまだ多くの読者を獲得していた。乱歩の場合は『巌窟王』『噫無情』『幽霊塔』などを少年期に読み、夢中になったと書いている。

涙香は大正九年に亡くなるが、大正末には乱歩たち探偵小説家のあいだで「涙香に帰れ」といわれるような再評価の動きが起こって来ていた。求められる探偵小説が短篇から長篇へと移って行くことが意識されるなかで、読者の興味をひくような筋の運びが注目されたのである。

もう一方の、モーリス・ルブランのアルセーヌ・ルパンのシリーズは、明治末から紹介されていた。森下流仏楼《もりしたるぶろう》の翻案した「巴里探偵譚・泥棒の泥棒」が週刊誌「サンデー」に掲載されたのは明治四十二年のことである。

大正期に入ると多くの翻訳が刊行され、大正七年には『アルセーヌ・ルパン叢書』が刊行された。このとき大半の作品を翻訳したのが保篠《ほしの》龍緒《たつお》で、ルパンの保篠訳は定番となっていく。

その後も保篠は翻訳を続け、昭和四年から五年にかけては、平凡社から保篠訳による『アルセーヌ・ルパン全集』全十四巻が刊行されている。

このような時期であったから、乱歩が涙香とルブランを意識したのはそれほど意外なものではなかったとも言えるのである。

乱歩は、昭和五年・月には「猟奇の果」の連載を「文芸倶楽部」で始める。友人の横溝正史《よこみぞせいし》が編集長をつとめる博文館の雑誌だった。この作品は前半ではポーの「ウィリアム・ウィルソン」を参考にしたトリックを試みたのだったが、途中でうまくいかなくなり、横溝に相談して路線を変更したというものである。後半は「白蝙蝠」という題になり、人間改造をあつかった作品になっている。

六月に「講談倶楽部」で「蜘蛛男」の連載が終わると、続いて七月から「魔術師」の連載を始めた。この作品も名探偵の明智小五郎が犯罪者と対決するというものである。「ポーの短篇の着想を通俗化した」というような工夫もされている。

昭和五年九月には「黄金仮面」を「キング」に連載開始する。この九月には「新青年」に連作小説「江川蘭子」の第一回も執筆している。この連作はリレー式に探偵作家が書きついでいくものだが、乱歩はその書き出しを担当したのであった。「江川蘭子」は以下、横溝正史、甲賀三郎《こうがさぶろう》、大下宇陀児《おおしたうだる》、夢野久作《ゆめのきゅうさく》、森下雨村と続いた。

九月二十七日からは「報知新聞」夕刊に「吸血鬼」を連載する。新聞連載は昭和二年に「朝日新聞」の「一寸法師」以来であった。「魔術師」で登場した文代が、この作品では明智の恋人となっている。助手となる小林少年もこの作品で登場している。

こういった時期に書かれた「黄金仮面」だったが、乱歩の方ではこの作品を「ルパンふうの明かるいものをと心がけ、変態心理などは持ち出さないようにした」と書いている。「キング」は「蜘蛛男」「魔術師」の掲載された「講談倶楽部」と同じく、講談社の大衆向け雑誌だったが、より多くの読者を持っていた。反響も大きく、読者からの手紙も多かったし「お茶屋やカフエでもチヤホヤされるようになった」と乱歩は書いている。

仮面については、マルセル・シュウォッブの「黄金仮面の王」から着想を得たとい

「黄金仮面」広告・予告（『貼雑年譜』より）

う。シュウォッブの翻訳短篇集『吸血鬼』（矢野目源一《やのめげんいち》訳、新潮社）は大正十三年に刊行され、「黄金仮面の王」はこの巻頭に収められた、幻想的な小説である。乱歩はこの作品を気に入ったようだが、内容的には「黄金仮面」とは関連はなさそうである。乱歩の「黄金仮面」では、黄金の仮面をつけた怪盗が、名探偵明智小五郎と一騎打ちをする。「この作は私の長篇小説の中でも、最も不健全性の少ない、明かるい作といえるのではないかと思う」（桃源社『江戸川乱歩全集』第六巻あとがき、昭和三十七年）というように、残酷なシーンや、グロテスクな描写は抑えられた作品となっている。

江戸川乱歩の長篇小説の多くでは、明智小五郎が名探偵として活躍している。明智は「D坂の殺人事件」で初登場した探偵だが、そのときは書生風の外見であった。その後「心理試験」「屋根裏の散歩者」などで活躍し、シリーズ・キャラクターとしてのイメージができていく。大正十五年末に連載の始まる「一寸法師」から、長篇小説にも登場するようになった。この時、明智は長い間上海に行っていたということが書かれている。帰国してしばらくは余り事件を引き受けずにいたが、退屈していたところにこの事件が持ち込まれたのだった。

乱歩の休筆期間を経て、明智は「蜘蛛男」で再登場した。この作品では後半からの登場で、海外から帰って来たばかりというように語られている。「一寸法師」の事件の後、三年ほど「支那から印度のほうへ旅をしている」というように書かれ、この事件で復帰することになる。

続く「魔術師」では妻となる女性、文代との出会いが描かれている。そして「吸血鬼」では恋人となり、後に結婚したことが書かれているのであった。また、小林少年が助手として登場するのもこの「吸血鬼」が最初である。

こうして少しずつ明智の状況に変化がありつつも、名探偵明智と、特徴的な犯罪者との対決を描いた長篇小説の連載は続いていくことになった。「吸血鬼」以降も、「黒蜥蜴」「人間豹」「悪魔の紋章」「暗黒星」「地獄の道化師」といった作品が書かれている。戦後には作風を変えて本格探偵小説を意識した「化人幻戯」も書いているが、同時にそれまで同様の活劇的な「影男」という作品もある。

明智小五郎のもう一つの役割、少年探偵の庇護者としての姿が描かれるのは、昭和十一年「怪人二十面相」から始まる少年物のシリーズである。講談社の少年向け雑誌「少年倶楽部」で始まったこのシリーズは、戦後には光文社の「少年」で続くことになる。

しかし「黄金仮面」の書かれた昭和五・六年というのは、乱歩や明智のそのような展開は、まだ予想されることもなかった時期である。

江戸川乱歩の最初の全集は、昭和六年の平凡社版であった。この全集の宣伝には、当時連載中の「黄金仮面」が効果的に使用されたのだった。

『探偵小説四十年』昭和六年の章は「最初の江戸川乱歩全集」と題されている。平凡社社長の下中弥三郎《しもなかやさぶろう》から頼まれた乱歩は、全集の刊行を承諾する。下中と乱歩は、出版の細かなところまで相談して作業を進めていくことになったが、愉しい作業であったと乱歩は書いている。

毎月刊行して一年間で完結という案だったが、そのころの乱歩作品ではまだ分量が不足していた。随筆などの他、習作「火縄銃」なども収録した。さらに、乱歩が集めていた、自作への批評も巻末に入ることになったのだった。

乱歩は出版への興味を少年期から持ち続けていた。乱歩のスクラップブック「貼雑年譜」には、少年時代の同人誌「中央少年」が貼られている。青年期にも「智的小説刊行会」をつくり、雑誌「グロテスク」を刊行しようとしたりもした。作家として多くの作品を発表するようになってからは、そういった活動に乗り出してはいかなかっ

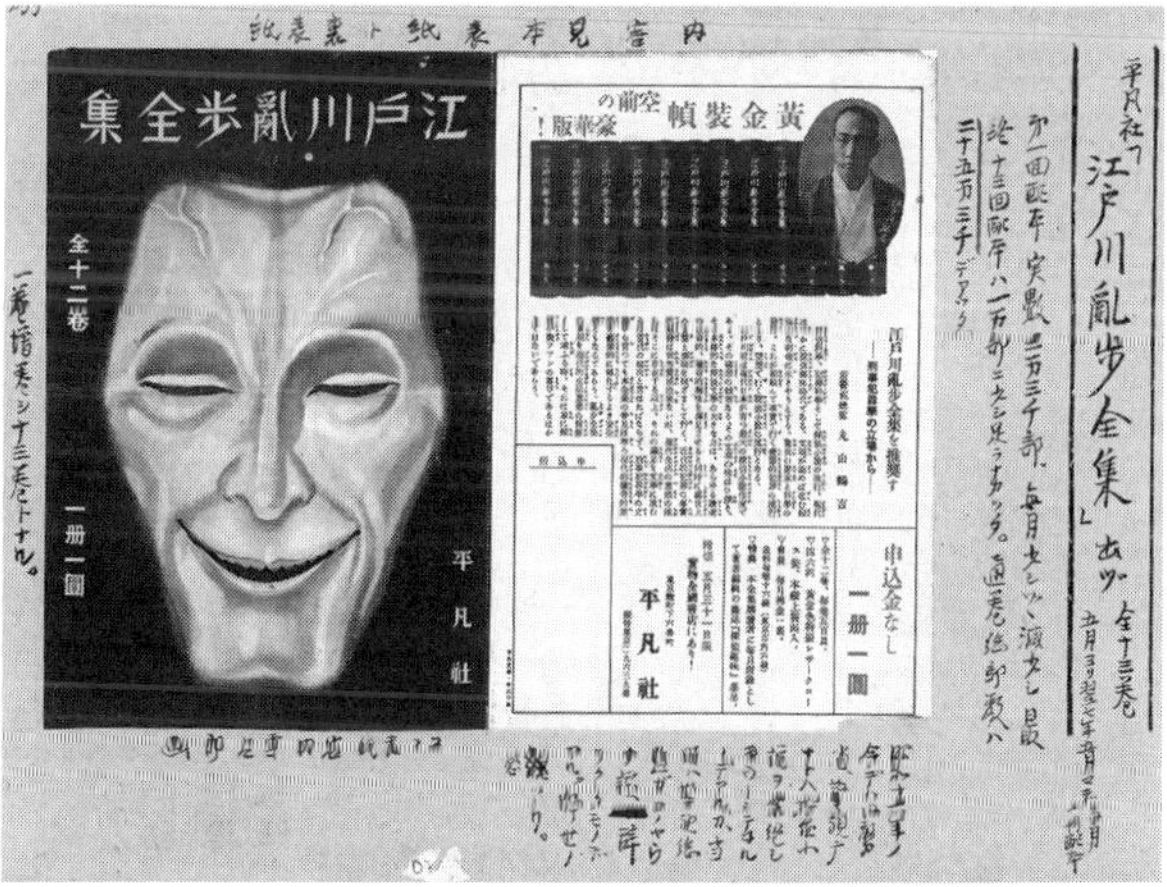

平凡社「江戸川乱歩全集」内容見本（『貼雑年譜』より）

たが、こういったかたちで、編集・出版へかかわることができたのだった。

その後、終戦直後にも乱歩は雑誌を刊行しようと試みたが、果たせなかった。さらに後、「宝石」の編集に乗り出すのは、昭和三十二年、六十歳を過ぎてからのことであった。

はるかに後になる「宝石」編集時もそうだったのだが、この昭和六年の全集でも、乱歩は編集だけでなく広告・宣伝にも気を配っている。

当時はまだ円本とよばれる安価な全集のブームが続いていた時期だったので、宣伝は大々的に行われた。広告が新聞各紙に掲載され、予約を募集している。この新聞広告の図案も乱歩が書いたものが採用されているという。

他にもさまざまな宣伝が行われた。チンドン屋に黄金仮面の扮装をさせて街を歩かせる。ビルの屋上にアドバルーンをあげる。セルロイドの黄金仮面を発売する。そのお面をビルの屋上からばらまく。その他、店頭にノボリを立てたり、お面をつないだポスターを作成したり、いろいろな工夫でこの全集の宣伝が行われたのである。

こうした乱歩の奮闘もあって、この全集は大成功をおさめた。平凡社のほうもこれによって雑誌「平凡」での失敗から立ち直ったらしいと乱歩は書いている。乱歩にも印税が入り、その結果昭和七年には、再度の休筆を宣言できるようになるのだった。

このとき、宣伝の中核になったのは、もっともわかりやすいイメージを持つ「黄金仮面」のほか「蜘蛛男」「魔術師」「吸血鬼」といった当時の長篇小説だった。これにより乱歩のイメージは、大正時代の「新青年」を中心とした短篇探偵小説の書き手というものから、大きく離れることになるのだった。

このように、「黄金仮面」は、乱歩のいわゆる「通俗長篇」イメージの確立する時期に生まれた作品であった。同時に、過剰な表現を抑えた文章は、のちの少年探偵団シリーズへとつながっていく。

（立教大学江戸川乱歩記念大衆文化研究センター）

監修／落合教幸
協力／平井憲太郎
　立教大学江戸川乱歩記念大衆文化研究センター

本書は、『江戸川乱歩全集』（春陽堂版　昭和29年～昭和30年刊）収録作品を底本としました。旧仮名づかいで書かれたものは、なるべく新仮名づかいに改め、著者の筆癖はそのままにしました。漢字は変更すると作品の雰囲気を損ねる字は正字体を採用しました。難読と思われる語句には、編集部が適宜、振り仮名を付けました。

本文中には、今日の観点からみると差別的、不適切な表現がありますが、作品発表当時の時代的背景、作品自体のもつ文学性、また著者がすでに故人であるという事情を鑑み、おおむね底本のとおりとしました。

説明が必要と思われる語句には、各作品の最終頁に注釈を付しました。

（編集部）

江戸川乱歩文庫
黄《おう》金《ごん》仮《か》面《めん》
著　者　江《え》戸《ど》川《がわ》乱《らん》歩《ぽ》

2015年9月20日　初版第1刷　発行

発行所　株式会社　春陽堂書店
103-0027　東京都中央区日本橋3-4-16
営業部　電話 03-3816-1666
編集部　電話 03-3271-0051
http://www.shun-yo-do.co.jp
発行者　和田佐知子

印刷・製本　恵友印刷株式会社

ISBN978-4-394-30155-4　C0193

江戸川乱歩文庫

全巻ラインナップ

『陰獣』
『孤島の鬼』
『人間椅子』
『地獄の道化師』
『屋根裏の散歩者』
『黒蜥蜴』
『パノラマ島奇談』
『蜘蛛男』
『D坂の殺人事件』
『黄金仮面』
『月と手袋』
『化人幻戯』
『心理試験』